Landschaften für Geniesser
Vom Mostviertel zum Semmering

Eva Bakos

Vom Mostviertel zum Semmering

Niederösterreich südlich der Donau

Landschaften für Geniesser 3

PICHLER
EDITION AUSTRIA

ISBN 3-85431-157-5

Buchgestaltung: Bruno Wegscheider
Umschlagbilder vorne: Lois Lammerhuber
Umschlagbild hinten und Foto S. 3: Herbert Lehmann
Reproduktion: Eurografik, Wien
Druck und Bindung: Druckerei Theiss GmbH, Wolfsberg
Printed in Austria

Inhalt

Wo Österreich Probe hält

Falls der liebe Gott zunächst einmal geprobt hat, wie Österreich ausschauen sollte, dann war seine Probebühne wohl Niederösterreich südlich der Donau.

Hier konzentriert sich alles, was Österreichs Landschaften ausmacht: üppiges Bauernland und schroffe Felsen, betörende Wasserlandschaften, Weinhügel und tiefe Wälder.

Und alles, was Österreich prägte, nahm hier seinen Anfang: imperiales Denken und tiefe Spiritualität. Rebellisches Aufbegehren und vitaler Geschäftssinn. Künstlerische Inspiration und Wissen um die Natur. Genießerische Sommerfrischenfreuden und couragierte Eroberung der Berge.

An der Donau, die die Region von Grenze zu Grenze durchzieht, entstanden die frühesten Kulturen, hier waren die Außenposten des römischen Imperiums, hier bauten die Babenberger ihre ersten Residenzen. Keine andere Region war kriegerischen Einfällen aus dem Osten so ausgesetzt und schuf mit Burgen, Wehrkirchen, Fluchttürmen und Festungen so nachhaltige Zeugnisse ihres Widerstands. Nirgends blühte barocke Baukunst in so triumphaler Schönheit als in dem Land, das sich zuvor der Reformation so willig geöffnet hatte.

Der Mut zum Neubeginn – nach Kriegen, religiösen und weltlichen Auseinandersetzungen trainiert – ist bis heute nicht erlahmt. Er setzte sich in dem gewaltigen Aufschwung fort, Niederösterreich eine Hauptstadt zu geben und in St. Pölten ein modernes Regierungsviertel aus dem Boden zu stampfen.

Das Land zwischen Mostviertel und Semmering ist seit jeher eine Region von starker Dynamik. Sie trieb Bauern an, mit einem Buckelkorb voll Lebensmittel über unzugängliche Höhen zum Erzberg zu wandern und dafür Roheisen einzutauschen. Das war der Anfang der über Jahrhunderte florierenden Eisenindustrie an Ybbs und Erlauf.

Mit unglaublichem Krafteinsatz brachten Flößer Holz aus dem Urwald am Ötscher in die großen Städte. Berittene Schiffsknechte schleppten Transportkähne donauaufwärts, die eingehandelten Güter mußten dann durch lebensgefährliche Strudel und Felsengen flußabwärts gesteuert werden. Wieviel menschliche Energie war nötig, um Flußläu-

fe zu verändern, Hügel für den Weinbau zu terrassieren, Felsen zu durchbohren, Täler zu überbrücken, um den Bahnweg nach Süden voranzutreiben!
Und wieviel Einsatz war nötig, um gefährdete Landschaften zu retten: den Wienerwald, den Urwald am Ötscher, die schönen Dschungel der Donau-Auen!
Das Nebeneinander von Kultur- und Naturlandschaften gibt dieser Region ihre Eigenart.
Als ich begann, dieses Buch zu schreiben, erschien mir das zunächst als die gewohnte Auseinandersetzung mit einer Landschaft, wie schon bei meinen Büchern über Friaul, Triest, Venetien, über Waldviertel, Wachau, Weinviertel, über das Salzkammergut. Aber bald war alles ganz anders. Ich hatte es mit einer nie gekannten Überfülle von Themen zu tun. Sie reichten von der Mostkultur bis zur Industriegeschichte, vom Werden der Hauptstadt St. Pölten bis zum Weinbau, von originellen Kulturinitiativen bis zur sportlichen und technischen Eroberung der Landschaft.
Und in jedem dieser Bereiche begegnete ich den bemerkenswertesten Persönlichkeiten aus verschiedenen Jahrhunderten. Den historischen Eisenindustriellen Töpper und Amon und dem heute lebenden Eisenbildhauer Eybl, den Schiffsmeistern der Vergangenheit und der Gegenwart, Feldmüller und Brandner, den großen Barockbaumeistern und den Architekten des modernen St. Pölten, den vielen Talenten von heute, die via Alltagskultur, Theater, bildende Kunst, Kulinarik, Weinbau diesen Teil Österreichs zu einer der lebendigsten, spannendsten Regionen Europas machen.
Was diese Menschen leisteten und leisten, macht eine Landschaft greifbar, anziehend, verlockend – ob sie nun Wein keltern oder engagiertes Theater ermöglichen, altes Bauerngerät sammeln, duftenden Schnaps brennen oder Kunst subtil in die Natur einbetten.
Danke allen, die mir ihre Häuser, Ateliers, Werkstätten, Ställe, Küchen und Keller öffneten, damit ich schauen, schnuppern, kosten und – genießerisch darüber schreiben konnte!

Paradiesgarten mit Birne

Individualistische Genießer kann es zur Zeit der Baumblüte dorthin verschlagen, wo der Bartl den Most holt.
Im Mostviertel, zwischen den Unterläufen von Enns, Ybbs und Traisen, entfalten rund 300.000 Obstbäume ihre Blütenwolken – und es gibt garantiert keinen Stau und kein Gedränge. Auf den wenig frequentierten, von Obstbäumen beschatteten Alleen fährt man im weißen Blütenregen dahin, bummelt durch kleine Ortschaften mit gotischen Kirchen, eindrucksvollen Höfen und rastet dort, wo der Most gepreßt und ausgeschenkt wird.
Die Frucht dieser paradiesischen Gartenlandschaft ist die Mostbirne. Apfelbäume gibt es viel weniger, sie wachsen vor allem im westlichen Teil des Mostviertels.
Vor rund 7.000 Jahren drang die Holzbirne vom Balkan in den Donauraum vor und fand aufgrund jahrmillionenalter Meeresablagerungen im Boden ideale Wachstumsbedingungen vor. Bis ins 18. Jahrhundert wurde hier Wein gebaut, aber Klimaverschlechterungen und Kriege vernichteten die Weinkulturen. Geblieben sind die riesigen Birnbäume, die bis zu 200 Jahre alt werden und bis zu 1.000 Kilo Frucht tragen. Sie schaffen ein ausgeglichenes Kleinklima rund um die wuchtigen Vierkanthöfe, sie locken Vögel und Insekten an. Zur Blütezeit ziehen sie Bienenschwärme an – Honig ist ein angenehmes Nebenprodukt. Die Schönheit dieser Kulturen hat zu jeder Jahreszeit ihren eigenen Reiz.

Erstaunlich, wie unentdeckt diese abwechslungsreiche Landschaft ist, die sich in sanften und bewegten Hügelketten in Richtung Ötscher auffaltet.

Wer hier radelt, wandert oder mit dem Auto unterwegs ist, wird mit den schönsten Fernblicken belohnt. In den Dörfern auf den Hügelkuppen könnte fast jeder Gasthof, jede Mostschenke „Zu den schönsten Aussichten" heißen. Denn mit einer schönen Aussicht allein begnügen sich die wenigsten. Es steht dafür, hier auf Entdeckungsreisen zu gehen, den Zauber einer unverdorbenen Landschaft und ihre lebendigen bäuerlichen Traditionen zu entdecken.

Mostviertel – diese volkstümliche Bezeichnung hat sich durchgesetzt. Amtlich heißt das Gebiet: *Viertel ob dem Wienerwald.* Das größte geschlossene Vorkommen von Mostbirnen in Europa ist im Bezirk Amstetten zu finden. Wer hier von der Autobahn abfährt und in Richtung Seitenstetten, St. Peter in der Au, Weistrach und auf kleinen Nebenstraßen dann nach Waidhofen an der Ybbs fährt, bekommt einen ersten Eindruck vom harmonischen Zauber dieser Landschaft und ihrer Archi-

Kunstvoll geschnitzt sind die Mostpressen der reichen Bauern des Mostviertels.

tektur. „Vierkanter Gottes" sagen die Mostviertler zum Stift Seitenstetten, dessen behäbige Prachtentfaltung und dessen Gartenarchitektur sich so gut in die Gegend fügt. (Siehe auch S. 54 f.)

Fährt man von Waidhofen, der Ybbs entlang über Ybbsitz, Gresten nach

Scheibbs, bekommt man eine Ahnung von der wasserreichen Voralpenszenerie und erlebt die eindrucksvollen Bauten der frühindustriellen Eisenverarbeitung. (Siehe auch S. 21 ff.)
Zum Mostviertel gehören auch die alpinen Regionen um Ötscher, Hochkar, Muckenkogel, die Wanderer und Skifahrer anziehen und darüber hinaus viele kulturelle Besonderheiten aufweisen.

Professor Adalbert Schlager: Künstler und Gastgeber in der Oismühle

Im Augebiet an der Donau, dem Machland um Wallsee und Ardagger behaupten sich Mostbäume in der Nachbarschaft uralter Pappeln. Hier haben Wassersportler ihr Revier, und Radler, die den Strom entlangziehen.
In all diesen verschiedenartigen Landschaften wird Most gepreßt. Es gibt ihn schon viel länger als sein aus dem lateinischen stammender Name vermuten läßt. *Lit* hieß der Most bei germanischen Völkern – das Wort lebt im mittelalterlichen *Leitgeb* – für „Wirt" – weiter.
Wie in alten Zeiten müssen die Mostbauern auch heute warten, bis der Wind das Obst abwirft. Tut er es nur zögernd, helfen sie rüttelnd nach. Die Ernte muß händisch zusammengeklaubt werden – das ist meist noch immer Frauenarbeit.
Wie es früher mit der Verarbeitung weiterging, kann man in alten Höfen, wie der Oismühle beim Kloster Gleiß, nahe Biberbach, sehen. Dort steht noch eine „Birnreibn", eine kreisrunde Steinrinne. Hier wurde das Mostobst hineingeschüttet, dann wurde der Mahlstein aus Granit senkrecht

aufgesetzt und mit einem Pferd im Kreis bewegt. Die zermahlenen Früchte wurden in Trögen vermaischt und dann gepreßt. Der Saft wurde oft direkt in die Fässer im Keller weitergeleitet und vergor dort. „Die wohlhabenden Mostbauern hatten einen Stein aus Granit, die ärmeren einen aus Sandstein. Und die ganz Armen, die kein Pferd halten konnten, mußten mit der ‚Leutschindermaschin' das Obst selbst zerkleinern", erzählt Professor Adalbert Schlager. Der bekannte Maler, dessen Arbeiten viele offizielle Gebäude der Region schmücken, führt mit seiner Frau die alte Oismühle. Sie wurde um 1300 gebaut, in der Barockzeit bekam sie ihre heutigen Ausmaße. Wer über den Hof der schattigen Terrasse oder dem lichten Saal mit dem Musikerpodium zustrebt, geht über alte Mahlsteine, mit denen der Hof gepflastert ist. Und dann sitzt man geruhsam bei Most, Geselchtem, guten Brot – hoch über der Ybbs, die hier Ois heißt.

Über hundert Mostbirnensorten blieben bis heute erhalten.

Im Keller stehen neun Fässer, die je 1.000 Liter fassen. In den letzten Jahren wurden sie nicht mehr voll, sehr zum Kummer von Frau Schlager, die die Mostschenke liebevoll zupackend führt. „Ich bin traurig, wenn sie leer stehen."

Das Mostmachen war über die Jahre meist ihr Geschäft, Adalbert Schlager unternahm große Reisen – nach Ecuador, in den Irak, nach Spanien, Schottland. Die Bilder der Erinnerung schmücken das Haus.

In der Oismühle trinkt man „Mischlingsmost" aus zwei Teilen Birnen und einem Teil Äpfel. Holzäpfel sorgen für den richtigen Säurenanteil und für Haltbarkeit. Es gibt über hundert Mostbirnensorten, die kraftvolle, bildhafte Namen haben: Dorschbirne, Weiße Fuchsbirne, Gelbe Wasser- und Graue Pelzbirne, Landl- und Hanglbirne, Feigen-, Hirsch- und Schöberlbirne ...

„Kein Mensch kann sie alle kennen“, sagt Ing. Toni Distelberger, Leiter der Mostgalerie in Stift Ardagger bei Amstetten.

Nur eine merkt sich jeder, der sie einmal gekostet hat: Die Rote Kochbirne ist ein buchstäblich atemberaubendes Erlebnis, das man sich kein zweites Mal wünscht. Auch der würgend saure Holzapfel ist keine Frucht der Verführung. Erst als Most werden sie alle bekömmlich.

In der Mostgalerie kann man sich den besten Überblick über das Mostangebot der Region verschaffen.

Im stimmungsvollen, sanftgoldenen Licht der indirekt beleuchteten Mostflaschen, unter alten Gewölben, kann man sich auf einen vielfältigen Genuß einstimmen. Ein beschwingender Einstieg: Apfel- oder Birnensekt. Er wird auch in vielen guten Gasthöfen der Region serviert, seine Frische und Leichtigkeit machen ihn zum bekömmlichen Aperitif.

Vielfalt der Genüsse: Die Mostgalerie lädt zu Verkostungen.

Im Mischlingsmost ergänzen einander die lieblichen und die kantigen Aromen von Apfel und Birne. Apfelmost ist länger haltbar, Birnenmost weicher, lieblicher. Das Wissen um die richtige Mischung der einzelnen Sorten bestimmte früher auch die Auspflanzung der Bäume.

In der Mostgalerie kann man sich durch viele qualitativ hochwertige Moste durchkosten. Außerdem gibt es naturbelassene Säfte – pur oder in interessanten Mischungen, wie Apfel mit Holler, Apfel mit Karotte, Birne mit Ribisel. Marmeladen, Gewürzessig, Dörrobst und hochwertige Schnäpse sind reizvolle Mitbringsel.

Und weil aus dieser Gegend guter Käse kommt, kann man auch davon die besten Sorten zum Most verkosten.

Zum milden Most paßt Frischkäse oder Brie, zum gerbstoffreichen Most: Schnittkäse oder Rotschmierkäse, zum reschen Most: Bergkäse. Der idealste Begleiter zum Most ist Ziegenkäse.
Die Mostgalerie ist im Wirtschaftshof des Stiftes Ardagger untergebracht. Gegenüber liegt das romanische Stift, das Agnes von Poitou, die Frau von Kaiser Heinrich III., 1049 nach der frühzeitigen Geburt ihres Kindes gründete.
In der Kirche beschwören barocke Girlanden die reiche Fülle des Landes. Die ältesten Figuralfenster Österreichs zeigen Szenen aus dem

Zur deftigen Küche der Region und zu ihren delikaten Käsen paßt Most.

Leben der heiligen Margarete. Wie so viele Stifte Österreichs wurde auch Ardagger von Kaiser Joseph II. aufgelöst.
Most kann man in dieser Gegend auf die verschiedenste Weise genießen. Die urtümlichste Gastlichkeit bietet die „Schwarze Kuchl" bei Ertl. Das uralte Bauernhaus liegt auf einem Hügel zwischen Böhlerwerk und Ertl. (Dunkle Wegweiser beachten!)
In dem Bauernhaus aus dem Jahr 1690 ist eine jener abzuglosen Küchen in Betrieb, die man sonst nur noch in Heimatmuseen, wie etwa dem Amonhaus in Lunz, entdecken kann. Wer die niedrige Küche hinter der Gaststube betritt, schnappt nach Luft, die Augen beginnen zu tränen. Hermine Huber, die Bäuerin, steht am offenen Feuer und macht mit einer rußgeschwärzten Pfanne eine abwärtsweisende Bewegung. Man

geht in die Knie und bekommt ein bißchen mehr Luft. Die Wände sind kohlschwarz vom Ruß der Jahrhunderte. Bis vor einigen Jahren hat die Bäuerin hier auch für die Familie gekocht. Jetzt gibt es einen modernen Zubau mit ungeschwärzter Küche. Aber die Gäste wollen noch immer ihre Krapfen vom offenen Feuer und schauen der Huberbäuerin hustend und triefäugig bei der Arbeit zu. „Ist auch nicht schädlicher als der Rauch im Wirtshaus", meint sie . Die Energie von Ruß- oder Rauchkucheln wurde vollständig genutzt, nicht nur am offenen Feuer, sondern auch im Backofen, wo zu den Festtagen der Braten schmurgelte, die gedämpfte Hitze fürs Brotbacken genutzt wurde und der letzte Wärmerest fürs Obstdörren.

In manchen Gegenden wurden auch noch die arsenhaltigen Ablagerungen von der Wand gekratzt – der *Hüttrach.* Er wirkte appetitanregend, gab den Tieren glattes Fell – das machten sich vor allem die Roßtäuscher zunutze. Auch Menschen aßen Hüttrach als Dopingmittel und wurden davon süchtig.

Bei den Hubers in der Schwarzen Kuchl setzt man lieber auf die belebende Wirkung von reschem Most und selbstgebranntem Schnaps zu Topfenkäs, Grammelschmalz und Geselchtem. Auch in den gebirgigen Regionen unterhalb von Ötscher und Hochkar gedeiht guter Most. In einem sgrafittogeschmücktem Haus aus dem 13. Jahrhundert in Lassing bei Göstling schenkt Josef Schrefel seinen milden Premiumsmost aus. Ein guter Abschluß nach einer Wanderung durch diese vielfältige Landschaft: die Mostjause mit dem Blick auf den bunten Bauerngarten und die waldigen Berge.

Auch die erstklassige Regionalküche kommt nicht am Most vorbei. In den traditionsreichen Gasthöfen gibt es eine gaumenschmeichelnde Mostsuppe, Rindfleischsulz mit Mostvinaigrette, Mostlungenbraten mit Mangoldfülle und Mostschober, einen Nußkuchen mit Mostchaudeau, pochierten Birnen und Preiselbeeren.

Ein Besuch im Mostmuseum von Stadt Haag gibt die Möglichkeit, kunstvolle Mostpressen zu bewundern. Sie sind reich geschnitzt, mit religiösen Symbolen und Sprüchen:

Gar köstlich ist der Birn- und Apfelsaft,
den diese Presse rein und edel macht,
doch hüte dich vor viel Getränk,
sonst wird dir Leben und der Weg zu eng.

Die Zimmerleute, die diese Pressen bauten, waren bei den Bauern in Kost und Quartier. Je besser sie verpflegt waren, um so lobender waren die Sprüche über ihre Auftraggeber. Die lange Tradition des Mostobstbaus prägt das Land in vielen Details. Orts- und Personennamen wie – Birnbaum, Apfalter, Holzapfel, Möstlbauer erinnern daran. Auch Pyrha hat damit zu tun – es kommt von der vulgärlateinischen Bezeichnung *pira* für „Birne".
In guten Erntejahren finanzierte der Most den Ausbau der Höfe. „Der Most hat das Haus gebaut", heißt es hier. Er baute auch jene Preßhäuser oder Reibnstöckl, die für die bäuerliche Architektur des Mostviertels so charakteristisch sind wie die Kellergassen für das Weinviertel.
Die Mostpreßhäuser sind oft zweistöckig, mit schön geschnitztem Tor, umrandeten Fenstern. Hier wird der Most gepreßt, hier gluckst und gurgelt er während der Gärung. „Er plaudert", sagen die Bauern. Um Leopoldi, dem 15. November, verstärken sich seine Gärgeräusche, dann rumpelt es im Faß; und wer will, kann heraushören, daß der Most mit „Pold! Pold!" den Landesheiligen anruft.
Viele der schönen alten Preßhäuser wurden in den letzten Jahren niedergerissen oder zu Garagen umfunktioniert.
Der Most hat sehr gute und ziemlich schlechte Zeiten hinter sich.
Die guten waren im Barock, als Maria Theresia 1763 die Auspflanzung von Streuobstbäumen anordnete. Joseph II. belohnte alle Bauern, die mehr als hundert Bäume pflanzten, mit einer Silbermedaille. Auch wer heiratete, mußte Obstbäume pflanzen – das ist bis heute nicht in Vergessenheit geraten.
Mostbäume zu pflanzen ist Zukunftsarbeit – es dauert zwanzig Jahre, bis sie tragen.
Im 18. und 19. Jahrhundert entstand eine Gartenlandschaft von unvergleichlichem Reiz. Vor rund hundert Jahren wurde allein das Straßennetz von 250.000 Obstbäumen begleitet. Das hatte vor allem praktische Gründe: die tiefreichenden Wurzeln befestigten die Straßen.
Most wurde ein wichtiges Handelsgut. Zum Proviant, mit dem die Bauern der Region die Bergleute des Erzbergs versorgten, gehörte immer auch der Most. Der Handelsweg der Donau – später die Westbahn – wurde für den Transport nach Wien, Ungarn, Triest, Salzburg genützt. Es gab eigene, massive Wagen und Schlitten, auf denen die schweren Mostfässer zur Bahn, zum Schiff transportiert wurden. Most war nicht nur das Getränk der Bauern und Landarbeiter, sondern auch der Indu-

Bodenständige Köstlichkeiten aus dem Mostviertel:
Mostschaumsuppe *(oben)*; Gefüllte Schweinsroller mit Mostkraut und Knödel *(unten)*

striearbeiter. „A Seitl Most, daß es net vü kost'!" war die übliche Bestellung im Wirtshaus.

Der Most finanzierte die wuchtigen Vierkanthöfe, er brachte auch Geld in die Städte. Amstetten stieg im 19. Jahrhundert zum lokalen Wirtschaftszentrum auf. Heute ist Amstetten eine vitale, pulsierende und wohlhabende Stadt, die weit in ihr Umfeld hinauswirkt. Alle wichtigen

Handelsketten sind hier vertreten, international bedeutende Großbetriebe für Ladenbau und Schalungen, Kupferinstallationen und Glastechnik florieren in und um Amstetten. Most spielte in der Stadt immer eine wichtige Rolle. 1909 fand im Gasthof Schmidl von Amstetten die erst regionale Mostverkostung statt, an der sich 230 Landwirte beteiligten. Große Bauernwirtschaften produzierten bis zu 20.000 Eimer (1 Eimer = 56 Liter) pro Jahr. Aber je weiter die Industrialisierung der Landwirtschaft fortschritt, desto weniger Most wurde konsumiert. Traktoren trinken halt keinen Most. Und in den Städten begann der Siegeszug der Limonaden und des Biers, der Hauptkonkurrenten des Mosts.

Äpfel geben dem Most pikante Säure und Haltbarkeit.

Das mühevolle Aufklauben tausender Kilo Mostobst stand nicht mehr dafür. Die Bauern griffen zur Motorsäge und schnitten die alten Baumriesen um. 1938 gab es noch doppelt so viele Mostobstbäume wie heute. Die meisten wurden zwischen 1968 und 1988 umgeschnitten. Inzwischen erkannten die Mostviertler, wie stark diese Bäume zur Identität ihrer Landschaft gehören. Und, daß es für guten, sorgfältig verarbeiteten Most wieder eine Zielgruppe gibt.

Der Most und das Land, wo er entsteht, gehören untrennbar zusammen. Darum wird der Most zwar mit großen Festen in der Fußgängerzone von Amstetten gefeiert, aber dann geht es zur Baumblüte hinaus zu den Bauern, aufs Land.

In den kleinen Orten der Region steht der Most im Mittelpunkt heiterer Feste. Am letzten Sonntag im April zelebriert der hübsche Ort Weistrach seinen Mostkirtag mit einem Standelmarkt, auf dem handwerkliche und kulinarische Produkte angeboten werden. In Weistrach gibt es beim Kirchmayr, in einem der stilvollsten Gasthöfe des Mostviertels, die Spe-

zialitäten der Region und dazu, vom Bruder des Wirts, Mostsekt, Most und erstklassige Weine.
In vielen guten Gasthöfen stehen zur Baumblütezeit Most und Käse im Mittelpunkt von Spezialitätenwochen. Landpartien mit Kutschenfahrten unter blühenden Bäumen, geführte Radtouren mit Einkehr in verlockenden Schenken, Käse- und Schnapskulinarien machen Lust, eine viel zu wenig bekannte Region kennenzulernen.
„Amal trinka?" wird jeder gefragt, der bei einem Mostbauern einkehrt. Vor dem ersten durstigen Zug heißt es: „Gesundheit!" „Sollst leben!" antwortet der Gast. Und dann wird das Bauerngeselchte aufgeschnitten, der große Brotlaib geholt, der Schafskäse mit Schnittlauch überstreut. Ein Mosthaus – ein gutes Haus!

Die Technik, so sagt man
de is a mords Seg'n
aber gab's koa Motorsag
tat'n vü Birnbam nu leben.

Erich Stöger (Buchabauer), Winklarn

Wenn's Speckbirnmost regn't
und Bratwürstl schneibt
dann bitt ma den Hergott
daß's Wetter so bleibt.

Karl Hopf, Stift Ardagger

„Many" hoast vü
und „more" hoaßt nu mehr
am meisten hoaßt „most"
und dazua sag i Prost!

Norbert Hauer, St. Oswald
(Aus dem Mostgstanzl-Wettbewerb der Mostgalerie Stift Ardagger, für den dreitausend Gstanzln eingeschickt und 222 veröffentlicht wurden. Der Wettbewerb wurde gemeinsam mit der Volkskultur Niederösterreich veranstaltet.)

Über die Kaskaden des Prollingbachs spannt sich Josef Eybls elegante Stahlkonstruktion.

Wurzeln des Eisens

Rasche Flüsse und Bächer durchädern das Bergland um den Ötscher. Sie trieben die Hämmer der Schmieden an, die das Eisen des Erzbergs bearbeiteten. Eisenwurzen heißt das Grenzgebiet zwischen Oberösterreich, Niederösterreich und der Steiermark.

Hier war die Welt der „Schwarzen Grafen“, jener selbstbewußten und einflußreichen Unternehmer, die vom Mittelalter bis in unser Jahrhundert aus Eisen Gold zu machen verstanden.

Ihre prachtvollen, oft schloßartigen Herrenhäuser sind Zeugen ihres Wohlstands. Ihre Handelsverbindungen gingen quer durch Europa und bis Afrika und Asien. Aber mit der Industrialisierung zerfiel ihr Imperium, auch wenn es rund um die alten Hammerwerke immer noch einige wichtige, eisenverarbeitende Betriebe gibt.

Das Land der Hämmer – vergangenheitsreich – ist von großer landschaftlicher Schönheit. Entlang der alten niederösterreichischen Eisenstraße liegen bezaubernde kleine Orte, Zeugen einer alten Kultur, die sich leicht nachvollziehen läßt. Informative Tafeln, Ausstellungen, Museen liefern eine Fülle von Erklärungen und Anregungen.

Eisenwurzen – bei diesem Namen denkt man an einen Baum, der seine kraftvollen Wurzeln ausbreitet. Ursprünglich galt dieses schöne Bild für den steirischen Erzberg selbst, der rund 1.200 Jahre hindurch abgebaut wurde. Erz dachte man sich als etwas organisch Wachsendes, Regenerierbares, das sich von fremden Energien nährt.

Später übertrug man diese Vorstellung auf das Umland des Berges, das immer wichtiger wurde. Denn als Albrecht III. 1371 verbot, Eisen aus Böhmen und Bayern zu importieren, intensivierte sich der Erzabbau in der Steiermark – mit ungeahnten Folgen für die Umgebung. Der Wald auf und um den Erzberg wurde abgeholzt; immer mehr Bergleute mußten beschäftigt und ernährt werden. Die Ressourcen dafür mußten von immer weiter herangeschafft werden. Das fruchtbare Mostviertel lieferte Lebensmittel, das Ötscherland das Holz. Der Name Eisenwurzen wurde auf das Gebiet zwischen Steyrtal, Ybbs und Erlauf ausgedehnt.

Altes Wasserrad aus einem Hammerwerk bei Ybbsitz

Über unwegsame, bergige Steige, durch Schluchten, entlang reißender Wässer, bahnten sich die Bauern mit ihren hohen, mit Lebensmittel vollgepackten Buckelkraxen, den Weg zum Erzberg.

Ihr Rückweg war um nichts leichter – da füllte Eisen ihre Kraxen. Provianteisen nannte man es, und es war nicht so hochwertig, wie das Eisen, das die privilegierte Stadt Steyr, die Waffenschmiede des Habsburgerreichs, bekam. Aber das Provianteisen war gut genug, um daraus Hacken und Nägel, Sägeblätter, Krautmesser, Pfannen und Löffel, Sensen und Sicheln und die vielen Metallteile bäuerlicher Gerätschaften zu schmieden.

Entlang der wild dahinschießenden Bäche und Flüsse entstanden eisenverarbeitende Betriebe, deren Hämmer, Blasbälge und Schleifräder vom Wasser angetrieben wurden. Die fertigen Waren wurden zur Donau gebracht, in Pöchlarn auf Schiffe verladen, und von dort gingen sie bis in die entlegensten Winkel Europas.

Ein reizvoller Ausgangspunkt, um die niederösterreichische Eisenwurzen kennenzulernen, ist Ybbsitz. Der überschaubare Ort mit den liebevoll restaurierten alten Häusern signalisiert das Selbstbewußtsein und die Wohlhabenheit der Hammerherren, läßt aber auch erkennen, wie schwer die Arbeit war, die dem vorausging.

Seit dem 14. Jahrhundert wird in Ybbsitz Eisen bearbeitet. Entlang der Kaskaden des Prollingbachs reihte sich ein Betrieb an den anderen. Wie es um ihr Prestige bestellt war, ließ sich aus ihrer Lage ablesen: Je weiter unten, in Ortsnähe, angesiedelt, desto angesehener war ein Betrieb. Hier arbeiteten vor allem die wohlhabenden Hackenschmiede. Je weiter oben auf dem Nothberg, desto kleiner das Ansehen. Hier werkten die Erzeuger von Saustriegeln, die Drechsler von Holzgriffen und die Schleifer. Sandstein für die Schleifsteine kam vom Sonntagberg, in der Nähe von Waidhofen an der Ybbs.

Gearbeitet wurde in winzigen Werkstätten am Prollingbach, unmittelbar am Wasser, der die Schleifsteine umspülte. Im Winter mußten die

Auch heute noch sind im Eisenwurzengebiet Holzkohlenmeiler in Betrieb.

Lehrlinge am Morgen das Eis davon abschlagen. Monatelang kam kein Sonnenstrahl in das tiefeingeschnittene Tal. Nässe, Eiseskälte, Finsternis – mit dreißig waren die meisten Schleifer krank und arbeitsunfähig. Von den Schleifen – eine davon wurde noch von Kaiser Franz Joseph zur Arbeitsbeschaffung gegründet – ist nichts mehr übriggeblieben. Aber einige Hammerwerke, zu denen heute moderne Betriebe gehören, blieben erhalten. Im Fahrngruberhammer gibt es Schauvorführungen der alten Handwerkskunst mit dem Originalwerkzeug. Nach entsprechender Anmeldung können Besucher mit Hammer und Zange selbst glühendes Eisen bearbeiten, daß die Funken fliegen und die Ohren dröhnen.

Im Fahrngruberhammer in Ybbsitz werden alte Schmiede-Techniken vorgeführt.

Über den steilen Berg gischtendes Wasser, urzeitlicher Feuerzauber in den Essen, Stampfen und Dröhnen – kein Wunder, daß sich Biedermeiermaler von dieser romantischen Szenerie angezogen fühlten und den Prollingbach, der im 19. Jahrhundert noch viel mehr Wasser führte als heute, immer wieder malten und zeichneten. Wie es jenen erging, die zwischen Hitze und Kälte, in höllischem Lärm unter äußerster Kraftanstrengung arbeiteten, kann man nur ahnen.

Neben dem Fahrngruberhammer zeigt ein kleines Köhlermuseum in einem Schupppen, wie Holzkohle entstand, die für die Eisenerzeugung so wichtig war. Hinter dem Schuppen steht ein Meiler mit kunstvollem Aufbau – Holz darf ja nur ganz langsam und vorsichtig verkohlen. Das ist eine Fertigkeit, die auch heute noch von einigen Bauern geübt wird, sie beliefern allerdings vor allem Grillköche.

Die Ybbsitzer Schmiede waren bekannt für ihr Qualitätsbewußtsein. Ihre Schaumärkte waren die ersten Fachmessen. Der Konkurrenzdruck, der sich dabei entfaltete, steigerte die Leistung.

Der so lange berechtigte Stolz der Hammerherren machte sie allzu sicher. Sie weigerten sich im 19. Jahrhundert den Fortschritt der Industrialisierung und der Vermarktung ernst zu nehmen – das war der Anfang vom Ende.

Metallkunst aus den Bestandteilen alter Maschinen

Wer die schöne Wanderung entlang der Schmiedemeile am Prollingbach unternimmt, vorbei am Fahrngruberhammer und dem Standort der Schleifwerkstätten, wird schließlich von einem hochmodernen, luftigen Gebilde überrascht: von der Erlebnisbrücke, die sich über die Wasserkaskaden des Prollingbachs spannt. Sie ist die Arbeit eines ungewöhnlichen Ybbsitzer Künstlers. Josef Eybl ist ausgebildeter Schlossermeister, er war Leiter der Qualitätssicherung in einem Werk für Eisen- und Kunststoffspritzguß. Seinen Traum, sich selbständig zu machen, erfüllte er sich mit Kunst und Sport.

Bei einem Töpfermarkt in Deutschland sah er Tierplastiken aus Stanzabfällen der Industrie. „Klumpert!“ dachte er. Und: „So was kann ich besser.“

Und dann ging er daran, Bestandteile alter Landwirtschaftsmaschinen zu sammeln. Daraus fügte er mit künstlerischer Phantasie und technischem Können Tiere, vor allem Vögel, zusammen. Gedrehte Kohlengabeln wurden zu Flügeln eines Ibis, Sicheln fächern sich zum Hahnenschwanz auf, eine Hornisse mit drei Metern Flügelspanne entstand aus Pflugscharen, der Kopf einer Ente wurde aus Deichselteilen eines Leiterwagens zusammengefügt. Eine Fuchsfalle verwandelte sich in die Hörner eines Steinbocks. Rost setzt Josef Eybl ganz bewußt als Kunstmittel ein: „Seine Farbe wechselt mit jedem Licht, sie verändert sich im Morgentau und im Regen.“

Die Menschen der Eisenregion nehmen seine Plastiken an. „Es gefällt ihnen, daß ich aus dem alten Eisen etwas Neues, Sinnvolles mache. Und die Bauern, die sie betrachten, sehen sofort, aus welchen Einzelteilen sie bestehen.“

Die Brücke über den Prollingbach wurde mit einer großen Bausteinaktion der Ybbsitzer finanziert. Josef Eybl baute die elegante Stahlkonstruktion gemeinsam mit einem Kollegen, ließ sie in Salzburg feuerverzinken und brachte sie, in Teilen, selbst nach Ybbsitz. Wenn ihm die Arbeit an seinen

Josef Eybl aus Ybbsitz mit einer seiner Metallplastiken

Plastiken Zeit läßt, organisiert und führt Josef Eybl anspruchsvolle Bergtouren für Manager.
Ybbsitz macht Lust, mehr über die niederösterreichischen Eisenwurzen zu erfahren. Der alten Eisenstraße entlang läßt sich eine eindrucksvolle Rundfahrt unternehmen. Sie führt von Ybbsitz ins nahe Gresten, einen uralten Markt, einst Jagd- und Fischrevier der Babenberger. Gresten spielte eine tragische Rolle während der blutigen Bauernkriege des 16. Jahrhunderts. Ausgebeutete Bauern wollten sich die Fron von

Bauern entdecken in den Metallarbeiten Josef Eybls Altvertrautes.

Feudal- und Kirchenherren nicht mehr gefallen lassen, im ganzen Land herrschte Unruhe. Die Burg von Gresten wurde von rebellischen Bauern erobert und geplündert. Elf der Rädelsführer wurden später gefangengenommen und hingerichtet.
Der schloßartige Spörkenhammer aus dem Jahr 1588 ist ein eindrucksvolles Beispiel für die Selbstdarstellung der Hammerherren. Ein modernes Profilwerk setzt den Erfolg der „Schwarzen Grafen" in der Gegenwart fort. Es ist so groß geworden, daß man dafür die Gleise der alten Schmalspurbahn von Wieselburg auf normale Spurbreite umstellte.
Viele der alten Wege, auf denen Rauheisen (Roheisen) und Proviant transportiert wurden, sind heute gut beschilderte Erlebniswege, die außerordentliche Naturschönheit und Information über die reiche Geschichte mit kulinarischen Überraschungen verbinden. Der Proviantweg führt zu bodenständigen Wirtshäusern, die kräftige Jausen oder

willkommenen Proviant in Form von „B'schoadpackerln" anbieten. Damit erinnert Gresten an die Zeit, als es gemeinsam mit Purgstall und Scheibbs Proviantlieferant des Erzbergs war und dafür die „Dreimärktestraße" ausbaute. Manchmal wurden allerdings bewußt sehr schmale Seitenwege eingeschlagen – wenn das Eisen heimlich an den Mautstellen vorbeigeschmuggelt wurde. Oft war das jenes hochwertige Eisen, das sonst nie in die Region kam. Die Mautstraße verlief bei Reinsberg, einem idyllischen Ort, von dessen Burgruine man einen weiten Blick ins Land hat. Auf der Ruine gibt es heute Ausstellungen und Theateraufführungen, die Bezug zur Geschichte der Eisenwurzen haben.

Scheibbs – eine der traditionsreichen Städte der Region – signalisiert mit kostbarer Architektur seine Bedeutung als Handelsstadt. Im Umkreis von vier Meilen (ca. 6,5 km) mußten die Bauern alle Lebensmittel, die sie nicht für den Eigenbedarf brauchten, dem Scheibbser Markt zuliefern.

Die Geschichte von Scheibbs ist eng mit dem Kartäuserkloster Gaming (siehe S 33) verbunden. Das Schloß, heute Sitz der Bezirkshauptmannschaft, war das Verwaltungszentrum der Kartäuser. Im kleinen Sitzungssaal ist ein Fresko des Ordensgründers, des heiligen Bruno, zu sehen.

Das aus dem frühen Mittelalter stammende Schloß mit seinen dekorativen Renaissancearkaden, den kunstvollen Gittern und Fensterkörben läßt ebenso wie die behäbigen Bürgerhäuser aus Renaissance, Barock und Biedermeier ahnen, wieviel Geld und Macht hier einst zusammenflossen.

1538 wurde Scheibbs zum Hauptmarkt für die Versorgung des Erzbergs. Gemeinsam mit Gresten und Purgstall unternahm man es, in gewaltigen Anstrengungen den Peutenburger Felsen wegzusprengen, um die Straße über den Buchberg nach Gaming zu verbreitern. 1561 war die Dreimärktestraße fertig, dann rollten oft 30 bis 40 vierspännige Wagen hintereinander zum Erzberg.

Die Geschäfte der Scheibbser Handelsleute gingen gut. Das sollte auch skurrile literarische Folgen haben. Im Roman *Der Gaulschreck im Rosennetz* von Fritz Herzmanovsky-Orlando beanspruchten die Scheibbser vom Kaiser einen zweiten Donnerstag, was als schwere Störung der Weltordnung angesehen wurde. „Ein Schrei des Entsetzens ging durch die Welt. Man erwartete in dumpfer Resignation das Allerschlimmste. Es geschah aber nichts. – Die Scheibbser hatten sich nur ungeschickt ausgedrückt und bloß einen zweiten Markttag gewollt, der in ihrem Sprachgebrauch mit dem Begriff Donnerstag identisch war. Jetzt gaben sie Ruhe und waren froh, daß sie das dritte weiche ‚b', das man ihnen als Ablenkung hatte geben wollen, immer mannhaft zurückgewiesen hatten."

Scheibbs – der Name leitet sich vom slawischen Wort *sčipečje* (=„Heckenrose") her – soll an die ländlich versponnene Gründungszeit der Stadt erinnern. In „Hetscherl" lebt der slawische Begriff noch weiter. Oder war es ganz anders? Es soll ein wilder Mann aus dem Wald gekommen sein, der den Bewohnern eine Kugel hingehalten und gesagt hat: „Scheibt's!" (Für Nichtösterreicher: „Schiebt sie!") Diesen Mann mit Kugel gibt es auch auf dem Stadtwappen aus dem Jahr 1537 zu sehen. Realität hin oder her – ein Scheibbser Konditor schuf eine griffige Wirklichkeit, in dem er Schokoladekugeln mit delikater Fülle in Umlauf brachte.

Scheibbs hat eine eindrucksvolle Kirche mit einem kunstvollen Netzrippengewölbe und vielen kostbaren Kunstschätzen. In einer Barockkapelle neben der Kirche steht eine spätgotische Ölbergdarstellung.

Knapp vor dem Zweiten Weltkrieg hatte Scheibbs einen Kaplan, der zum bedeutendsten und beliebtesten Kirchenfürsten der Gegenwart wurde: Kardinal Franz König.

In der langen Bürgertradition der Stadt spielte das Schützenwesen eine wichtige Rolle. Ursprünglich schossen die Schützen mit der Armbrust auf Holzvögel, die auf langen Stangen saßen – das sollte Glück und Gesundheit bringen. Mit dem Gebrauch der Feuerwaffen bürgerten sich Zielscheiben ein, die ab dem 17. Jahrhundert mit festlichen, heroischen, aber auch mit komischen, lokalbezogenen Motiven bemalt wurden. Vogeldarstellungen spielten noch immer eine Rolle. Seit 1991 gibt es in Scheibbs am Rathausplatz 10 ein Museum, in dem über 200 phantasievoll bemalte Schützenscheiben, aber auch Fahnen, Gewehre und Auszeichnungen zu sehen sind. Die Scheibe mit martialischen Sprüchen aus der Türkenzeit: „Halt an, Ihr bluethund!" war es wohl kaum, die 1946 auf Anordnung der Alliierten Kommission zur Auflösung des Schützenvereins führten. Der Schützenverein falle „unter den Begriff militärische Organisation" – so die Begründung dieser Entscheidung.

Es gibt viele vergnügliche Szenen aus dem Scheibbser Alltag auf Schützenscheiben zu sehen, sogar eine Huldigung an den Preußenkönig

Friedrich I. Eine Scheibe feiert eine der interessantesten Unternehmerpersönlichkeiten des 19. Jahrhunderts: Andreas Töpper, der für Scheibbs und sein Umland von nachhaltiger Wirkung war.
Andreas Töpper wurde 1786 im steirischen Schwanberg geboren, er lernte das Schmiedehandwerk und entwickelte bereits als Dreiundzwanzigjähriger ein Verfahren, Eisen zu walzen, statt es wie bisher zu hämmern. Erzherzog Johann, selbst Radmeister in Vordernberg und an technischen Neuerungen interessiert, wurde auf den jungen Schmied aufmerksam. Andreas Töpper kaufte ein kleines Hammerwerk bei Scheibbs und begann es, gegen den massiven Widerstand seiner Konkurrenten, zum größten Privatbetrieb Österreichs auszubauen. Er hatte 800 Mitarbeiter, rund um das Werk, auf der grünen Wiese, entstand der Ort Neubruck mit Hallen, Werkswohnungen, einem Herrenhaus und einer Kirche. Töpper hatte zunächst mit Widrigkeiten aller Art zu kämpfen: Die anderen Gewerken versuchten ihm den Zugang zur Wasserkraft der Erlauf abzuschneiden; Überschwemmungen rissen Teile der Werksanlage weg.
Töpper gibt nicht auf. Er wendet sich an Kaiser Franz I., der sein Werk besucht und von der innovativen Technik beeindruckt ist. Aus dem einfachen steirischen Schmied wird ein internationaler Unternehmer, der Studienreisen nach England, der damaligen Hochburg der Stahlerzeugung, unternimmt. Töpper hat Kunden in Triest, er beliefert die ersten Lokomotiven Österreichs mit Spurkränzen, er fertigt Raketenhülsen für die k. u. k. Marine an. In einer Zeit des Hochkapitalismus sichert er seine Arbeiter sozial ab, unterstützt ihre „Bruderlade", eine Frühform der Krankenkasse, baut Werkswohnungen, sorgt für günstige Einkaufsmöglichkeiten, errichtet ein Altersheim.
Sein eigenes Denkmal gestaltet er in Form einer Brücke: In Kasten bei Lunz am See ist sie heute noch zu sehen, ein düsteres Gebilde aus schwarzem Gußeisen mit sechs goldgeschmückten Heiligenfiguren, darunter die Namenspatrone Töppers und seiner Frau Helene.
Andreas Töpper, der das Schloß Scheibbs kauft und damit ein feudalherrliches Signal setzt, sorgt nicht nur als Unternehmer für Aufsehen. Als seine um zehn Jahre ältere Frau stirbt, heiratet der Siebzigjährige ein Mädchen von zwanzig. Amalia Töpper bringt drei Kinder zur Welt, an deren Urheberschaft ein junger Werksführer, den sie später heiratet, nicht ganz unbeteiligt gewesen sein soll. Bis heute hält sich die Geschichte, daß Amalia in Wirklichkeit die uneheliche Tochter Töppers

Andreas Töpper war einer der bedeutendsten Unternehmer des 19. Jahrhunderts.

gewesen sei. Nicht genug Melodram: Nach Töppers Tod bricht das gewaltige Unternehmen zusammen, wird verkauft, das Geld der Erben entwertet die Inflation …

Eine wichtige Station der Eisenstraße war Gaming, das eine neue Facette in der kulturellen Vielfalt der Region zeigt. Hier gibt es nicht nur eine alte Schmiedetradition, die durch Andreas Töpper im nahen Kienberg neu belebt wurde. Wanderer finden hier einen der vier Zugänge zum Naturpark Ötscher-Tormäuer. (Siehe auch S. 65.)

Die Kartause Gaming ist eine der interessantesten Klosteranlagen Österreichs, sie wurde nach langem Verfall wiederhergestellt und zieht Gäste aus dem In- und Ausland an.

Gegründet wurde die Kartause 1322 von Herzog Albrecht II., dem Enkel Rudolfs I., des ersten Habsburgers auf dem Königsthron. Albrecht II., der gemeinsam mit seiner Frau Johanna von Pfirt unter den „Schwarzen Mandern" der Innsbrucker Hofkirche verewigt ist, war der erste Habsburger, der Wien zur Residenz machte und für sehr solide wirtschaftliche Verhältnisse sorgte. Sein faszinierender Sohn, Rudolf IV., war der Begründer der Wiener Universität, er baute die Stephanskirche entscheidend um – und er ließ, zum Vorteil des Hauses Habsburg, ein Reichsprivileg fälschen, das sogenannte *Privilegium maius.* Sein Vater stiftete das Kartäuserkloster Gaming zum Dank für die glückliche Heimkehr seines Bruders, Friedrich des Schönen, aus bayerischer Gefangenschaft.

Man mag heute die prachtvolle Herrschaftsarchitektur des Klosters und die Weltabgewandtheit seiner Mönche als Widerspruch erleben. Aber im Mittelalter waren weltliche und kirchliche Macht eng verzahnt. Gaming entstand an einem wichtigen Wirtschaftsweg, der gleichzeitig Teil der Wallfahrtsstraße nach Mariazell ist. Das bedeutendste Marienheiligtum Mitteleuropas war seit jeher mit den Habsburgern eng verbunden. Deshalb fand auch die Hochzeit eines Habsburgers unserer Zeit in Mariazell statt und die Brautsoiree in der Kartause Gaming.

Das Töpper-Mausoleum in der Fabrikssiedlung Neubruck bei Scheibbs

Der riesige Komplex aus Kirche, Repräsentations- und Wirtschaftsräumen und den charakteristischen Kartäuserzellen in kleinen Häusern mit Garten, entstand in nur 18 Jahren.

Die Kartause, die von Albrecht II. mit viel Land beschenkt wurde, war ein florierender Wirtschaftsbetrieb mit Wald, Landwirtschaft und

Fischzucht. Der Ort Lackenhof am Ötscher (siehe auch S. 68) verdankt seinen Namen einem Fischteich der Kartäuser.
Im 16. Jahrhundert umfaßte der Besitz 300 Quadratkilometer, davon 32.000 Hektar Wald. Die Kolonisation der unzugänglichen Ötscherregion war die Leistung der Kartäuser.
Die Kartäuser widmeten sich nach den strengen Ordensregeln dem Gebet und der Meditation. Ihr Schlaf war genau reglementiert, in zwei Teilen vor und nach Mitternacht, dazwischen wurde gebetet. Die weltlichen Angelegenheiten wurden von Laienbrüdern erledigt.
Viele Kartäuser erbrachten große wissenschaftliche und künstlerische Leistungen, ihr Kräuterwissen war ungewöhnlich groß.
In den Türkenkriegen war die Kartause eine wichtige Fluchtburg. Aber all diese Leistungen nützten nichts – so wie die Kartausen von Mauerbach und Aggsbach und viele andere Niederlassungen kontemplativer Orden löste Joseph II. 1782 auch die Kartause Gaming auf. Der Landbesitz wurde versteigert; die Mönche wurden mit wenig Geld aus dem Kloster gewiesen und sollten in der Seelsorge arbeiten. Der Landbesitz kam unter den Hammer, die Kunstschätze wurden verkauft oder auf andere Kirchen verteilt. Wer heute die Kirche der Kartause betritt, steht vor fast leeren Wänden. Das Chorgestühl kam einst nach Tulln, Altäre nach Ybbsitz, Purgstall, Wieselburg und in die Pfarrkirche Gaming.
Die Bibliothek wurde nach Wien gebracht, bei schrecklichem Wetter – und jedesmal wenn der Wagen im Schlamm stecken blieb, warfen die Kutscher Lederbände unter die Räder.
Die Gebeine des Klostergründers Albrecht II. und seiner Frau Johanna, die beide in der Kartause ihre letzte Ruhestätte gefunden hatten, wurden von Plünderern aus der Gruft geworfen. Danach verfiel die Kartause 200 Jahre lang, wurde schließlich noch von russischen Besatzungssoldaten devastiert und schien dem Untergang geweiht.
Bis 1983 ein couragierter Architekt, Walter Hildebrand, die Ruine kaufte und sie in zehn Jahren instand setzte und revitalisierte. Heute ist sie ein lebendiger, vielfältig genutzter Ort der Begegnung: die franziskanische Universität Steubenville/Ohio hat hier eine Niederlassung; es gibt Hotel- und Seminarräume, ein Restaurant, die Internationale Chopingesellschaft veranstaltet Konzerte. Die Niederösterreichischen Landesausstellung 1991 schloß mit dem Thema „Die Kunst des Heilens" an alte Klostertraditionen an.
Auch die Gebeine des Klostergründers und seiner Familie wurden

feierlich wieder in die Kartause zurückgebracht. Aus zerbröckelndem Mauerwerk, aus Schutt und Ruinen ist die stille Schönheit der weiten Höfe, überwölbter Säle, der Kirche mit ihrem steilen Dach und dem filigranen Turm wiedererstanden.

Nicht weit von Gaming, in Lunz, lebte ein selbstbewußter Menschenschlag, der sich von der Klosternähe nicht beeindrucken ließ. Ende des 16. Jahrhunderts waren die Schmiede von Lunz alle protestantisch, und so mancher wanderte lieber aus, als seinen Glauben aufzugeben.

Einer der Hammerherren von Lunz, Martin Ofner, baute 1551 ein Haus, dessen kraftvolle Schönheit viel über die Menschen dieser Region aussagt. Den Namen hat dieses Haus allerdings von einem, der in dieses Haus einheiratete: Johann Franz von Amon (1745–1825).

Das besondere an diesem wuchtigen Bau sind die grazilen Ornamentbänder, die sich bei näherer Betrachtung als Delphinmuster entpuppen. An der Nordseite ist in diesen Ornamenten die Figur eines Mannes mit Barett und Papierrollen zu entdecken, offenbar der Architekt. Die Delphine deuten daraufhin, daß es ein Italiener war.

Das Amonhaus ist heute ein Museum mit einer guterhaltenen Rauchkuchl und altem Küchengerät, schönen Wohn- und Repräsentationsräumen, in denen Möbel, Trachten, Gebrauchsgegenstände zu sehen sind.

Johann Franz von Amon war Eisengewerke in einer unruhigen Zeit. Die Franzosen drangen bis Lunz vor, plünderten die Vorräte der Bevölkerung und besetzten ihre Häuser.

Amon, Amtmann von Lunz, verhandelte mit den Eindringlingen, nahm Flüchtlinge bei sich auf und rettete zwei versprengte österreichische Kompanien vor den Franzosen – er führte sie auf geheimen Wegen über die Berge nach Wildalpen. Als die Schrecken des Krieges ausgestanden waren, teilte er seine Vorräte mit den Hungernden und ließ die Bauern Erdäpfel anbauen.

Kaiser Franz I. und sein Enkel, der Herzog von Reichstadt, Napoleons Sohn, waren einige Male Gäste im Amonhaus. Amon betrieb einen der großen Zerennhämmer des Ybbstals, ein Eisenwerk, in dem aus Roheisen Schmiedeisen und Stahl geschmolzen wurde.

Lunz, das ursprünglich *in montanis* – „in den Bergen" hieß, bezieht sich heute auf den nahen See. Er ist einer der saubersten und kältesten Badeseen Österreichs. Rund um den See findet man schöne, unberührte Natur – die Narzissenblüte hüllt das Tal in duftendes Weiß.

Am See-Ende liegt der Seehof, ein repräsentatives Schloß, einst Meierhof der Kartäuser, die hier ihr Fischwasser hatten. Im 19. Jahrhundert kaufte es Dr. Carl Kupelwieser, ein Sohn des Malers Leopold Kupelwieser, der zum Freundeskreis Schuberts gehörte.

Dr. Carl Kupelwieser war Jurist mit großem naturwissenschaftlichem Interesse. Er begründete neben vielen anderen wissenschaftlichen und karitativen Institutionen in der Nachbarschaft des Seehofs die biologische Station, die sich mit der exakten Erforschung von Binnengewässern befaßt.

Die uralte Kartause Gaming wurde vor dem Verfall gerettet.

Lunz am See war um die Jahrhundertwende eine beliebte Sommerfrische. Der prominente Opernsänger Leo Slezak hielt hier im Urlaub hof und wurde mit Begrüßungskommiteés am Bahnhof empfangen. Albert Drach, Rechtsanwalt und Literat, hatte hier ein prägendes Sommererlebnis. „Lunz war gewiß die Stelle, an der ich als Kind gehofft, dem Sterben durch Verfertigen von Versen zu entgehen", schrieb er. Der Anblick eines Ertrunkenen hatte erste Todesangst aufsteigen lassen. Der Vater beschwichtigte sie mit der Erklärung, daß Helden und Künstler unsterblich seien ...

Oberhalb des Lunzersees liegt in 1170 Meter Höhe der romantische Obersee. Sein Wasser verschwindet in einem unterirdischen Bach und stürzt dann 60 Meter in die Tiefe. Darunter liegt der düstere, moorige Mittersee.

Um die drei Seen gibt es viele lohnende Ausflugsziele und ein geheimnisvolles Naturphänomen: Auf der Gstettner Alm tut sich das „Grünloch" auf, eine tiefe, von eiskalter Luft erfüllte Mulde, deren Vegetation sich auf die hier herrschenden polaren Temperaturen eingestellt hat.
Das Restaurant Grubmayr, direkt am See gelegen, erweist sich als schöner Rastplatz mit Blick auf das Wasser, aus dem die Forellen und Saiblinge auf der Speisekarte stammen. Wenn eine größere Wandergruppe einfällt, stellt der Wirt die Einmeterpfanne auf den Herd und röstet darin eine Mega-Portion Nockerln.
Das Bewußtsein für die Kostbarkeit der Natur ist im Bereich der Eisenstraße sehr entwickelt. Göstling ist eine der 31 Öko-Gemeinden Österreichs, mit einem naturnahen Tourismusangebot, das die Landschaft nicht belastet. Der Ort ist Ausgangspunkt sanfter und anspruchsvoller Wanderungen und Skitouren. Die schneesicheren Skigebiete des Hochkars sind nur wenige Kilometer entfernt.
Von Göstling führte die Eisenstraße über Lassing nach Süden, Richtung Erzberg. Hier war eine Holztriftanlage, in der die Baumstämme mit Wasserkraft über verschiedene Stufen durch ein enges Tal geschwemmt wurden. Sie landeten in einem See, wo sie nach Größe sortiert wurden. Neben der Anlage standen Kohlenmeiler, die mit Holzabfällen gespeist wurden. Ein Gutshof, Häuser für Holzarbeiter, Schmiede, Tischler, Köhler gruppierten sich um diese Anlage, die nach Jahren des Verfalls wiederhergestellt wurde. Ab Sommer 1998 kann man sich hier auf den Holzweg begeben und erleben, wieviel Kraft, Geschick und Risikobereitschaft in die Holzbringung investiert wurden.
Für Aktive, die hier Natur pur erleben wollen: Von Lassing aus gehen geführte Wildwassertouren auf der Salza oder im oberen Teil der Enns, mit Raftingboot oder Kanu. Eine gemütlichere Alternative bietet der Rad- und Wanderweg entlang des kristallklaren Gewässers des Göstlinger Steinbachtals.
Einer der romantischsten Orte des Ybbstals ist Hollenstein, an Hügel geschmiegt, von einer uralten Kirche überragt und von einem besonders schönen Kalvarienberg flankiert.
Von Hollenstein gingen jene vielteiligen Floßzüge zur Donau oder nach Amstetten, die den Holz- wie den Eisentransport rationalisierten. Eisenwerke mit ihren markanten Rauchfängen säumen die Gewässer und Straßen. Ihre Hämmer stehen still, aber den Geschichten und Sagen, die sich um sie ranken, kann man, auf einem markierten Weg nachge-

hen. Er führt vom Bahnhof über das Ortszentrum von Hollenstein in das verzauberte Hammerbachtal mit seinen Zerennhämmern. An Hand der markanten Bauten werden die Sagen der Eisenwurzengegend erzählt. Beim Konditor Schwarzenmüller kann man dann Eisenwurzenkonfekt naschen und einen Schmiedehammer aus Schokolade bestaunen.

Für ein romantisches Badevergnügen sorgt das Ybbs-Strandbad mit seinen nostalgischen Kabinen, inmitten von viel Grün.

Opponitz ist mit seinem Kraftwerk – einem der ältesten in Österreich – teilweise daran beteiligt, daß in Wien nicht die Lichter ausgehen: 56 Millionen Kilowattstunden werden ins Wiener Stromnetz eingespeist.

Nicht weit von der Eisenstraße, im Hochschwabgebiet, entspringt auch das Wasser der Zweiten Wiener Hochquellenleitung.

In Opponitz zeigt sich die Ybbs von ihrer malerischsten Seite: Sie drängt

Mostobstklauben ist noch immer Handarbeit und Frauensache.

durch schmale Felsengen, strömt dann wieder breit dahin. Die Ufer sind meist gut zugänglich: ein ideales Revier für Fliegenfischer. Sie finden hier eine Flußlandschaft vor, die Könner fordert, wo aber auch Anfänger Plätze finden. An einem Weiher, in dem sich Regenbogenforellen tummeln, können Kinder den Umgang mit Angelrute und Haken üben.

Im Hammer am Bach entstanden Sicheln und Sensen von hoher Qualität. Sie hatten eine Glocke, später eine Eichel mit zwei Kreuzen als

Qualitätszeichen und wurden bis in die Türkei, nach Afrika, Südamerika und Malaysia exportiert. Ein Wasserbreithammer wurde für das Ausschmieden der Sensen- und Sichelblätter eingesetzt, eine Technik, die Ende des 16. Jahrhunderts entwickelt wurde.

Der Hammer am Bach in Opponitz wurde bereits 1620 urkundlich erwähnt. Heute ist er ein völlig unmuseales Museum – er könnte jederzeit wieder in Betrieb gehen.

Am Ende unserer Rundreise wartet eine der anmutigsten alten Städte Österreichs: Waidhofen an der Ybbs.

Seit dem Mittelalter wird hier Eisen bearbeitet und gehandelt. *Ferrum Chalybsque Urbis Nutrimenta* – „Eisen und Stahl ernähren die Stadt" – steht auf dem Ybbserturm. Aber die Konkurrenz von Steyr wirkte sich ungünstig auf den Handel aus. 1501 gab Maximilian I. Steyr das Stapelrecht, Waidhofen zog den kürzeren und beschränkte sich auf die Erzeugung von Eisenwaren. Es gab hier viele Spezialisten von großer Kunstfertigkeit, die Panzerringe, Nadeln, Messer, Sensen fertigten.

Das zweite wirtschaftliche Bein war der Proviantmarkt für den Erzberg; das Einzugsgebiet der in Waidhofen gehandelten Lebensmittel reichte bis zur Donau.

Diese alte Markttradition hat sich bis in die Gegenwart erhalten. Dienstag und Freitag ist am Oberen Marktplatz Bauernmarkt. Rund um die Mariensäule werden Tische und Stände aufgeschlagen. In reizvollen Arrangements, in einem Gemisch der Düfte, breiten sich Käse und Gemüse, Obst und Blumen, Kräuter und Lammfleisch aus. Murmelfett zum Einreiben gegen Rheumatismus wird angeboten. Und lebende Ferkel und Hühner. Am Samstag ist Schmankerlmarkt, da ist das Angebot noch reicher: Es gibt Fisch und köstliche Mehlspeisen, Gewürze und Marmeladen als Ergänzung der Grundnahrungsmittel. Oft sind die Verkäufer genauso interessant wie ihr Angebot. Jeden Dienstag steht ein Hüne mit rotgrau-meliertem Bart mit frischen Schafskäse neben der Mariensäule. Er lebt seit 1980 in Weyr, hat 30 Schafsmuttertiere, die je nach Saison 2 bis 3 Liter Milch geben. Im Jänner, Februar haben sie ihre Jungen, da haben sie auch die größte Milchleistung, im September, Oktober versiegt sie. Für einen Käse werden 4 bis 10 Liter Milch verbraucht.

Der Mann, der meist schon gegen 9 oder 1/2 10 seinen Käse verkauft hat, heißt Helge Stiegler. Liebhaber von Flötenkonzerten kennen ihn als Solisten; seit 1979 ist er Professor für Blockflöte an der Wiener Musik-

hochschule. Einige Zeit war er Ensemble-Mitglied der Gruppe für alte Musik „Les Menestrels".
Helge Stiegler versteht sich keineswegs als Aus- oder Umsteiger. Er ist einfach in zwei Berufen zu Hause. Vom Mai bis September gibt er keine Konzerte, da steht die Landwirtschaft im Mittelpunkt. Während der Studiensemester pendelt er zwischen Weyr und Wien und hält seine Vorlesungen.

Helge Stiegler: Schafbauer, Flötensolist und Hochschulprofessor

Helge Stiegler ist in Waidhofen aufgewachsen, hat in Wien studiert und ist durch das Wochenendhaus seiner Mutter nach Weyr gekommen und hat hier seine Frau Elisabeth kennengelernt. Gemeinsam mit ihr bewirtschaftet er den Hof.
„Der Wechsel der Milieus ist mir wichtig", sagt er, klappt seinen kleinen Tisch zusammen und trägt ihn ins Auto. An der Flöte fasziniert ihn, daß sie über die Jahrhunderte unverändert blieb. Und, daß es dafür so anspruchsvolle Musik aus dem 12. bis 17. Jahrhundert, aber auch aus dem 20. Jahrhundert gibt. Und während er seinen Tisch verlädt, kommt aus dem alten Uhrturm an einem Seil ein Korb, der mit der größten Selbstverständlichkeit von einem Händler gefüllt wird.
Waidhofen an der Ybbs ist eine Stadt, in der die Vergangenheit lebendig und dynamisch an die Gegenwart anschließt. Zwischen den verwinkelten, bogenüberwölbten Gassen und den weiten Plätzen der Altstadt herrscht pulsierender Geschäftsverkehr.
Ein praktisches Verkehrsleitsystem macht es den Besuchern leicht, sich unbeschwert von Parkplatzsuche dem Zentrum zu nähern. Nur ohne Auto läßt sich die harmonische Schönheit der Stadt genießen, kann man unter Arkaden bummeln, in verträumte Höfe und Durchlässe schauen, sich im Marktgewühl treiben lassen.
Am Zusammenfluß von Ybbs und Schwarzbach entstand die erste Burg, die lange dem Bischof von Freising gehörte.

Wer vom Parkplatz Parkbad über die Ybbs-Brücke geht, hat die reizvollste Annäherungsmöglichkeit an die Stadt entdeckt. Wasser, Fels, altes Gemäuer – aus dieser Perspektive kann man sich auch heute noch das mittelalterliche Waidhofen vorstellen.
Aber was man tatsächlich sieht, ist lange nicht so alt. Die Burg, die im 19. Jahrhundert der Familie Rothschild gehörte, wurde ab 1885 von Friedrich Schmidt, dem Erbauer des Wiener Rathauses, in neogotischem Stil umgebaut. Heute beherbergt sie eine Forstschule und ist Schauplatz sommerlicher Theateraufführungen. Über eine Fußgängerbrücke kommt man hinauf in den ältesten Teil der Stadt, zur Pfarrkirche, die dem heiligen Laurenz und der heiligen Magdalena gewidmet ist. Ein prachtvoller gotischer Flügelaltar gehört zu den Kostbarkeiten dieser Kirche.
In der Mitte des Oberen Marktes steht ein Stadtturm, dessen Uhr immer 11 Uhr 45 zeigt – zur Erinnerung an die Stunde, da ein Aufgebot wehrhafter Bürger 1532 die Türken aus der Stadt trieb.
Am Unteren Marktplatz bietet sich eine höchst genußvolle Möglichkeit, sich an die Vergangenheit Waidhofens und seiner Umgebung anzunähern: In einem schönen alten Haus, mit einem Brezel als Hauszeichen, sorgt die Familie Piaty in der fünften Generation schon für süßen Gaumenkitzel – und eine Überraschung. Wer sich rechtzeitig anmeldet, kann gleich nachdem er die Piaty-Torte verkostet hat, eine reichhaltige Sammlung bäuerlicher Gebrauchsgegenstände besichtigen. Zusammengetragen hat sie Karl Piaty IV., der Vater des jetzigen Besitzers. Zunächst fotografierte er schöne alte Häuser der Umgebung und ihre Einrichtung. Als er merkte, wie oft kostbarer Hausrat ausgemustert wurde, begann er zu sammeln. So kam eine Bauernstube aus dem Jahr 1642 in das Obergeschoß der Konditorei, sogar die geschnitzte Decke wurde übertragen, die winzigen Fenster in Originalmaßen nachgebaut.
Nach und nach sammelte Piaty 2.000 Objekte aus 245 Bauernhäusern in einem Umkreis von 10 km um Waidhofen. Sie erzählen Geschichten von Arm und Reich – wie die Türklopfer, die aus einem Hufeisen mit Schraube oder aus kunstvollem Schmiedeeisen bestehen konnten.
Bettscheren, damit man nicht aus den hohen, schmalen Betten fiel, gehörten ebenso zur Einrichtung eines Bauernhauses wie der Herrgottswinkel mit Devotionalien. Ein expressives Kruzifix könnte sehr alt oder relativ modern sein. Karl Piaty weigerte sich, das feststellen zu

lassen. Ein höchst ungewöhnlicher Apparat mit Lederschleifen diente der Hörnerregulierung von Kälbern. Ein hoher schmaler Käfig mit Spiraltreppe beherbergte ein Eichhörnchen – so konnte man es füttern, ohne daß es entwischte.

1927 hatte Karl Piaty zu fotografieren begonnen, ab 1936 bereits in Farbe. Sein reichhaltiges Archiv hält eine bäuerliche Welt fest, die es längst nicht mehr gibt.

Im Stadtbild von Waidhofen erhielten sich allerdings noch viele andere reizvolle Details einer fernen Zeit.

Am Ybbsufer, im erst 1972 eingemeindeten Stadtteil Zell, bezaubern die zum Wasser abfallenden alten Häuser mit ihren verwitterten Holzanbauten. Am anderen Ufer arbeitet noch ein Faßbinder, dessen Produkte international sehr gefragt sind. Er liefert Eichenfässer für den Barrique-Ausbau.

Außerhalb des Zentrums ist Waidhofen eine moderne Stadt, in der auch die Eisentradition eine zeitgemäße Ausformung gefunden hat. Das Böhler-Ybbstalwerk, eine Gründung des 19. Jahrhunderts, ist ein hochmoderner Betrieb mit 800 Mitarbeitern, der in alle Welt exportiert. Hochwasser, Demontage der Nachkriegszeit, Umstellung auf neue Technologien hat dieser Großbetrieb überstanden. Die Eisenwurzen sind zäh und wandlungsfähig.

Das Land, das dem Erzberg vorgelagert ist, hieß von altersher die Eisenwurzen. Diesen schönen und kraftvollen Namen verdankt die Gegend der Vorstellung, daß der steirische Erzberg gleich einem gewaltigen Baum seine Wurzeln weit um sich ausbreitet.

Elisabeth Kraus-Kassegg: Die Herren von Amon und ihre Frauen

Oben: Leopold III., der Heilige. Babenberger-Stammbaum Stift Klosterneuburg
Rechts: Turm der Stiftskirche Seitenstetten

Kreuz und Krone

Niederösterreich ist wie ein offenes Buch, dessen betörend schöne Bilder ein Stück europäischer Geschichte widerspiegeln.
Hier konzentrierte sich seit dem Mittelalter kirchliche und weltliche Macht und hinterließ schicksalsträchtige Bauten und Kunstwerke, die auf erstaunliche Weise Kriege, Überfälle, Brandschatzungen, Vandalismus überdauerten. Man kann nur ahnen, welche Überfülle verloren ging. Aber auch die Verluste gehören zur Identität eines Landes.
Der erste, der das Christentum in diese Region trägt, ist der heilige Severin. Er wirkt als Missionar in *Favianis* (Mautern). Und hat, wohl dank seiner Beziehungen zum weströmischen Kaiserhaus, Einfluß, der bis Salzburg und Passau reicht. Als Severin 482 in Mautern stirbt, geht die Ära der Römer an der Donau zu Ende.
Eine Zeit des Kampfes, der Verdrängung und Vernichtung beginnt. Rugier, Heruler, Goten, Langobarden, Awaren, Ungarn stoßen nacheinander in den Raum an der mittleren Donau vor. Um 530, als die Langobarden große Teile Niederösterreichs beherrschen, bildet sich aus Rugiern, Sueben, Markomannen und Resten der provinzialrömischen Bevölkerung am Oberlauf der Donau ein neuer Stamm: die Bajuwaren. Zunächst noch abhängig von den Langobarden, gerieten sie später allmählich in den Einflußbereich der mächtigen Franken.
Seit dem 6. Jahrhundert sind die Bajuwaren oder Baiern Christen und beginnen selbst im Donauraum zu missionieren. Sie siedeln sich auch

im Traungau an, und um 760 beherrschen sie wahrscheinlich bereits das Viertel ob dem Wienerwald. In dieser Zeit gründen sie auch das erste Kloster in St. Pölten, das mit Benediktinern aus Tegernsee besiedelt wird. Innerhalb der kirchlichen Verwaltung wird das Donautal dem Bistum Passau zugewiesen.

Das Oktogon in Wieselburg – älteste Kirche der Babenbergerzeit

Um diese Zeit ist Niederösterreich südlich der Donau wenig bevölkert; immer wieder gibt es Überfälle von Reiterkriegern aus dem Osten.

Kirche und Herrscher dringen langsam und planvoll nach Westen vor. 976 wird Luitpold, aus der mächtigen ostfränkischen Familie der Babenberger, von Kaiser Otto II. mit der bayerischen „Ostmark“ belehnt. Das Bistum Regensburg empfängt den Ort Wieselburg als Schenkung des Kaisers. Dort, am Zusammenfluß von Großer und Kleiner Erlauf, entstehen eine mächtige Burg und eine Kirche: Das Oktogon ist die älteste, bis heute erhaltene Kirche der Babenbergerzeit. Ein Zentralbau, reich mit Fresken geschmückt – ein letzter Widerhall spätantiker Baukunst. Heute ist nur der östlichste Teil erhalten, das Langhaus wurde im Mittelalter angebaut.

Nach dem entscheidenden Sieg über die Ungarn auf dem Lechfeld, 955, kehrt nur vorübergehend Frieden ein. Im Jahre 996 vermacht Kaiser Otto III. dem Bistum Freising 30 Königshufen Land in Neuhofen an der Ybbs. Der Name *Ostarrichi,* längst für das Land östlich der Ybbs in Gebrauch, ist zum erstenmal aktenkundig.

Die Babenberger etablieren sich und schaffen mit unfehlbarem Instinkt neue Stützpunkte mit großen Entwickungsmöglichkeiten. Auf dem Felsen von Melk, hoch über der Donau, entsteht im 10. Jahrhundert unter Markgraf Luitpold eine typische Burg dieser Zeit: geschützt durch die exponierte Lage. Unter dem Felsen duckt sich im Schutz der Burg ein kleiner Ort. Später siedelt sich auf dem Felsen ein Kollegiatsstift an. Kirchliche und weltliche Macht durchdringen einander auch räumlich, Melk wird die Residenz und die Grabstatt der frühen Babenberger. Im nahen Göttweig entsteht 1070 auf dem Berg, den schon die Römer besiedelten, eine Burg mit Kapelle – Kristallisationspunkt jenes mächtigen, turmgekrönten Stifts, das markanter Teil der Donaulandschaft geworden ist. Gegründet wurde es von einem hochpolitischen Kirchenmann: Bischof Altmann (1015–1091) kommt aus Sachsen, wird Bischof von Passau und nimmt im Investiturstreit zwischen Kaiser und Papst Stellung gegen Heinrich IV. Nach dessen Canossagang muß er Passau verlassen und gründet Göttweig.
Auch der Babenberger Leopold III. bezieht in diesem Streit Stellung: Er kämpft an der Seite Heinrichs IV. gegen dessen Sohn. Und wird dann über Nacht zum Verräter. Mit seinem Heer verläßt er den alten Kaiser und läuft zum Sohn über. Als Preis bekommt er die Tochter des Kaisers – und ihre riesige Mitgift. Der verratene Kaiser gerät in Gefangenschaft des Sohns und stirbt bald darauf. Der Sohn folgt ihm als Heinrich V. auf den Thron. Leopold heiratet Agnes, die Schwester des jungen Kaisers. Sie ist die Witwe Herzog Friedrichs von Staufen, mit dem sie elf Kinder hatte. Agnes ist bei ihrer zweiten Heirat vierunddreißig und soll Leopold angeblich noch achtzehn (!) Kinder geboren haben.
Mit dem Geld seiner Frau stiftet Leopold Klosterneuburg. Um 1130 entstehen Kirche und Kloster. In einem Teil des alten Römerkastells ist Leopolds erster Wohnsitz, später baut er sich eine standesgemäße Burg. 1133 ziehen die Augustiner Chorherren in das Stift ein. Es sind weitgereiste und gelehrte Männer, die ihr Wissen und ihre Kunst in den Dienst des neuen Klosters stellen. In ihren Zellen entstehen kostbare Bücher, die ersten Landkarten der Region und die ältesten Globen der Welt. Und sie lassen einen Künstler, Meister Nikolaus von Verdun, eine grandiose Bilderbibel malen: den goldschimmernden Verduner Altar mit seinen 51 Emailtafeln.
Leopold stiftet noch weitere Klöster, die dem Land kulturelle Prägung geben: 1133 die erste Niederlassung der Zisterzienser, Heiligenkreuz.

Durch seinen drittgeborenen Sohn Otto, der mit 29 Jahren Abt des burgundischen Zisterzienserklosters Morimond wird, ist Leopold dem Orden verbunden. Otto wird später Bischof von Freising und einer der bedeutendsten Geschichtsschreiber des Mittelalters. Die Zisterzienser sind ein Orden, der sich durch die eigene Arbeit erhalten muß. Rund um das Kloster entsteht ein Dorf mit Mühlen, Landwirtschaft, Gärten und Weinbau.

Auch Kleinmariazell, am Fuß des Hafnerbergs, eine Station auf dem Weg nach Mariazell, ist eine Gründung Leopolds.

Das menschenleere Land beginnt sich mit Leben zu füllen. Rund um Klöster und Burgen entstehen Dörfer. Krems, Tulln, Wien und Hainburg werden zu Städten erhoben.

Kapitelsaal in Heiligenkreuz mit dem Grab Friedrichs II.

Um die Gründungsgeschichte von Klosterneuburg spinnt sich eine zarte Legende, vom verwehten, nach neun Jahren wiedergefundenen Schleier der Markgräfin Agnes. Am Platz, wo der Schleier gefunden wurde, ließ Leopold Klosterneuburg errichten.

Leopold ist einer der mächtigsten deutschen Fürsten – man bietet ihm dreimal die Kaiserkrone an, er lehnt jedesmal ab.

Er wird zur legendären Figur.

1485 wird Leopold III. auf Intervention von Kaiser Friedrich III. heilig gesprochen.

Seit 1663 ist er Landespatron Österreichs. Niederösterreich behält eine besonders enge Bindung an ihn.

Die Babenberger machen Karriere. Unter Kaiser Friedrich I. Barbaros-

sa werden sie Herzöge von Österreich, dem „Schild und Herz des Heiligen Römischen Reichs". Heinrich Jasomirgott, der Sohn Leopolds, schlägt als erster seine Residenz in Wien auf.
Die Klöster, die die Babenberger stifteten, werden immer prächtiger ausgebaut. Heiligenkreuz, mit seinem meditativen, hochromanischen Kirchenraum, mit der weltfernen Gelassenheit seines Kreuzgangs, hat für sie eine besondere Bedeutung. Leopold V. und seine Familie und der allerletzte der Dynastie: Friedrich der Streitbare, sind hier begraben.

Der Kreuzgang von Stift Lilienfeld mit seinen Marmorsäulen

Leopold V. stiftet der Kirche ein Stück vom Kreuz Christi, das er von einem folgenreichen Kreuzzug aus dem Heiligen Land mitbringt. Vor Akkon kommt es 1191 zur Begegnung mit Richard Löwenherz, der das österreichische Kampfzeichen von der gemeinsam erstürmten Festung herabreißt. Es folgt eine Auseinandersetzung, Richard kehrt auf dem Landweg zurück und wird ausgerechnet in Erdberg bei Wien erkannt und als Gefangener in die Kuenringerburg Dürnstein gebracht. Für das größte Lösegeld der Epoche, 150.000 Mark in Silber, kommt er frei. Das Geld wird zwischen Kaiser Heinrich VI. und Leopold V. geteilt. Der Babenberger läßt davon Wiener Neustadt bauen, Hainburg, Enns und Wien befestigen.
Noch ein großes Stift begründen die Babenberger: Lilienfeld. 1202 wird es an strategisch günstiger Stelle, an der damaligen Grenze zur Steiermark, erbaut und wirkt als kulturelles Zentrum in den noch wenig erschlossenen Raum des Traisen- und Gölsentals hinein. Wahrscheinlich sind an diesem Bau, wie in Heiligenkreuz, französische Klosterbaumeister beteiligt. Heiligenkreuz schickt auch die ersten Mönche.
Stift Lilienfeld wird zu einem weiteren Ruheort von Babenbergern: Herzog Leopold VI. und seine Tochter Margarete, die verstoßene Gemahlin des Przemysl Ottokar, sind hier begraben.
Mit Margaretes Bruder, Friedrich II., der jung im Kampf gegen die

Ungarn fällt, sterben die Babenberger aus. Mit der Dynastie geht eine Epoche zu Ende. Sie haben dem Land Struktur und kulturelle Identität gegeben, aus dem öden, ausgeplünderten Grenzland wurde ein selbstbewußtes Herzogtum, das politisch eine wichtige Rolle spielt. Die Gotik, die mit so vielen eindrucksvollen Bauten und Kunstwerken im Land erhalten blieb, ist das kostbare Erbe der Babenbergerzeit. Niederösterreich bleibt das Kernland eines Staates, der gewaltigen Veränderungen unterworfen ist.

In der schicksalsträchtigen Grenzregion des nördlichen Niederösterreich, am Marchfeld bei Dürnkrut, findet 1278 jene entscheidende Schlacht statt, mit der der Aufstieg des Hauses Habsburg beginnt.

Es ist eine eigenartige Fügung, daß 1918 nicht weit davon, im Schloß Eckartsau, der letzte Habsburger, Kaiser Karl, abdankt.

Auch die frühen Habsburger sind eifrige Klostergründer. Sie fühlen sich besonders dem Kartäuserorden verbunden. In ihrer Ära entstehen die Kartausen von Mauerbach, Aggsbach und Gaming.

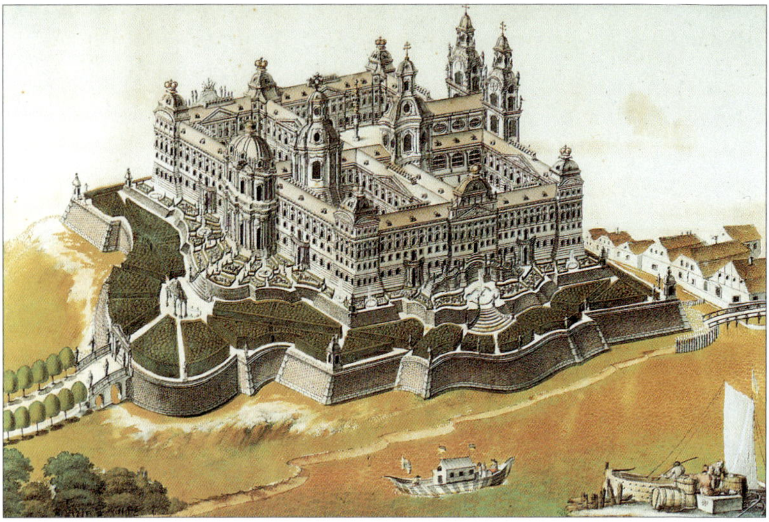

Stift Klosterneuburg: als machtvolle Klosterresidenz des Kaisers geplant

Zwischen dem selbstbewußten Bürgertum von Wien und den neuen Landesfürsten kommt es zu immer größeren Konflikten um alte Handelsprivilegien. Einige Bürgermeister werden wegen ihrer Rebellion gegen den Herrscher hingerichtet. Kaiser Friedrich III. wird von den Wienern in der Hofburg belagert und flüchtet nach Wiener Neustadt, in die „Allzeit Getreue“.

Die Stadt, die von Leopold V. als Festung gegen die Ungarn gegründet wurde, nimmt einen gewaltigen Aufschwung, als Friedrich III. die Wiener Neustädter Burg zu seiner Residenz wählt.
Rege Bautätigkeit beginnt, der Kaiser zieht bedeutende Persönlichkeiten in die Stadt und fördert sehr bewußt das Kloster- und Kirchenwesen. Er holt die Zisterzienser, weltliche und regulierte Chorherren, Pauliner-Eremiten und den St.-Georgs-Ritterorden und baut ihnen Klöster. Wiener Neustadt wird Bistum und bleibt es bis 1785.
Vier von den fünf Kindern Friedrichs werden in Wiener Neustadt geboren, darunter auch sein großer Sohn Maximilian I.
Friedrichs Frau, Eleonore von Portugal, und drei seiner Kinder sind im Neukloster begraben, Maximilian – auf eigenen Wunsch – unter dem Hochaltar der Sankt-Georgs-Kirche.
Im Spätmittelalter sind die Klöster Niederösterreichs mit reichem Grundbesitz ausgestattet. Die Prälaten haben großen politischen und kulturellen Einfluß. In den festlichen Sälen der Klöster und in den Kirchen sammeln sich die wunderbarsten Kunstwerke.
Aber der äußere Glanz täuscht. Die Kraft des Glaubens läßt im gleichen Maß nach, wie die Macht der Kirchenfürsten wächst. Die Unzufriedenheit im Volk wird immer größer – Mißstände lassen sich nicht mehr vertuschen. Das Ablaßwesen macht die Vergebung der Sünden zu einer käuflichen Ware. Äbte leben im Konkubinat, manche verkünden die eigene Hochzeit von der Kanzel und feiern sie dann öffentlich mit den Ratsherren ihrer Gemeinde. Wie eine Erlösung werden Luthers Reformthesen begrüßt. 1517 schlägt er sie in Wittenberg an der Tür der Kirche an, bereits 1519 werden sie in der Wiener Druckerei Singriener nachgedruckt. Die neue Lehre verbreitet sich in Windeseile und wird nicht nur vom Volk, sondern auch von vielen Adeligen, vor allem des nördlichen Niederösterreich, aufgenommen und verbreitet.
Gleichzeitig mit der Unzufriedenheit der Gläubigen, explodiert die Verzweiflung der unterdrückten Bauern,die sich in kriegerischen Scharen zusammentun, um gegen Feudal- und Kirchenherren zu rebellieren.
Zu diesen Konflikten im Land kommt noch die Bedrohung von außen. 1526 siegen die Türken, die die Fahne des Propheten nach Westen tragen, in der Schlacht von Mohács; der ungarische König Ludwig II. fällt. „Jedes Stück Land, das der Huf unserer Pferde berührt, ist unser Land" – das ist die Maxime der Türken. Sie beginnen einen Eroberungsfeldzug, der vor allem in Niederösterreich furchtbare Opfer fordert.

Der Papst erlaubt den Landesfürsten, daß sie ein Viertel des Kirchenvermögens verkaufen, um es für die Landesverteidigung zu verwenden. Schließlich einigen sich Kaiser und Papst auf eine Pauschalsumme, die aber nur sehr zögernd gezahlt wird. Überbrückungsgelder kommen von reichen Kaufleuten wie den Fuggern.
Bereits um 1555 ist das Land in zwei konfessionelle Lager geteilt. Vor allem die Schlösser im Raum von Horn werden zu Zentren des Protestantismus. Auch der Bauherr der Schallaburg, Hans Wilhelm von Losenstein, bekennt sich zum neuen Glauben.
In Waidhofen an der Ybbs, das im Besitz der Bischöfe von Freising ist, werden einige Ratsherren wegen religiöser Aufwiegelung des Volkes verurteilt.
Der Protestantismus bewirkt aber auch ein Erstarken der katholischen Kräfte. Neue Kirchen werden gebaut, der Jesuitenorden treibt die Gegenreformation voran. Die Erinnerung an alte Werte wird mit starken Symbolen beschworen: Erzherzog Maximilian III. schenkt 1616 Klosterneuburg den Herzogshut der Babenberger und eine silberne Reliquienbüste des heiligen Leopold.
Die Glaubenskämpfe eskalieren im Dreißigjährigen Krieg, der an seinem Ende nur Verlierer hinterläßt. Freund und Feind sind für das ausgeblutete, gedemütigte Volk austauschbare Begriffe – die Barbarei kämpft auf beiden Seiten mit. Daß es in diesem Krieg jemals um den Glauben ging, ist längst vergessen.
Als endlich wieder Frieden herrscht, gewinnt die Gegenreformation neue Kraft. Kommissionen wandern durchs Land und stellen Bürger und Bauern vor die Wahl: Rückkehr zum alten Glauben. Oder: Auswandern. Viele verlassen das Land. Da viele Gebiete Mitteleuropas nach dem Dreißigjährigen Krieg unter Bevölkerungsmangel leiden, werden die Exulanten überall mit offenen Armen aufgenommen. Der protestantische Adel verliert viel weniger – nur seine Feste im neuen Ritus müssen jetzt im protestantischen Ungarn gefeiert werden.
Das tägliche Leben, der Ablauf des Jahres, wird von der katholischen Kirche jetzt ganz bewußt mit starken, feierlichen Ritualen durchzogen. Neue Heilige wie St. Leonhard oder der Brückenheilige Nepomuk werden verehrt und in schönen, ausdrucksvollen Statuen in den Alltag integriert. Marterln, Bildstöcke, Kapellen schmücken als Signale einer neuen Frömmigkeit die Landschaft. Alte Brunnenheiligtümer und ihre Legenden bekommen einen katholischen Überbau. Bäume werden

Die Kirche von Stift Seitenstetten: ein Meisterwerk Jakob Prandtauers

mit Marienbildern geschmückt; daraus entstehen einige der bekanntesten Wallfahrtskirchen Niederösterreichs: Maria Taferl, Maria Dreieichen, die Mariahilferbergkirche bei Gutenstein.

Unglaubliche Menschenmassen setzten sich wallfahrend in Bewegung

– glücklich über das Ende des Krieges und – nach 1683 – über das Ende der Türkengefahr.
Wallfahrten, die geistige Entrücktheit und Abenteuerlust auf einen frommen Nenner bringen, gab es schon in der Antike. Im Mittelalter leben sie wieder auf. Ihr Ziel sind die heiligen Stätten, auf deren Spur sich auch die Kreuzfahrer begeben.
Aber auch Bilder, die einen Heiligen repräsentierten, werden inbrünstig verehrt. Das berühmteste Marienheiligtum Mitteleuropas, Mariazell, entsteht im Jahre 1157, rund um eine Marienstatue, die ein Mönch des Klosters St. Lambrecht in die Einöde getragen haben soll. Dort baut er angeblich eine Zelle, die bald von Bauern und Hirten aufgesucht wird. Und dann schalten sich zwei Männer ein, die die überregionale Bedeutung der Marienverehrung an diesem Ort begründen. Um 1200 baut Heinrich I. Wladislaw, Markgraf von Mähren, nach seiner Heilung von der Gicht, die erste Kirche. Ludwig I., König von Ungarn (1342–1382), läßt nach seinem Sieg über die Türken eine Kapelle um die Marienfigur errichten und stiftet das schöne Schatzkammerbild.

Der Meierhof von Stift Seitenstetten mit dem reizvollen Hofgarten

Mariazell wird so zum großen Heiligtum der Ungarn und Slawen. Die wichtigsten Wege ins steirische Mariazell führen durch Niederösterreich.
Mit dem Wiederaufleben der Wallfahrt in der Zeit der Gegenreformation wurde auch die alte *Via Sacra* über Lilienfeld und Annaberg wieder begangen. Vor allem die am 24. August stattfindende St.-Stephans-Prozession führt jedes Jahr bis zu 23.000 Pilger von Wien nach Maria-

zell. Auf dem Wallfahrtsweg, wo die Pilger ihre Rast halten, entstehen die schönsten Barockkirchen: am Hafnerberg, in Kleinmariazell, am Annaberg. Auch die gotischen Stifte Heiligenkreuz und Lilienfeld an der *Via Sacra* werden im reichen Barockstil ausgebaut.

Die frommen Wanderungen zum Marienheiligtum haben auch handfeste kommerzielle Nebenwirkungen: Unterwegs und am Ziel lassen die Pilger Geld im Land.

Die Habsburger stehen in besonders enger Beziehung zu Mariazell. Ab 1600 pilgern alle Herrscher fast zweihundert Jahre lang mit Gefolge in die Basilika, die bis 1690 ihre heutige Form erhält. Maria Theresia und Franz I. stiften das kunstvolle Silbergitter um das Gnadenbild. Fast alle großen Namen der Monarchie sind mit Stiftungen vertreten – besonders häufig die der ungarischen Aristokratie. Aber Mariazell ist nicht das einzige Ziel frommer Pilger. Neben den großen Marienheiligtümern Niederösterreichs gewinnt auch der Sonntagberg an Bedeutung. Wie so viele Wallfahrtsorte, war auch dieser bereits eine vorchristliche Kultstätte. In Zeiten der Bedrängnis rankten sich Legenden um das Heiligtum, hoch oben auf dem Berg. So sollen die Pferde türkischer Reiter, die sich dem Sonntagberg näherten, bei einem Brunnen zitternd in die Knie gefallen sein und den Gehorsam verweigert haben. Dieses Roßwunder war angeblich der Anlaß, eine Kapelle zu errichten.

Bereits seit 1440 gibt es hier eine kleine Kirche, in der auch ein uralter Stein verehrt wird – was später die Protestanten als heidnischen Brauch verspotten. Der „Zeichenstein“ ist noch heute in der barocken Kirche, hinter schöngeschwungenen Gittern zu sehen. Der Kirchenbau wird von 1706–1732 nach Plänen Jakob Prandtauers von seinem Neffen Josef Munggenast vollendet. Der überwältigend große und festliche Kirchenraum wird von den berühmtesten Barockkünstlern wie Daniel Gran, dem Kremser Schmidt, Peter Widerin ausgestaltet.

Jakob Prandtauer ist die dominante Architektenpersönlichkeit des niederösterreichischen Barock. Gemeinsam mit Munggenast läßt er seine Bauten aus der Landschaft wachsen. Viele der großen Stifts- und Kirchenbauten Niederösterreichs tragen seine Handschrift. Aber auch kleine, wenig bekannte Kirchen: Die ungewöhnlichste unter diesen ist die Kirche St. Veit in Toberstetten, unweit von Neuhofen an der Mürz. Prandtauer baut eine wunderbar harmonische Barockhalle an den gotischen Altarraum an. Darstellungen von drei sehr populären weiblichen Heiligen schmücken den Raum:

Die Margarete mit dem Wurm,
Die Waberl mit dem Turm,
die Kathl mit dem Radl,
sind die drei heiligen Madl.

Das Geheimnis dieser Kirche verbirgt sich hinter dem Altar: eine mit Löchern versehene Steige für 20 Hendln. Diese wurden, bis in die Zeit der Aufklärung, dem heiligen Veit zum Opfer gebracht. Nicht nur in Toberstetten, sondern in allen Sankt-Veits-Kirchen in Prag, im Elsaß, in Tirol, Oberösterreich und in Wien. Ein Ritual, das wahrscheinlich auf den Vorgänger des Heiligen, den slawischen Lichtgott Svantevit zurückgeht – auch ihm wurden Hühner geopfert.

Stift Melk im Spiegelbild der vorbeifließenden Donau

An uralte, wahrscheinlich keltische Riten erinnert auch eine andere, von Prandtauer ausgebaute Kirche: Maria Taferl, vor deren Eingang ein vorchristlicher Opferstein liegt.

Unter den großen Stiftsbauten Jakob Prandtauers ist Seitenstetten der ruhigste, moderateste Bau. „Vierkanter Gottes“ ist ein guter Name für das 1718 begonnene Kloster. Wo Gott wohnt, gibt es auch einen himmlischen Garten. Der Hofgarten von Seitenstetten, der an den Meierhof anschließt, wurde erst vor wenigen Jahren in seiner ursprünglichen Form wiederhergstellt. Er repräsentiert das Idealbild eines Klostergartens mit heilsamen Pflanzen, der durch barocke Brunnen und Blumenparterre heitere Harmonie gewinnt. Uralte Obstsorten, historische Strauch- und Kletterrosen sind die reale Entsprechung barocker Blumen- und Früchtestilleben in der reichhaltigen Gemäldesammlung des Stifts. Im Garten von Seitenstetten wurden die ersten Erdäpfel Österreichs gezüchtet.

Die Benediktiner von Seitenstetten führen seit 1814 ein Gymnasium, zu dessen Schülern eine Reihe kirchlicher und staatlicher Würdenträgern, u. a. Bundeskanzler Julius Raab und Kardinal Franz Nagl gehörten.

Zur Ikone österreichischer Kirchenbaukunst wird Prandtauers triumphales Stift Melk. In keinem anderen seiner Bauten ist die Verschmelzung von Natur und Architektur so bruchlos gelungen wie bei diesem Bau, hoch auf einem Felsen über der Donau. Um 1700 wird Prandtauer vom damals erst dreißigjährigen Abt Berthold Dietmayr beauftragt, aus der einstigen Babenbergerresidenz, die seit 1113 Benediktinerkloster ist, eine Residenz Gottes zu bauen. Einen völligen Neubau, da bei einem Umbau „nichts Schönes und Ehrenvolles herauskommen könne“. Im Sturm des Neubeginns werden nicht nur das alte Kloster, sondern auch das Grab des heiligen Koloman zerstört. Der irische Pilger Koloman wurde um 1012 der Spionage verdächtigt und an einem Holunderstrauch gehenkt. Später ließen ihn die Babenberger in Melk, ihrem ersten Herrschaftssitz, ehrenvoll bestatten. Keine andere Zeit hat sich radikaler von ihren historischen Wurzeln getrennt als das Barock.

Melk, dessen überwältigender Kirchenraum Frömmigkeit und Thea-

Machtgefühl und Vitalität des Barock: Stift Melk auf seinem Donaufels.

tralik vereint, wird von den ersten Künstlern der Zeit, darunter Paul Troger, und dem Theatralingenieur Antonio Beduzzi ausgestaltet.
In den Repräsentationsräumen war auch die junge Kaiserin Maria Theresia zu Gast. Die Kosten ihres eintägigen Besuchs mit Gefolge betragen 2.405 Gulden. Die Baukosten des Stifts pro Jahr 1.700 Gulden – ein Betrag, der dem Abt Dietmayr eine Klage beim Kaiser einträgt.
Stift Göttweig, nur wenige Kilometer donauabwärts gelegen, ist die zweite Klosteranlage an der Donau, die an ein prunkvolles Schloß erinnert. Dabei wird nur ein Teil der Pläne des Architekten Johann Lucas von Hildebrandt ausgeführt. Nach einem Brand 1718 entsteht der Neubau, der den Madrider Escorial zum Vorbild hat. Auch hier entfaltet sich eine majestätische Prunktreppe, unter illusionistischen Fresken von Paul Troger.
Das dritte majestätische Kloster an der Donau, Stift Klosterneuburg, sollte ursprünglich auch von Jakob Prandtauer barockisiert werden. Aber sein Plan wurde als nicht repräsentativ genug verworfen.
Donato Felice d'Allio kam den Wünschen Kaiser Karls VI. besser entgegen. Er schuf eine prachtvolle Residenz, mit kaiserlichen Repräsentationsräumen, auf deren Kuppel eine überdimensionale Krone schwebt. Sie läßt das Kreuz der alten Kirche dahinter fast verschwinden.
Diese Relation erscheint symbolisch für die Zeit des späten Barock und des Absolutismus, in dem sich der Glaube mit immer weltlicheren Mitteln darstellt. Die Kirche wird zu einem machtvollen Apparat, der immer mehr zum Selbstzweck wird. Sie zieht begabte und tüchtige Menschen in ihren Bann, deren intellektuelle Kraft dem Fortschritt des Staats abhanden kommt.
1782, nach Aufdeckung von Mißständen in der Kartause Mauerbach, löst Joseph II. alle Orden auf, die nicht aktiv im Dienst des Schulwesens, der Gesundheit, der Wissenschaft oder der Kultur stehen. Vor allem die Klöster, die in der Gegenreformation entstanden, werden aufgelöst.
Joseph II. hat durchaus vernünftige Gründe, das überentwickelte Klosterwesen zu reformieren. Aber, wie bei vielen seiner Reformen, schießt er über das Ziel hinaus. Viele Gemeinden bleiben nach der Vertreibung der Mönche ohne Priester. Unersetzliche Kunstwerke, Schriften und Bücher werden bei diesen Aktionen vernichtet, aus ihrem gewachsenen Zusammenhang gerissen, willkürlich auf Kirchen, Schlösser und die verbleibenden Klöster verteilt.

Weinprobe in Klosterneuburg, dem Stift „Zum rinnenden Zapfen“

Joseph II. verbietet 1789 auch das Wallfahrtswesen. Prozessionen werden zerstreut, Fahnen und Kreuze konfisziert, ihre Träger mit 50 Stockhieben bestraft.
Mit Joseph II. endet die engste Verflechtung von Kreuz und Krone. Wohl heben seine Nachfolger einige Säkularisierungen wieder auf.
Die Habsburger bleiben auch nach dem Ende der Monarchie den heiligen Stätten, vor allem der Wallfahrtskirche von Mariazell, verbunden. Aber nie wieder durchdringen einander kirchliche und weltliche Macht so intensiv wie bis zum Ende des 18. Jahrhunderts. Neben dem Machtdenken blieb aber aus dieser Zeit auch unendlich viel Spiritualität und Schönheit erhalten. Sie machen es uns leicht, über das Werden eines Landes nachzuforschen, aus dem sich Österreich entfaltete.

Die neu errichteten Klöster waren nicht nur geistliche Stützpunkte, sondern für die gesamte Entwicklung des Landes von größter Bedeutung. Die sozialen Funktionen der mittelalterlichen Landklöster sind groß gewesen. Von dort nahm alles, was die Menschheit in Kultur und Zivilisation, an Fortschritten erfand, seinen Ausgang: Schulwesen, landwirtschaftliche Musterbetriebe, Kunstpflege ebenso wie soziales Wirken.

Karl Gutkas, Geschichte des Landes Niederösterreich

Oben: Majestätisch erhebt sich der Gipfel des Ötschers aus dem Nebelmeer.
Rechts: Im Naturpark Ötscher-Tormäuer

Rund um den Vaterberg

Der Ötscher steigt massiv und breitschultrig aus dem waldigen Hügelland des Mostviertels: ein Riese mit schroffem Antlitz, oft abweisend umwölkt oder von eisiger Strenge – und doch verschenkt er immer wieder Augenblicke befreiender Klarheit.

Er ist ein mittlerer Riese (1893 m), wenn man ihn an den höchsten Alpengipfeln mißt. Aber im Voralpenland ist er der Größte. In Niederösterreich, nach Schneeberg und Rax, der dritthöchste Berg.

Seine Ausstrahlung bezieht er auch aus seiner Breiten- und Tiefenwirkung, und das macht ihn so interessant und vielgestaltig. Behäbig breitet er sich zwischen kleineren Bergen aus und spreizt in jähem Imponierverhalten den Rauhen Kamm, die unzugänglichste Stelle, die nur sehr gute Bergsteiger bewältigen. Er blieb ziemlich lange abweisend, erst 1930 wurde die Nordflanke des Ötschers durchklettert.

In seinen Falten sammelt sich alles, was Bergromantikern lieb und teuer ist. Vor allem: Wasser. Unglaublich viel, unglaublich schnelles Wasser. Das Ötscherland ist das reichste Wildwassergebiet Österreichs. Dieses Wasser schießt durch enge Schluchten, fällt über steile Felswände, treibt in jahrtausendelangem Wachstum Stalaktiten aus Höhlenwänden, meißelt imposante Felsgebilde, sammelt sich in unergründlichen Tiefen und verharrt als ewiges Eis in Höhlen.

Auf den Wiesen im Ötscherland blühen seltene Blumen – Narzissen, Feuerlilien, Frauenschuh, Fingerhut. Fischotter und Gemsen, Hirsche,

Im gewaltigen Höhlenystem des Ötschers: Taubenloch (oben) und Geldloch. Die Gesamtlänge der Ötscherhöhlen beträgt 25.580 Meter, der Höhenunterschied 662 Meter. Die Höhe des Bodeneises im Geldloch betrug im Jahre 1925 noch mehr als 4 Meter.

Auer- und Birkhähne, Schneehühner und vielerlei Raubvögel haben hier ein Refugium. Und, seit ein paar Jahren, auch wieder Bären.

Othza war der Name, den die Slawen dem Ötscher gaben: „Vaterberg". In einer Grenzbeschreibung der Pfarre Steinakirchen am Forst wird er im 9. Jahrhundert zum erstenmal genannt.

Später wurde aus Othza *Hetschaberg* – Berg der Hexen und Zauberer, der Wilden Jagd, der Waldschrate, Druden, Teufel. Alles, was die Angst von Heiden und Christen erregte, wurde auf den unzugänglichen Berg gebannt.

Bis ins Mittelalter war das Ötscherland Urwald, das nur Jäger und Hirten durchstreiften. Aber daß hier ungewöhnliche Natur zu finden war, sprach sich bis Wien herum. 1574 kam der Hofbotaniker Maximilians II., Carolus Clusius (1526–1609), und bestieg gemeinsam mit Paul Fabricius den Ötscher, um dessen Pflanzenwelt zu studieren. Damals wird er wohl auch Gerüchte rund um das „Ötschergold" in den vielen Höhlen gehört haben. 1591 rüstete Rudolf II. eine Expedition ins Geldloch des Ötschers aus, in dem der sagenhafte Schatz ruhen sollte. Es gab zwar keinen Schatz, aber die Legenden wucherten weiter – allerdings in leicht veränderter Form: Die „Erzschmecker" aus dem Welschland sollten das Gold rechtzeitig in Kraxen aus dem Berg geschleppt haben.

Höhlensysteme durchziehen den Ötscher wie Irrgärten. Nur wenige sind erforscht: das Taubenloch mit seiner riesigen Öffnung, hinter der die Dohlen nisten, das Geldloch auf dessen Grund ein Eissee glitzert, die Tropfsteinhöhle beim Eibenboden, die längst zum bequem erreichbaren Ziel von Familienausflügen geworden ist.

Die ersten, die sich in das kaum besiedelte Ötscherland vorwagten, waren Wallfahrer, die es ins 1157 gegründete Mariazell zog.

Unerschrocken kämpften sie sich durchs Dickicht und bahnten die ersten Wege durch den Urwald.

Auch die Proviantträger für den Erzberg folgten ihren Spuren oder legten sich eigene Wege an.

Im Ötschergebiet wurden kleine Blei-, Silber- und Steinkohlevorkommen gefunden, sie blieben aber ohne wirtschaftliche Bedeutung. Die wahren Schätze waren das Wasser und der Wald. Die schnellen Wässer trieben die Räder der Hammerwerke und versorgten sie schließlich mit Elektrizität.

Und so wurde Scheibbs 1886 zur ersten Stadt der Monarchie mit elektrischer Straßenbeleuchtung. Das Licht der „elektrischen Sonnen" war so grell, daß es mit Milchglaskugeln gedämpft werden mußte.

Holz, der zweite große Energiespender, wurde schon zu Zeiten Maria Theresias systematisch genützt. Sie befahl Holzknechte aus dem Salzkammergut hierher, die in wenigen Jahren den Urwald um den Ötscher fast völlig verschwinden ließen. Mit ihnen kam ein Problem in die

Region, das den Klöstern Gaming und Lilienfeld, die den meisten Grundbesitz hatten, zu schaffen machte: Die Holzknechte waren fast ausnahmslos Protestanten. Ihr Gedankengut verbreitete sich schnell unter den ausgebeuteten Bauern.
1893 durchzog die erste Schmalspurbahn das Ötscherland. Sie fuhr von Waidhofen an der Ybbs über Kienberg-Gaming nach Lunz. Der

Eines der schönsten Netzrippengewölbe zeichnet die Kirche von Scheibbs aus.

reizvollste Teil der Strecke zwischen Kienberg-Gaming und Lunz sollte 1988 eingestellt, die historisch sehr interessante Anlage abgetragen werden. Durch den Einsatz der „Österreichischen Gesellschaft für Lokalbahnen" konnte die Demolierung verhindert werden. Und so blieb eine bezaubernde Museumsbahn mit uralten Dampfloks als sogenannter Ötscherland-Expreß erhalten. Und damit eine stimmungsvolle Annäherung an eine wunderschöne Gegend. Die steile Strecke, die innerhalb von 18 Kilometern von 388 m auf 699 m Seehöhe steigt, war seit jeher eine Teststrecke für die Schmalspurlokomotiven der Monarchie. Wenn sie über die Ötschervorberge kamen, bewährten sie sich überall. Allein der Bahnhof Kienberg, wo die Reise losgeht, ist für Eisenbahn-Fans ein Erlebnis. Hier gibt es noch einen alten Wasserturm, aus dem die Loks Wasser aufnehmen, und eine mehrspurige Drehscheibe. Die Fahrt selbst vermittelt viel vom Wesen des Ötscherlandes: Es geht am Wasserrad des Grabnerhammers vorbei, des letzten Hammerwerks von Kienberg. Die Kartause von Gaming kommt ins Blickfeld, dann stampft der Zug an den kleinen Holzhütten vorbei, die den Streckenwärtern Schutz gaben. „Mit Sack und Pack! Mit Sack und Pack!“ – so deuten die Eisenbahn-Fans seit langem das Schnauben und Rattern des Mini-Zugs. Mit Getöse fährt er über die Trestleworkbrücken, deren filigrane Eisenträger Schluchten überspannen. Holzapfel, Hühnernest – die Namen an dieser Strecke erinnern an Kindergeschichten.

Bei Pfaffenschlag wird der Kleine Ötscher sichtbar und dann – mit Respektabstand – der Große. In Lunz ist Endstation, jetzt geht es zu Fuß weiter.

Langsamer, aber noch spektakulärer ist die Annäherung an den Ötscher mit der Mariazellerbahn. Diese Schmalspurstrecke, die St. Pölten mit dem steirischen Wallfahrtsort verbindet, wurde 1907 erbaut und 1911 elektrifiziert.

Auch hier sind es alte Waggons mit schmalen, unbequemen Sitzen, allerdings von einem Triebwagen gezogen. Die Strecke schlängelt sich lang-

Ein Erlebnis für Eisenbahn-Fans: die Fahrt mit dem Ötscherland-Expreß

sam durchs Pielachtal und verschwindet immer wieder in Tunnels. Die freundliche Flußlandschaft verschwindet, immer höher schraubt sich der Zug in die Berge. Und dann erreicht er in einem langenTunnel den höchsten Punkt der Strecke. Wenn es bei Gösing wieder ins Freie geht, ist der Ötscher in ganzer Pracht zu sehen. Wie auf einer Drehscheibe zeigt er sich im Laufe der Fahrt von allen Seiten. Die Landschaft wird immer abwechslungsreicher; auf wilde Gebirgspanoramen folgen sanf-

Der Grabnerhammer an der Erlauf: ein typisches Eisenwerk

te Hochebenen, dann reißt es den Blick für einen Moment in den dramatischen Abgrund der Zinkenschlucht. Der Erlaufstausee blitzt auf, dann geht es abwärts, ins Hügelland von Mariazell.

Es gibt unzählige Möglichkeiten, den Ötscher zu Fuß zu erobern, in Extremtouren oder sanften Gipfelwanderungen (nach der Fahrt mit dem Sessellift) in lohnenden kürzeren oder längeren Ausflügen zu unge-

wöhnlichen Naturphänomenen. Ein sehr informativer Führer durch das Gebiet, der *Ötscher-Führer* von Bernhard Baumgartner und Werner Tippelt, listet allein 114 Touren auf.
Die vielfältigsten Möglichkeiten bietet der Naturpark Ötscher-Tormäuer, der seine Entstehung einem gescheiterten Kraftwerksprojekt verdankt. 1970 sollte die Erlauf an einer ihrer schönsten Stellen, beim Toreck, aufgestaut werden.
Statt dessen schuf man den größten Naturpark Österreichs (90 km^2) – für Menschen, denen Wasser in vielfältigster Form etwas bedeutet, mag er der schönste sein.
Die Erlauf, die in einer Karsthöhle entspringt, dann den Erlaufsee durchfließt, gischtet durch die wildesten Schluchten und verliert ihr Temperament auch nicht, wenn sie die Bergregion verläßt. Auch noch in Purgstall, wo das Land flach wird, tobt sie durch eine Schlucht, deren Wände sie ständig verändert. Der milde Name „Prater", den Kaiser Franz I. dieser Landschaft verlieh, ist untertrieben.
Aber nicht nur die Erlauf sorgt für aufregende Wasserspiele. Im Naturpark stürzt der Trefflingbach über hundert Meter in den herrlichsten Kaskaden zu Tal. Ein gesicherter Weg begleitet den Wasserfall.
Auch die Steine haben es in sich: An der Panoramastraße zwischen Puchenstuben und Trübenbach gibt ein Lehrpfad die Möglichkeit, den Blick auf bis zu 124 Millionen Jahre alte Schichten zu werfen, die sich beim Herandriften Afrikas an Europa übereinanderstapelten.
Was man nur sehr selten sieht: den Bären, den scheuen Meister der Wälder.
Er hatte hier im vorigen Jahrhundert sein Revier, bis ihn die Menschen vertrieben. In alten Zeiten hatten sie soviel Respekt vor ihm, daß sie ihm nur verstohlene Namen gaben: *Kluger Vater. Honigesser. Heiliger Mann.* Sie respektierten die Eigenschaften, die sie selbst gerne hatten: Mut, Individualismus, Stärke, Geheimnis. Sogar die Zoologen gaben ihm einen römisch-griechischen Namen, der wie eine Beschwörung klingt: *Ursus arctos* – Bär Bär.
Im Ötscherland gibt es unzählige Flurnamen, die an diesen Urbewohner erinnern: Bärengang, Bärenlacke, Bärenriessattel ...
Aber je mehr Menschen sich hier ansiedelten, desto unduldsamer wurden sie dem Tier gegenüber, das sich auch manchmal an ihrem Besitz vergriff. 1842 wurde der letzte Bär des Ötscherlandes erlegt.
Hundertdreißig Jahre blieb der Ötscher bärenlos. Und dann wanderte

1972 ein junger Bär aus Slowenien ein und wurde heimisch. 1989 setzte der WWF eine Bärin aus, und zwei Jahre später gab es drei Junge. Sie sind winzig bei ihrer Geburt, kaum größer als junge Katzen, 25 Deka leicht, aber nach zehn Monaten bringen sie 40 Kilo auf die Waage und als ausgewachsene Männchen sogar bis zu 250 Kilo.

Bären haben nach 150 Jahren am Ötscher wieder ein Revier gefunden.

Die ungewohnten Mitbewohner der Ötscherregion werden mit Vorsicht betrachtet. Die verwaisten Jungen einer Bärin, die abgestürzt war, erregten Mitleid. Ein wildernder „Problembär", der es auf Lämmer und Honig abgesehen hatte, erweckte dagegen alte Jagdinstinkte, die ein Opfer verlangten.
Inzwischen sind neun bis zehn Bären in der unzugänglichen Region zwischen Ötscher und Hochschwab unterwegs. Den Menschen meiden sie. Wer ihnen trotzdem begegnet, vor allem mit Jungen, muß sich sehr still verhalten. Bärenmütter können gefährlich werden.
Es gibt eigene Bären-Anwälte, die mit den betroffenen Anrainern verhandeln, Schäden begutachten und abgelten. Die aufgeheizte Stimmung nach den ersten Schäden hat sich beruhigt. Es scheint, als ob *Ursus arctos* wieder einen Platz in den letzten Urwäldern des Ötscher gefunden hat.
Mit der Erschließung des Ötscherlandes durch Straßen und Eisenbahnen kamen auch die Touristen. Schutzhütten entstanden und die

Gemeinden des Ötscherlandes stellten sich auf die Erholungssuchenden ein.

Gegen Ende des 19. Jahrhunderts kam ein sonderbarer Mann in das ein paar Täler entfernte Lilienfeld und probierte etwas aus, das überall dort, wo Schnee auf Berge fiel, von größter Wirkung sein sollte.

Der Mann hieß Matthias Zdarsky, war 1856 in der Nähe von Iglau geboren, hatte als Lehrer, Maler, Bildhauer gearbeitet und zog sich mit dreiunddreißig Jahren auf ein desolates Bergbauerngut, hoch über Lilienfeld zurück.

Zdarsky, ein asketischer Tüftler und Bastler, hatte ein Buch gelesen, das 1891 Aufsehen erregte: *Auf Schneeschuhen durch Grönland* von Fridtjof Nansen. „Das Schneeschuhlaufen ist der nationalste aller nordischen Sporte und ein herrlicher Sport ist es ... Nichts stählt die Muskeln so sehr, nichts macht den Körper elastischer und geschmeidiger, nichts verleiht größere Umsicht ...“ las Matthias Zdarsky bei Nansen, und das machte ihn nachdenklich. Der Einsiedler auf dem Gut Habernreit war sehr körperbewußt und abgehärtet. Die Idee, in der Wintereinsamkeit der Voralpen ein einfaches, leichtes Fortbewegungsmittel zu haben, faszinierte ihn. Der Schneeschuh Nansens erwies sich aber im bergigen Gelände als unbrauchbar. Also entwickelte Zdarsky in 200 Versuchen eine Schibindung, aus der man nicht hinausschlüpfte, die aber nachgiebig genug war, daß man sich beim Stürzen nichts brach. Den langen Stock übernahm er von den Norwegern.

Mit der neuen Bindung war auch eine andere Haltung möglich, aus dem Rücklagebogen wurde der Vorlageschwung – die alpine Skitechnik war geboren.

Der erste, der sie perfektionierte, war Zdarsky selbst. Mit vierzig Jahren war er der beste Schifahrer seiner Zeit, er erreichte bereits Spitzengeschwindigkeiten von 100 Stundenkilometern. Aber damit begnügte er sich nicht. Er schrieb das erste systematische Schilehrbuch, er sammelte Interessierte um sich. Und er veranstaltete 1905 den ersten Torlauf der Welt. Durch 85 Tore mußten sich die Läufer über den Nordhang des Lilienfelder Muckenkogels fädeln, unter ihnen eine einzige Frau: Mizzi Langer-Kauba, Besitzerin eines bekannten Wiener Sportgeschäfts.

Zdarsky wurde in ganz Europa bekannt. Seine Einstock-Technik wurde allerdings von vielen abgelehnt. Auch der Sieger seines ersten Torlaufs, Josef Wallner vom Semmering, fuhr mit zwei Stöcken.

Zdarsky vertrat eine sehr rigide Sportlerphilosophie – Stürze waren für ihn ehrenrührig. Er lebte unglaublich bedürfnislos in seinem karg eingerichteten Haus, für dessen Bestellung er einige kuriose Geräte erfand, unter anderem einen Karren mit eckigen Rädern. Fürs Biwakieren im Schnee entwickelte er ein Batistzelt, das durch die eigene Körperwärme temperiert wurde, den „Zdarsky-Sack". Bereits vor dem Ersten Weltkrieg veranstaltete er Schikurse für das Heer. Er befaßte sich mit Lawinenforschung. Und tragischerweise wurde er 1916 an der italienischen Front von einer Lawine erfaßt und zum Krüppel gemacht. Bis an sein Lebensende 1940 lebte er unter Schmerzen, das Schifahren wurde zur Qual.

Der Nikolo von Annaberg, unterwegs in der Pferdekutsche

In Lilienfeld hat man ein kleines Museum eingerichtet, das die großen Leistungen Zdarskys für den Schisport, aber auch sein hartes, eigenwilliges Leben dokumentiert.

Der Muckenkogel, wo alles begann, ist heute ein bekanntes Schigebiet. Anders als in Lilienfeld, bekam der Wintersport am Ötscher viel später Bedeutung. Heute ist das 1808 m hoch gelegene, sehr schneesichere Hochkar bei Göstling ein gut erschlossenes Sportzentrum.

Erst nach 1950 entwickelte sich der Wintersport im direkt am Ötscher gelegenen Lackenhof, einer Gründung der Kartäusermönche aus Gaming. 1963 wurde dort der Sessellift gebaut, der das Ötscher-Schutzhaus leicht erreichbar machte. Rundherum entstanden Skilifte. Aus dem

stillen Dorf wurde ein lebendiger Wintersport- und Sommerfrischenort. Aber die Betriebsamkeit einzelner Plätze haben dem Ötscher nichts von seiner stillen, geheimnisvollen Größe genommen.
P.S. Hinweis für Genießer, die Berge gern von unten anschauen: Die Terrasse des Alpenhotels Gösing ist der Platz, von dem man den schönsten, von allerlei kulinarischen Annehmlichkeiten begleiteten Blick auf den Ötscher hat. Und wenn man dazwischen auch noch in Jörg Mauthes *Großer Hitze* seine liebevoll-boshafte Schilderung der Ötscherzwerge liest, ist das Behagen vollkommen.

Rund um den Vaterberg

Der Drachenwagen rollt nämlich mehrere Male durch Riesenhöhlen, deren Wände und schwerlastende Decken von herabhängenden Flechten und Moos verhangen sind ... Hie und da, nicht öfter als fünf oder sechsmal, taucht ein anderer Drachenwagen auf, bescheidener und viel weniger kunstvoll dekoriert als der, in dem Tuzzi sitzt. Tuzzi kann sich den Gedankens nicht enthalten, daß er wohl in einer Art Dienstwagen transportiert wird, was wiederum die Konklusion nach sich zieht, daß es auch hier unten, kilometertief unter der Ötscherspitze, Beamte gibt. Er fühlt sich durch diese Schlußfolgerung ermutigt.

Jörg Mauthe: Die große Hitze

Oben: Einst gefürchtet bei den Schiffern: das enge Tal der Donau im Strudengau
Rechts: Birgit und Barbara Brandner am Steuer der *MS Austria.*

Am Wasser zu Hause

So langsam bin ich noch nie im Leben gefahren", sagte einer, der seit jeher mit den schnellsten Vehikeln unterwegs ist: Niki Lauda.
Er war einer jener 130 Passagiere, die während des Donaufestivals 1997 auf einem ganz besonderen Untersatz in 4 1/2 Stunden von Melk nach Krems fuhren. Das Gefährt war ein Floß, 40 Meter lang und 10 Meter breit. Die Stämme dafür wurden eigens im Februar geschlägert und einige Monate gelagert, ehe sie mit dreihundert 60 cm langen Nägeln und Riesenklampfen zu einem Floß zusammengefügt wurden.
Der Mann hinter diesem ungewöhnlichen Unternehmen: Franz Brandner, der letzte der großen Schiffsmeister an der Donau.
Er besitzt eine moderne Flotte von Bagger-, Schub- und Bergeschiffen, die immer wieder durch spektakuläre Einsätze von sich reden machen. „Das war mein härtester Einsatz", sagt Franz Brandner über die fünf Wochen währende Bergung des slowakischen Schiffs *Dumbir.* „Eine Woche lang haben wir schließlich das Wrack zusammengeschnitten."
Die frühsommerliche Floßfahrt mit prominenten Gästen war ein vergnüglicherer Einsatz. Gemütlich gondelte man durch die Wachau und genoß die Flößerjause aus rohem, gekochtem und geräuchertem Speck, dazu den „Flößerzwickel", einen Brotkeil, und gegen den Durst: Most. „Ich bin ja der letzte, der noch Floßerfahrung hat", sagt Franz Brandner. Als „Nauführer" (geprüfte Schiffsführer für Holzschiffe und Flöße), mit großem Hut, von sieben Schiffsknechten unterstützt, steuerte er das riesige Floß sicher nach Krems. „Die entgegenkommenden Schiffe haben zunächst nicht gewußt, wie sie sich verhalten sollen, die haben

ja alle keine Erfahrung mit Flößen." Aber die Begleitboote des Floßes waren mit Funk ausgestattet und dirigierten die stromaufwärts fahrenden Schiffe.

„Das Floß war früher auf der Donau als die Schiffe, so wie die Fiaker früher da waren als die Autos." Franz Brandner will es nicht bei der zweimaligen Fahrt belassen und möchte dieses Erlebnis mehr Leuten zugänglich machen.

Flöße waren jahrhundertelang das effektivste Transportmittel auf den Gebirgsflüssen, die in die Donau münden. Bis zu 950 Festmeter Holz konnten die Pester Flöße transportieren, die Holz aus dem waldreichen Voralpengebiet nach Pest brachten. Ein Nauführer und 12 Schiffsknechte waren die Besatzung.

In der zweiten Hälfte des 19. Jahrhunderts kamen allein durch das Ybbstal hundert Floßzüge, die sich aus 36 Einzelflößen zusammensetzten. Die Gesamtlänge konnte bis zu 400 Meter betragen. Sie brachten Holz in die großen Städte und zu den Industrieanlagen.

Das war der absolute Höhepunkt des Flößerwesens, der allerdings Hand in Hand mit einem hemmungslosen Raubbau an den Wäldern ging.

Bereits um 1706 hatte Fürst Montecuccoli; Besitzer der Herrschaft Gleiß, versucht, die Flößerei zu intensivieren. Aber die Hammerherren der Eisenwurzenregion torpedierten diese Bemühungen, weil sie befürchteten, daß durch den Export die Preise für ihren – nach dem Wasser zweitwichtigsten – Energieträger Holzkohle steigen würden.

Erst einer Straßburger Holzhandelsfirma gelang es ab 1864, die Flößerei auf der Ybbs im großen Maßstab zu organisieren. Zu diesem Zweck wurde das Flußbett an manchen Stellen begradigt, man sprengte Felsen, stattete Wehranlagen mit Rutschen aus.

In den eigens angelegten Stauteichen wurden die Baumstämme mit zähen Seilen aus gebrannten Hasel- oder Weidenzweigen verbunden.

Zum Unterschied zum modernen Donaufloß des Nauführers Franz Brandner, das sich in ruhigem Wasser bewegte, mußten die alten Flöße durch elastische Verbindungen den Stromschnellen der wilden Gebirgsflüsse gewachsen sein.

1866 sorgte ein Floßzug aus 31 Flößen, die aus vierhundert Stämmen zusammengesetzt waren, für Aufsehen. Diese hölzerne Riesenschlange wand sich, von nur elf Männern gesteuert, auf der dahinschießenden Ybbs dahin, rutschte über hohe Wehre und legte die Fahrt von Hollenstein nach Waidhofen sicher zurück.

Entdeckung der Langsamkeit: mit dem Floß zwischen Melk und Krems

Dieser Massentransport von Holz auf dem Wasser begünstigte den Bau großer holzverarbeitender Betriebe. In Amstetten entstand eine Dampfsäge, die 400 Arbeiter beschäftigte. Sie schnitten das Holz der Ötscherregion und verluden es auf die Bahn, die es bis Norddeutschland, Holland, Frankreich und Ungarn transportierte.
Erst als sich der Kahlschlag der Gebirgsregion bemerkbar machte, wurde die Flößerei eingestellt.
1956 zimmerten Franz Brandner und seine beiden Brüder das vorletzte Floß. Wie man damit umgeht, hat Franz Brandner nicht vergessen. Das Riesenfloß, das Niki Lauda die Entdeckung der Langsamkeit bescherte, liegt jetzt am Wallseer Donauufer und harrt weiterer Verwendung.
Franz Brandner, der die Schiffsmeisterei in der siebenten Generation betreibt, hat noch selbst viel von der alten Donauschiffahrt erlebt und durch die Erzählungen seines Vaters übermittelt bekommen.
„Der Vater ist noch mit den letzten Schiffszügen mitgeritten!"
In den Schiffsmuseen von Grein und Spitz kann man sich ein sehr plastisches Bild davon machen, wie ein Schiffszug aussah. Vierzig bis sechzig Pferde zogen einen Konvoi von fünf bis acht Booten stromaufwärts. Die einzelnen, kompliziert vernetzten Seile der Pferde waren mit dem Hauptseil verbunden. Daß es nicht durchhing, dafür sorgte die *Furkelzille* mit einer gabelartigen Vorrichtung. Danach kam das Hauptschiff – *Hohenau* oder *Klobzille* – mit der Ladung. Heikle Produkte wie Mehl, Salz, Schiffsgeräte waren in einer festen Hütte untergebracht, der Rest lag unter einer Plache. Hier stand auch der *Sößtaler*, der Kommandant des Zugs, seine Besatzung und der Koch, der, wegen der Feuergefahr, auf einem Dreifuß in einer Art Sandkiste kochte. Das zweite Schiff, der *Nebenbei*, war kleiner, transportierte leichtere Ware und führte den Schiffsschreiber mit der Kasse und den Vertreter des Schiffsmeisters mit.

Danach kamen noch ein oder zwei weitere Schiffe: *Schwemmer* und *Schwemmernebenbei.* Und danach: *Plätten* fürs Futter, die Rösser und Überfuhrboote – die *Mutzen.*

Man kann sich heute kaum noch vorstellen, was für einen Aufwand an Kraft, Mut und technischem Einsatz solch eine Donaufahrt stromaufwärts bedeutete. Es gab keine durchgehenden Treppelwege, manchmal reichten die Felswände bis zum Ufer. Die Schiffsreiter mit ihren Riesenstiefeln waren oft bis zum Bauch im eiskalten Wasser. Die ruhigen seichteren Altarme – *Geschirrwässer* hießen sie, weil Roß, Reiter und Seile „Geschirr" genannt wurden – nützte man fürs Vorwärtskommen.

Alte Schifferorgel im Schiffahrtsmuseum Spitz an der Donau

Immer wieder mußten die Reiter das Ufer wechseln. Das bedeutete: die Pferde mußten ausgespannt, auf Plätten über den Strom gebracht und dort neu angespannt werden. In der wilden, unberechenbaren Donau, die bis Mitte des 19. Jahrhunderts voll Strudel und reißender Strömungen war, ein oft lebensgefährliches Unterfangen. Weder die Reiter noch die Schiffsleute durften schwimmen können. Verunglückte ein Roß, wurde es vom Hauptseil abgeschnitten und seinem Schicksal überlassen.

Die Schiffahrt stromaufwärts gab es auf der Donau seit dem 14. Jahrhundert. Damals zogen allerdings noch nicht Pferde die Schiffszüge, sondern Sträflinge oder türkische Gefangene.

Die Pferde-Schiffszüge schafften pro Tag 20 bis 30 Kilometer stromaufwärts. Für die Strecke Preßburg–Regensburg brauchten sie 10 bis 12 Wochen.

1860 gab es noch 136 Schiffszüge, aber dann begann endgültig der Siegeszug der Dampfschiffahrt, und um 1900 verkehrte der letzte Schiffszug.

Der Donauweg war über die Jahrhunderte die wichtigste Ost-West-Verbindung Europas. Über die Donau kamen holländische Wollstoffe nach Ungarn, ungarisches Silber und Donaugold in die Türkei. Waffen wurden ins Heilige Land gebracht und dienten gleichermaßen den Kreuzfahrern wie den „Ungläubigen".

Darüber empörte sich die Kirche und erließ ein Waffenembargo für die islamischen Länder. Als die Kirche am Profit beteiligt wurde, ließ sie das Embargo fallen.

Aus dem Orient wurden Gewürze, Brokat, Scharlach, Schmuck, edles Kunsthandwerk in den Westen gebracht. Aber auch Leibeigene und Mädchen wurden auf Donauschiffen verfrachtet. Ein bis ins vorige Jahrhundert sehr kostbares Handelsgut war Salz. Es kam über die Traun, in einem Schiffstyp, der je nach Größe *Zehnertrauner, Siebnerin, Sechserin* hieß, vom Salzkammergut an die Donau. Es gab nur wenige, privilegierte Salzlager: in Ybbs, Stein,Tulln, Traismauer, Klosterneuburg und Wien. Die Salzversilberer hatten das Recht, mit dem Salz auch kleinere Schiffe zu verkaufen.

Viel Wein war auf der Donau unterwegs. Die Klöster in Bayern, Salzburg und Tirol, die Weingärten und Leshöfe in der Wachau besaßen, ließen sich die edlen Kreszenzen in ihre Stammhäuser bringen.

Nach dem Ort Ardagger hieß ein Bootstyp, der Gemüse und Obst aus den fruchtbaren Donauregionen nach Wien brachte. Der *Ardagger* faßte 3.000 bis 4.000 Kilo, fuhr über Nacht von der Wachau nach Wien und lud hier seine Ware am Schanzelmarkt ab.

Fässer waren das wichtigste Verpackungsmaterial der Wassertransporte. Darin wurde keineswegs nur Wein verschickt. In einem 1810 bei Altenwörth gesunkenen Schiff fand man Fässer mit einer wahren Musterkollektion der Eisenindustrie dieser Zeit: Nägel, Klampfen, Maultrommeln, Sägeblätter, Säbel, Klingen. Boote hatten aber auch eine Funktion, wenn sie sich nicht mehr bewegten. Bis in unser Jahrhundert gab es an der Donau Schiffsmühlen. Sie bestanden aus zwei am Ufer befestigten Schiffen mit einem Haus mit Mühlwerk, das seine Energie aus dem Fluß bezog.

In einer Zeit, in der es viel weniger Brücken als heute gab, hatten die Überfuhrboote eine wichtige Verbindungsfunktion – *Mutzen* hießen sie in der Sprache der Donauschiffer.

Franz Brandner ruderte schon als Kind eine Überfuhrmutzen. Und weil sie nicht am Seil hing, wie die Überfuhren heute, trieb sie immer wieder ab und mußte am Ufer hinaufgezogen werden.

Die Schiffsleute waren selbstbewußte, wohlhabende Leute, die sich zu Bruderschaften zusammenschlossen, um sich fremde Konkurrenz vom

Hals zu halten. Sie zahlten fixe Beträge in eine gemeinsame Kasse, kauften gemeinsam Zillen und verlangten eine Maut von fremden Booten. Es gab strenge Regeln gegen das Abwerben und für die Absicherung des geschäftlichen Terrains. Wenigstens an Land wollten sie Sicherheit, wenn sie schon Tag für Tag zu Wasser soviel riskierten.

„In Gott's Nam", hieß es, wenn sie tranken. „In Gott's Nam" sagten sie, wenn ihre Schiffe ablegten. Und natürlich hatten alle einen Talisman, sogar den Pferden wurde einer umgehängt. Als die Durchschiffung der Strudel bei Grein noch ein lebensgefährliches Unternehmen war, wurden jedesmal Weihgaben in den Strom geworfen. Pfeifen durfte keiner, der auf einem Schiff unterwegs war, das lockte den Wind an.

Die Spannung, unter der die Schiffer lebten, löste sich in übermütigen Festen und Umzügen, bei denen Schiffsnachbildungen auf Kufen mitgezogen wurden.

Der wirtschaftlich und politisch einflußreichste Schiffsmeister an der Donau war Matthias Feldmüller aus Persenbeug (1770–1850), den Ferdinand Waldmüller als „Admiral der Donau" porträtierte.

Feldmüller hatte 350 Schiffe stromaufwärts zwischen Persenbeug und Regensburg in Betrieb, 850 zwischen Wien und Pest.

Neun Jahre vor seinem Tod besaß er zehn komplette Schiffszüge. Er hatte eine eigene Werft, in der er vierzig *Kehlheimer* baute – Lastschiffe, die bis zu 3.500 Zentner Ladung aufnahmen. Begonnen hatte der zwanzigjährige Feldmüller mit Proviantfuhren für die Armee nach Belgrad.

Daß er mit seinen Schiffen mehr vermochte, als viel Geld zu verdienen, bewies er in den Franzosenkriegen. 1805 hielt er mit vorgetäuschten Unfällen auf Sandbänken und an Felswänden das französische Heer unter General Mortier davon ab, zügig in Richtung Wien zu marschieren.

1809 gelang Feldmüller mit seinen Schiffsleuten ein anderes Manöver: Er brachte die in Wien gelagerte Munition ans linke Donauufer zu Erzherzog Carl, der damit den Sieg über die Franzosen bei Aspern errang. Feldmüller stand hoch in der kaiserlichen Gnade, Kaiser Franz I. ließ sich von ihm persönlich vom Schloß Persenbeug nach Wien führen.

Als der Schiffsmeister 1850 starb, hinterließ er ein Vermögen von zwei Millionen Gulden. Nach ihm konnte keiner der Schiffsmeister mit Holzschiffen noch soviel Geld verdienen – die Ära der Dampfschiffahrt begann. Und an die Stelle der farbigen, markanten Persönlichkeiten, die auf dem Wasser zu Hause waren, trat eine Gesellschaft, die zur erfolgreichsten Europas werden sollte: Der Schiffspark der Donaudampfschiffahrtsgesellschaft umfaßte 1852 bereits die stolze Zahl von 71 Dampfschiffen sowie zahlreiche Schleppschiffe.

Es mag ein später Triumph der alten Schiffsmeister sein, die einst der Technik weichen mußten: Die DDSG existiert nicht mehr. Der Schiffsverkehr zwischen Krems und Linz ist zum Teil wieder in privater Hand. In weiblicher Hand, was die *MS Austria,* die „Königin der Wachau", angeht. Das Schiff wird von den ebenso tüchtigen wie attraktiven Töchtern von Franz Brandner gesteuert. Birgit und Barbara fahren Linie zwischen Melk und Krems, veranstalten auf ihrem Schiff aber auch Weingourmetfahrten, Tanz- und Grillpartys, Riverboat-Shuffles, Sonderfahrten zu Silvester oder zur Sonnenwende.

Zwischen Krems und Linz verkehrt die *MS Ostarrichi,* das Boot der Personenschiffahrt Ardagger, die auch Ausflugsfahrten durch den einst so gefürchteten Strudengau macht. Dort ist die Donau durch die Insel Wörth in zwei Schiffahrtsstraßen geteilt.

Imposante Burgen, romantische Ruinen und Felsabstürze säumen einen Flußabschnitt, der einst den Schiffern Gefahr und Tod brachte. Franz Brandner durchfuhr, als ganz junger Mann mit seinem Vater diese schwierige Stelle, wo die Fahrrinne so schmal war, daß er sich mit dem Fuß an der Ufermauer abstemmen mußte, um das Boot vor einer Kollision zu retten. Er gab sein Wissen und die Tradition einer alten Schifferfamilie sehr früh an seine beiden Töchter weiter. „Sie sind schon als Kinder mit dem Tankschiff mitgefahren und haben die Praxis miterlebt. Meine beiden Brüder, mein Vater und seine sieben Brüder, die Vorfahren bis zur Zeit Maria Theresias – alle waren Schiffsleute. Und inzwischen habe ich auch schon einen Enkel."

Der „Nauführer" steht selbstbewußt auf einem der Brandner–Schiffe. Ein schöner, alter Begriff, hinter dem viel Schicksal und Geschichte steht.

Dirndl, heirat koan Schiffmann net,
heiratst in d' Not,
hast im Summa koan Mann
Und im Winter koa Brot.

Die Schiffsleut am Wasser, fahren auf und nieda,
das Geld, was ern g'wingan,versaufen's wieda.

Gstanzeln aus der niederösterreichischen Donauregion

Vom guten Leben auf dem Lande

Schafbauerntag in Randegg. Der idyllisch gelegene Ort im Erlauftal, inmitten weiter Wiesen und welligem Hügelland, mit behäbigen Bauernhäusern und einer vom Buschwerk eroberten Burgruine ist ein guter Platz, um seine Schafe herzuzeigen und Schafkäse verkosten zu lassen.

In den letzten zwanzig Jahren hat die Schafzucht ein neues, zukunftsorientiertes Image bekommen. Schafe und Ziegen galten als Kleinhäusler-Vieh; heute erwirtschaften die anspruchslosen Tiere ein sicheres Nebeneinkommen. Vor allem, wenn ihre Produkte phantasievoll und gekonnt veredelt werden. In Randegg sammeln sich die Schafbauern zu einem unbeschwerten Fest, bei dem der Erfahrungsaustausch nicht zu kurz kommt.

Rund um das große Feuerwehrhaus pulsiert der Festtrubel zwischen der Schank und den Pferchen mit den verschiedensten Schafrassen. Es gibt Wetten darüber, wie schwer ein fast kalbsgroßer Ziegenbock mit mächtigem Gehörn sein könnte. Kinder drängen sich um einen Streichelzoo mit wolligen Lämmern und übermütigen Kitzen. Schafwolldecken, Felle, Tiere und Puppen aus Wollvlies locken zum Kauf. Ein vielfältiges Sortiment an Käsesorten lockt zur Verkostung.

Ein nach allen Regeln türkischer Grillkunst aufgebauter Kebab verbreitet würzige Düfte. Der Randegger Schafbauer Johann Leichtfried macht diese orientalische Spezialität im Mostviertel populär. Bei Festen und auf Märkten verwandelt er das Fleisch seiner Schwarzkopfschafe in Grillkoteletts und Kebabs. Lammfleisch wird in der lokalen Gastronomie selten angeboten. Vom Standel weg findet es reißenden Absatz. Mitten im Trubel, unübersehbar: Franz Krennthaler, Präsident des Niederösterreichischen Schafzuchtverbandes.

Mit vulkanischem Temperament und unversiegbarer Beredsamkeit kämpft er für seine Schafbauern. Daß ihr Lammfleisch, ihr Schaf- und Ziegenkäse Einzug in die großen Lebensmittelketten wie in die elitären Delikatessenläden fand, hat er erstritten. Der einstige Manager der Brau-AG wehrt sich vehement dagegen, als Um- oder Aussteiger bezeichnet zu werden. „Rausgeschmissen haben sie mich!“ Und dann hätte er eben neu angefangen.

Seine Mutter, die den 400 Jahre alten Familienhof in Maria Schutz führte, war entsetzt. Ausgerechnet Viecher, mit denen sich ein gestandener Bauer nicht abgibt, wollte ihr Sohn propagieren!

Franz Krennthaler: der Schafpapst mit Herde

Mit 24 Mitgliedern übernahm Franz Krennthaler 1975 den Verband. Heute sind es 1.400. Insgesamt züchten 4.000 Bauern in Niederösterreich Schafe und Ziegen.

„Unser Hauptproblem war: Die Bauern hatten nie verkaufen gelernt. Sie lieferten nur ab.“

Heute bringen der Ab-Hof-Verkauf sowie Lieferungen an die Gastro-

Vom verachteten Kleinhäusler-Vieh zum Gourmet-Hit: Lämmer

nomie, an den Lebensmittelhandel und an fleischverarbeitende Betriebe den Bauern ein beachtliches Nebeneinkommen. Viele von ihnen hatten Probleme mit zu großen Höfen, zu großen Traktoren. Zahlreiche Kleinbauern mußten ihre landwirtschaftlichen Betriebe aufgeben. Inzwischen können viele Nebenerwerbsbauern wieder ganz vom Ertrag ihrer Höfe leben.

Wer durchs Mostviertel fährt, sieht die genügsamen Schafe auf steilen Wiesen, abgegrasten Weiden und Koppeln immer noch Futter finden. Ihre Wolle galt als Abfallprodukt, seitdem die Spinnräder stillstehen und die selbstgestrickten Wollsocken rar geworden sind. Heute nähen viele Bäuerinnen Decken und Polster, die sie mit Schafwolle füllen. In einer Gerberei in Ybbsitz wird Schaffell so präpariert, daß man daraus kuschelige, waschbare Bettgarnituren machen kann.

Auch als Dämmstoff in der Bautechnik wurde die Schafwolle wiederentdeckt. In Tiroler Bauernhäusern wurden damit immer schon Abdichtungen gemacht. Nun verarbeitet ein Unternehmer aus dem Osttiroler Villgraten auch die Wolle von Mostviertler Schafen zu umweltschonendem und energiesparendem Isoliermaterial. Zur Herstellung braucht man nur Gras und Wasser, Wolle ist ungiftig und schwer entflammbar. Und die Idee, in einem Nest aus Schafwolle zu leben, ist für Umweltbewußte sehr verlockend.

Nicht nur das Schaf, auch die Ziege hat einen neuen Stellenwert erhalten. „Ziegen sind gescheit, lebhaft, fordernd", sagt Ilse Neu, Bäuerin in Stephanshart. „Und fressen wollen sie nur erste Qualität von Heu, Getreide, Rübenschnitzel, Grünfutter. Was ihnen nicht schmeckt, lassen sie stehen – das fressen dann die Roß'".

Ilse Neu, Mutter von fünf Kindern zwischen 1 1/2 und 23 Jahren, führt ihre Hofkäserei mit dem höchsten Qualitätsanspruch. Ihre Frisch- und Schnittkäse, die Ziegenkäsröllchen mit Nuß, Kren, Schnittlauch, der Weichkäse mit Provencekräutern, in Öl, Rotwein oder Cognac eingelegter Käse passen hervorragend in den „Delikatessenladen Österreich", den EU-Kommissär Fischler eingefordert hat.

Ilse und Anton Neu – er ist Gendarm – beliefern damit Naturkostläden und Bauernmärkte in Linz, Pöchlarn, St. Pölten und Wien. Ihre Ziegenmolke wird von einer Kosmetikfirma vertrieben.

Ursprünglich war Ilse Neu Bio-Gärtnerin in einem Projekt für langzeit-

Deftige Kost aus besten Rohprodukten des Feinkostladens Niederösterreich

arbeitslose Frauen, für das sie auch eine Käserei einrichtete. Als das Projekt zu Ende war, schuf sie ihren eigenen Bio-Garten. Aber den fraßen immer wieder die beiden Böckerln ihres ältesten Sohnes ab. Kurzentschlossen entschied sie sich dafür, Ziegen zu kaufen und Käse zu machen. „Das hab ich erst nach einem Buch, später in einem Kurs gelernt. In der Praxis habe ich soviel Lehrgeld gezahlt, daß ich es schon aufgeben wollte."

Aber dann fand sie den Käsekessel, den sie immer schon gesucht hatte – er gehörte dem ehemaligen persischen Landwirtschaftsminister, der in Österreich ein Gut besaß – und schließlich begegnete sie einem Mikrobiologen, der alle Untersuchungen für sie macht. So wurde das Käsmachen ein Erfolg.

Ilse Neu hat 60 Muttertiere und 30 Kitzerln, die tagsüber auf der Weide und nachts im Stall sind. Pro Tag verarbeitet sie 150 Liter Milch, die etwa 25 Kilo Käse ergeben.

„Die meiste Arbeit macht das Waschen der Formen und Kannen."

Produktion, Veredelung und Vermarktung nehmen je ein Drittel der restlichen Zeit ein. Melken und Käsen ist ihre Arbeit, für andere Produktionsvorgänge hat sie einen tüchtigen Helfer. Liebevoll sorgt sie dafür, daß das neugeborenen Kitz von der Mutter angenommen wird. „Man muß sie abschirmen und ein paar Tage gut betreuen." Ilse Neu

Kräftiges Bauernbrot gehört zur Mostjause mit delikatem Käse.

kennt jedes einzelne Tier und beobachtet mit Interesse, wie sich seine Eigenschaften weiter vererben. Ihre Paradeziege Rosl hatte 14mal Junge. „Es gibt eine streng eingehaltene Rangordnung. Aber nicht die stärksten, sondern die frechsten Ziegen sind die Leittiere, vor denen die anderen weichen."

Viele Bäuerinnen und Bauern der Region stellen außergewöhnlich gute und einfallsreiche Produkte her.

Im Bio-Laden in Waidhofen an der Ybbs, Am Hohen Markt 11, findet man ein besonders reiches Angebot.
Ein Bio-Bauer mit elf Jahren Bankerfahrung war der Gründer: Stefan Großbichler aus Kematen verbindet erfolgreich die Erfahrungen zwei so verschiedener Berufe.
Er selbst hat einen großen Kräutergarten und bietet Tees und Frischkräuter an. Die Idee zur Selbstvermarktung hatte er bereits 1986. „Aber das war zu früh." Gemeinsam mit zwei Freunden verkaufte er in der Fußgängerzone von Waidhofen Ziegenkäse und machte dabei seine Marktanalysen. Diese halfen ihm dabei, ein stimmiges Warensortiment für seinen Bio-Laden zusammenzustellen.
In dem einladenden, immer vollen Geschäft im ältesten Viertel von Waidhofen, gibt es 612 Produkte, die von 50 Bauern angeboten werden. 43 selbstentwickelte Käsesorten stehen zur Auswahl. Yoghurt wird mit naturbelassenen Früchten gemischt. Eier von Freilandhühnern verkauft Stefan Großbichler nach Gewicht, denn gleich große Eier sind nicht immer gleich schwer. Die Kunden können Getreide gleich im Laden mahlen. Auf Bestellung gibt es Damwild, Rindfleisch, Lamm, aber auch Wildhendeln. „Das ist eine Ur-Rasse, die nicht gekreuzt wurde. Wildhendeln haben viel und sehr feinfasriges Fleisch. Gefüttert werden sie von den Bauern mit dem eigenen Getreide."
Bäuerinnen liefern delikate Mehlspeisen, die mit Honig oder Rübenzucker von Bio-Bauern gesüßt werden. Daneben gibt es auch überprüfte Dritte-Welt-Produkte, ausgewähltes Öl und Oliven aus Mani und Naturkosmetik.
„Wir haben drei Säulen der Vermarktung: den Ab-Hof-Verkauf; den erweiterten Verkauf im Bio-Laden und eine zentrale Zustellung an Schulen, Wirte, Rehabilitationszentren."
Vor kurzem übersiedelte der Laden in ein neues, größeres Lokal. Das Bio-Angebot scheint sehr belebend auf das totgesagte Greißlergeschäft zu wirken.
Das fruchtbare Land zwischen Voralpen und Donau pflegt seine bäuerlichen Traditionen im Kleinen wie im Großen. Die älteste landwirtschaftliche Fachschule Österreichs entstand 1869 als Francisco-Josephinum im Schloß Weinzierl in Wieselburg. Auch in den anderen drei Schlössern der alten Proviantstadt sind landwirtschaftliche Institutionen untergebracht. Und aus den vielen kleinen Brauereien in Höfen und Schlössern, die das gute Wassser der Region schon vor vierhundert

Jahren zu nutzen wußten, entstand eine der größten und modernsten Brauereien Europas. Die Wieselburger Brauerei gehört zur Brau-AG; alte Traditionen, die den Geschmack des Wieselburger Biers prägen, werden sorgfältig weitergepflegt. Ein Brauereidirektor, Leopold Bartenstein, war es, der 1925, am Ende der Inflationszeit, das Wieselburger Volksfest begründete, das heute zu einer wichtigen bäuerlichen Leistungsschau und Fachmesse geworden ist.

Bauernschnäpse, Essig, Käse und Marmeladen vom Bauernmarkt

Vom Bier zum Schnaps, von der Großbrauerei zur Mini-Brennerei: Aus der Gegend um Laaben und Michelbach, wo das Mostviertel in den Wienerwald übergeht, kommt Österreichs köstlichster, rarster und teuerster Schnaps. Er wird aus Adlitz- oder Elsbeeren destilliert, mehligen lederbraunen Beeren, die in Dolden auf Bäumen mit ahornartigen Blättern wachsen. Ursprünglich wurde die Elsbeere *(Sorbus torminalis)*, eine Schwester der Eberesche, als Heilmittel bei Magen- und Bauchschmerzen verwendet und mit Wein und Honig vermischt. Ihre wahren Werte entfaltet sie im Brennvorgang. Dann entsteht ein wunderbar nach Marzipan und Bittermandeln schmeckender Schnaps. Die Seltenheit der Elsbeere treibt die Preise gewaltig in die Höhe: Ein Liter kann bis 4.000 Schilling kosten. Wird er viel billiger angeboten, ist er meist mit Obstler gestreckt, was aber leicht herauszuschmecken ist.
Elsbeeren sind nicht nur rar, die Bauern, die sie verwerten, haben oft

nur das Hausbrennrecht: Sie dürfen den Schnaps nicht einmal verschenken, geschweige denn verkaufen. Zudem beteiligen sich an der Ernte im Oktober auch noch die Vögel. Dabei sind diese im Vorteil, denn Menschen bewegen sich, auf einer Leiter stehend, nur mühsam zwischen brüchigem und nassem Geäst, oft dauert das Abernten eines Baums einen halben Tag.

Die reifen Früchte werden bis zu acht Wochen in klarem Wasser angesetzt. Aus fünfzig Liter Maische werden maximal zwei Liter Schnaps. Das Aroma der Beeren variiert von Baum zu Baum. Wie der Schnaps schmeckt, hängt auch davon ab, wie stark die winzigen Kerne gequetscht werden, denn die geben das typische Aroma. Elsbeeren wachsen auch in Frankreich, Deutschland, Dänemark und im Kaukasus, gebrannt werden sie nur selten.

Das üppige Voralpenland bietet Feinschmeckern viele Genüsse.

Der Elsbeerenschnaps mit dem Marzipanaroma ist eine österreichische Rarität, die man in einigen Gourmetrestaurants verkosten kann.

Im Landgasthof Schwarzwallner, in Michelbach, der sich durch kreative Küche und ein gutes Weinangebot auszeichnet, genießt man den Platzvorteil mitten im Elsbeeren-Gebiet. Franz Schwarzwallner kennt alle Brenner der Gegend und wählt ihre besten Produkte für sein Lokal und seine Vinothek. Wo Bauern mit soviel Sorgfalt produzieren, läßt es sich meist auch gut Urlaub machen. Der bäuerliche Gästering des Most-

viertels vermittelt Ferienquartiere in den reizvollsten Lagen. Oft werden gut ausgestattete Ferienwohnungen angeboten, in denen man die Produkte des Hauses, frische Eier, Milch, Käse, Fleisch, Most nach eigenem Gusto selbst verarbeiten kann.
Aus dem Austraghaus des hoch über Ybbsitz gelegenen Bauernhofs von Lambert und Veronika Kaltenbrunner entstanden zwei Ferienwohnungen, mit einem Blick ins Land, der einem das Herz aufgehen läßt.
Die Großmutter, die eigentlich hier wohnen sollte, blieb im Haupthaus, nahe der Küche, wo sie die köstlichsten Mehlspeisen macht. Sie ist eine sehr gefragte Hochzeitsköchin, die mit zehn verschiedenen Torten und fünf bis zehn Sorten Bäckerei die festlichen Schmäuse veredelt.
Die Kaltenbrunners halten in ihrem Bio-Hof Hendln, Schafe, Schweine und zwölf Kühe, die bilderbuchreif abends von der Weide in den Stall ziehen. Das Idyll ist aber durchaus noch steigerungsfähig: Rund um eine Bank am Waldesrand feiern Gastgeber und Gäste angesichts eines unwirklich schönen Panoramas ihre fröhlichen Feste. Und zu später Stunde kommt die Großmutter mit den ofenwarmen Mehlspeisen.

Ferien auf dem Bauernhof: zurück zur Natur

Kein Wunder, daß ein Stammgast dem nächsten die Klinke in die Hand gibt ...
Im Mostviertel ist besonders viel Vergangenheit durch Privatinitiativen erhalten geblieben.

Die eindrucksvollste Sammlung bäuerlicher Objekte hat Anton Distelberger in seinem Ödhof in Gigerreith bei Amstetten zusammengetragen. In dem einstigen Zehenthof aus dem Mittelalter, in dem viele alte Gebrauchsgegenstände überlebten, entstand seit 1970 eine Sammlung von 15.000 Dingen des bäuerlichen Alltags. Der Ödhof selbst, ein wehrhafter Vierkanter mit wuchtigen Toren, läßt seine Vergangenheit als

Anton Distelberger mit dem von ihm geretteten Greißlerladen

bäuerliche Festung noch immer erahnen. Riesige alte Eisenschlüssel öffnen dem Besucher den Zugang zu Scheunen, Getreidekästen, in eine alte Schmiede und viele Nebenräume, in denen sich die Relikte einer vergessenen Zeit türmen. Da gibt es eine Scheune mit herrschaftlichen Wagen, blitzendem Pferdegeschirr, aber auch mit Hundeschlitten, mit denen die armen Bauern die Milch ablieferten. Rund um die Esse der alten Schmiede drängen sich Werkzeuge und Produkte aus Eisen. Ein vollständiger Greißlerladen, mit alten Reklameschildern und unzähligen Laden, in denen noch Nägel liegen, die stanitzelweise verkauft wurden, versetzt den Besucher in eine liebenswerte andere Welt.
Jedes bäuerliche Handwerk, vom Brunnenmacher über den Tischler, Wagner, Schuster, Schneider, Gerber, Korbflechter und Besenbinder ist mit typischem Werkzeug vertreten.
Die prachtvoll gestaltete Mostpresse mit dem Doppeladler aus dem Jahr 1864, eines der seltenen geschnitzten Mostfässer und eine Birnenreibn

stellen den Bezug zum Haus her: Vater und Sohn Distelberger sind bekannt für ihren guten Most und ihre Obstschnäpse.
„A guata Trung bringt's Leben in Schwung", steht auf dem Mostfaß.
Wie in einem Zauberladen reihen sich in Regalen und Vitrinen alte Schnapsgläser, Mostbecher, Teegläser aneinander. Blaudruck und Goldhauben, Arbeitsschürzen und Trachtenschmuck stehen für Alltag und Sonntag der Kleidung.
Viele kleine Gegenstände erzählen Geschichten: In die bemalte Godenschachtel, das übliche Geschenk für einen Täufling, kamen eine Münze und ein Stück – Nabelschnur. Die wurde verknüpft. Und wenn das Kind vierzehn war, mußte es die Knöpfe aufmachen. Gelang es, durfte es einen Beruf lernen, dann war ihm ja „der Knopf aufgegangen".
Eine Menge bekannter Sprichwörter und Redewendungen stammt aus dem bäuerlichen Alltag: „Mit zweierlei Maß messen" galt zunächst für jene Meßgefäße, bei denen das kleinere genau halb soviel faßte wie das große. „Butter am Kopf" hatten die Bauern, die auf ihren hohen Traggestellen das heikle Fett ganz obenauf, in Kopfnähe, legten. Und nur wenige wissen heute noch, daß arbeitssuchende Handwerker ihren Löffel ins Hutband steckten und ihn herausnahmen, wenn sie Arbeit bekamen. Und wenn einem die Felle des Erfolgs davonschwimmen, dann erinnert dies daran, daß die Gerber Häute in fließendem Wasser schwemmen mußten.
Eines der Objekte im Ödhof ist ein Polyphon, ein mechanischer Musikautomat mit 32 Blechplatten, aus dem die Musik kommt, die schon um 1880 die Gäste eines Amstettner Wirtshauses unterhielt.
Anton Distelberger hat seinen Hof längst an seinen Sohn übergeben. Arbeit hat er trotzdem genug, dafür sorgt seine Sammlung.

I bin hoit gern a Bäu'rin

A Bäurin bleib i ollemoi,
mit Kinda, Viecha und an Stoi.
Wann a d'Zeit gor schnell verrennt,
da bleib ma bis zan Lebensend.
Da bin i dahoam, do is mei Haus,
sunst hold is nirgens launge aus ...

Veronika Kaltenbrunner, Bäuerin in Ybbsitz

Oben: Mittelpunkt des neuen Regierungsviertels: der Klangturm von Ernst Hoffmann
Rechts: Die Orgel in der Domkirche St. Pölten, 1722 von Johann J. Egedacher erbaut

St. Pölten – Eine Stadt bricht auf

Dort, wo vor ein paar Jahren noch Schrebergärtner ihre Radieschen und Rosen zogen und Fußballer dem Ball nachjagten, brach die größte Baugrube auf, die Österreich je gesehen hat. Aus ihr schoß eine Stadtlandschaft aus Beton, Glas und Stahl, das Regierungsviertel der jungen Landeshauptstadt von Niederösterreich: St. Pölten.
Einer kleinen, mit vielen Klischees der Provinzialität behafteten Stadt, wurde ein zweites Zentrum angedockt – ein Kraftakt von gewaltigen Dimensionen. In keiner vergleichbaren Stadt des Landes wäre das möglich gewesen. St. Pölten ist ein Ort mit viel Freiraum. Auf einem Areal, das einem Drittel der Fläche Münchens entspricht, wohnen knapp 50.000 Menschen. Wald, Wiesen, Felder breiten sich aus, es gibt noch über 100.000 Nutztiere. Die nicht immer sehr planvolle Besiedlung soll durch kluge Verdichtung attraktiver werden.
Das neue Regierungssviertel am Traisenufer und die edel restaurierte barocke Innenstadt stehen in spannendem Kontrast – die verbindenden Fäden müssen noch gesponnen werden. Andererseits: Brüche gehören zum Wesen dieser vielgesichtigen Stadt. Brüche bedeuten ja auch Aufbrüche – und deren hatte die Stadt viele.
Aus einer Keltensiedlung wurde um 122 n. Chr. unter Kaiser Hadrian die römische Zivilstadt *Aelium Cetium,* die die Gunst ihrer Lage am Fluß Traisen, unweit der Donau, zu nutzen verstand.
Nach der Völkerwanderung, um 796, wurde dort, wo heute der Dom

steht, von den fränkischen Adeligen Ottokar und Adalbert ein Kloster gegründet – das erste auf österreichischem Boden. Es war dem heiligen Hippolyt geweiht und gab der ringsum entstehenden Siedlung den Namen: St. Pölten.
Der Ort hatte weiterhin die Nase vorne – 1159 bekam er das erste Stadtrecht des Landes. Wien erlangte es 1221. Die Stadt an der Traisen, an einem wichtigen Verkehrsweg gelegen, auf dem das Eisen transportiert wurde, entwickelte sich im Mittelalter zu einem florierenden Handelsplatz. Sie teilte aber auch das unruhige Schicksal dieser Region, mit Türkeneinfällen, Bauern- und Religionskriegen.
Wie reich die Stadt einmal war, läßt sich noch heute von seinem einheitlich barocken Zentrum ablesen. Wieviel Selbstbewußtsein, welche Vitalität strahlen diese Bürgerhäuser und Palais, die Kirchen und Klöster aus!
Das barocke St. Pölten trägt die Handschrift eines der genialsten Baukünstler des Barock: jene Jakob Prandtauers (1660–1726). Der gebürtige Tiroler aus Stanz bei Landeck kam als Zwanzigjähriger nach Salzburg, um sich weiterzubilden. Neun Jahre später wird er in einer Urkunde bereits „Bildhauer bei St. Pölten“ genannt. Sein Hauptwerk entstand in Niederösterreich: Stift Melk, die Wallfahrtskirche am Sonntagberg, Stift Herzogenburg und neben vielen Kirchen, Schlössern und Gutshöfen: die Innenstadt von St. Pölten. Er barockisierte den Dom, schuf das Karmeliterinnenkloster und die benachbarte Kirche, und er zog andere renommierte Barockkünstler in die Stadt. Unter ihnen Prandtauers Neffe Josef Munggenast, der dessen Werk mit zwei Söhnen in genialer und eigenständiger Weise fortsetzte. Berühmte Maler wie Daniel Gran, Johann Georg Schmidt (der Wiener Schmidt) und Martin Johann Schmidt (der Kremser Schmidt), Paul Troger und Bartolomeo Altomonte ergänzten das Werk der großen Baukünstler.
Es ist ein Erlebnis, sich über große und intime Plätze, durch die gewundenen Straßen der Altstadt treiben zu lassen, delikate Fassaden, wie die des Instituts der Englischen Fräulein oder der eleganten Palais rund um den Herrenplatz, die Wienerstraße oder den Riemerplatz auf sich wirken zu lassen.
Es gibt wenige Stadtplätze, die auf so geglückte Weise Vergangenheit und Gegenwart vernetzen wie der Rathausplatz von St. Pölten. Boris Podrecca schuf einen harmonischen steinernen Teppich zwischen den Barockbauten, seine sachlich-modernen Leuchten fügen sich gut in

das Ensemble. Unter dem Pflaster ruht noch ein Teil der römischen Vergangenheit der Stadt.
Das Rathaus, in weichen Rosétönen schimmernd, wurde von Josef Munggenast gestaltet. Hinter der lebhaft strukturierten Barockfassade öffnet sich die Einfahrt mit ihren gotischen Sitznischen – dahinter beginnt ein nichtssagender moderner Hof.
Ein Juwel ist das Bürgermeisterzimmer im ersten Stock, mit phantasievollem Stuck- und Terrakottamedaillons.
Zwei barocke Kirchenfassaden am Rathausplatz ziehen den Blick auf sich: die graziöse Rokokofront der Franziskanerkirche und die majestätische Fassade der Karmeliterinnenkirche, an die sich das weiträumige Kloster anschließt. Es beherbergt heute das umfangreiche Stadtmuseum, das Archiv und das Dokumentationszentrum für Moderne Kunst. Das klassizistische Stadttheater am Rathausplatz hatte bis vor ein paar Jahren die schwierige Aufgabe, allein die kulturellen Ansprüche einer Stadt abzudecken, die nur eine halbe Autostunde von Wien entfernt liegt. Inzwischen erweiterten die Bühne im Hof und das Festspielhaus das kulturelle Angebot (siehe S 105 ff.).

Parade der St. Pöltner Bürgergarde auf dem Rathausplatz, Ölbild um 1830

Leichte Kost, vor allem Operetten, waren das, was die Besucher des Stadtheaters bisher am meisten schätzten. Moderne Stücke wie Felix Mitterers *Munde* oder Veza Canettis *Oger* wurden als provokant, aber auch als aufrüttelnd empfunden. Reinhard Hauser, Regisseur und Schauspieler von großer Sensibilität, versucht, Theaterlust und Neugier auf Unbekanntes zu wecken, ohne sich an das Publikum anzubiedern. „Durchhalten mit Niveau lohnt sich", meint er und zieht handfeste Parallelen mit dem Bründlmayer-Heurigen in Langenlois, den er mit seiner Frau auf höchstem kulinarischen Niveau führt.

Auf dem Herrenplatz, wo sich auch das älteste Hotel der Stadt befand, wurde der tägliche Markt abgehalten.

Wie inspirierend die barocke Innenstadt ist, verrät sie bei den Festen, die sich die Stadt selbst bereitet. Da öffnen sich beim „Höfefest" sonst fest verschlossene Tore, lassen Musik und Tanz herein, Pawlatschen werden aufgestellt, Maskenprozessionen ziehen durch die Gassen, Barockklänge mischen sich mit Rave, Hip-Hop und Heavy metal. Die Stadt gerät in Schwingung, beginnt zu leuchten, verstrahlt Wärme und Heiterkeit. Es gibt in dieser Stadt Stimmungen, in denen sich keiner vorstellen kann, wieso St. Pölten jemals als graue Stadt am Schienenstrang empfunden wurde.
Festlichen Glanz, überhöhtes Lebensgefühl vermittelt der goldschimmernde Dom. Sein Innenraum mit dunklen Gemälden, Säulen, Intarsienarbeit, geschnitztem Chorgestühl, der prachtvollen Orgel fügt

sich gleichwertig in die Reihe kostbarer Stiftskirchen der Region ein. Das an den Dom anschließende Kloster plante Jakob Prandtauer als gigantischen Komplex, fast als eigenen Stadtteil. Der Plan wurde jedoch nicht realisiert. Aus dem Chorherrenstift wurde der Bischofssitz, Wiener Neustadt mußte ihn an St. Pölten abgeben. In einem Trakt des einstigen Klosters zeigt das Diözesanmuseum sakrale Kunst von erlesener Schönheit. Leider ist die Sammlung in der kalten Jahreszeit nicht zugänglich.

Mit dem Anschluß an die Westbahn erfuhr St. Pölten den großen Wachstumsschub in die Moderne. Ein wichtiger Bahnknotenpunkt entstand, die alte Bürgerstadt an der Traisen erlebte ihre nächste Wandlung.

Ähnlich wie in Wien fielen auch hier die alten Befestigungsmauern, eine Ringstraße entstand, distanzierende Amtsgebäude wurden errichtet. Für eine Sparkasse am Domplatz malte der junge Klimt eine allegorische Figur für den Frontgiebel.

Blumenmarkt in der barocken Altstadt

Ein paar Generationen junger Leute erlebten in St. Pölten militärischen Drill in der riesigen Hesserkaserne. Rainer Maria Rilke, Zögling der angeschlossenen Militärunterrealschule, artikulierte die Qualen eines sensiblen Menschen an einem unmenschlichen Apparat. Große Industriebetriebe wie die Glanzstoffwerke, die Maschinenfabrik Voith, die Papierfabrik Salzer, die Harlander Textilwerke und die Werkstätten der Österreichischen Bundesbahn siedelten sich hier an. An der Peripherie wucherten Industriebezirke und Arbeiterviertel, die lange Zeit hindurch als Fremdkörper empfunden wurden.

Die ersten Lebenszeichen der jungen Sozialdemokratie fanden in

dieser Region ein lebhaftes Echo. 1889 wurde im nahen Hainfeld die Sozialdemokratische Partei Österreichs unter Viktor Adler begründet. ein Jahr später feierten die St. Pöltner Arbeiter ruhig und gelassen den 1. Mai. Bis heute hat die Stadt eine sozialdemokratische Mehrheit.
Die oft sehr schmerzvolle Geschichte ihrer Arbeiterschaft, die in der Nachkriegszeit mit kommunistischen Ausschreitungen konfrontiert war, wird in einem engen, überfrachteten Museum dokumentiert.
Der künstlerische Aufbruch der Wiener Secession hinterließ auch in St. Pölten Spuren. Gleich beim Bahnhof steht noch ein Bau dieser Zeit, das Stöhrhaus, das Josef Maria Olbrich für den ersten Primarius des St. Pöltner Krankenhauses baute. Dessen Bruder, Ernst Stöhr, ein Mitbegründer der Secession, schuf dafür das Relief „Medizin" – es zeigt eine stilisierte Frauenfigur mit Äskulapschlange. Ernst Stöhr (1860–1917) war ein ausdrucksstarker, sensibler Maler. Die sinnlichen Akte Stöhrs gehören zu den schönsten Frauenbildern dieser Zeit. Sein Zeitgenosse Ferdinand Andri (1871–1956) stammte mütterlicherseits aus St. Pölten, er war Präsident der Secession, Professor an der Wiener Akademie – ein Maler, in dessen Werk Mensch und Natur zur Einheit verschmolzen. Andri arbeitete auch als Bildhauer und schuf eigenwilliges Holzspielzeug. Die Nachlässe beider Maler sind im St. Pöltner Stadtmuseum zu sehen.

Der Klangturm, flankiert von moderner Kunst

Aus der Zeit des Jugendstils stammt die St. Pöltener Synagoge, ein Kuppelbau, dessen Inneres in der Reichskristallnacht, am 10. November 1938, vernichtet wurde. Heute ist der Bau wiederhergestellt, er wird allerdings nicht als Synagoge sondern für Veranstaltungen genutzt. Das Institut für Geschichte der Juden hat hier seinen Sitz.

Auch wenn die Glanzstoffwerke mit ihrer äußerst herben Duftwolke immer noch an die Industrievergangenheit St. Pöltens erinnern, der wirtschaftliche Umbruch der letzten Jahre hat viel verändert. Fabriken mußten schließen, andere reduzierten ihre Belegschaft. St. Pölten ist keine Arbeiterstadt mehr, sie setzt auf Handel und Dienstleistung. An der Peripherie entstanden riesige Einkaufszentren – schwere Konkurrenz für die Kleinhandelsstrukturen der Innenstadt.

Das kühngeschwungene Vordach gab der Shedhalle Holleins den Namen.

An seinen Rändern und Einfahrtsstraßen zeigt St. Pölten die Beliebigkeit aller modernen Städte: Tankstellen neben Baumärkten, Einkaufszentren neben Wohnsilos. Spannend wird die Stadt dort, wo die „Hauptstadt im Kopf" Realität wurde: im Regierungsviertel. Nach 1989, als in Europa alle zentralistischen Organisationen zerfielen, bündelte sich die Energie Niederösterreichs, um sein neues Zentrum zu schaffen.

Als feststand, daß nicht Krems, Baden oder Wiener Neustadt Hauptstadt werden sollten, wurden 12,5 Hektar Grund am Traisenufer von St. Pölten als Standort ausgewählt. Schrebergärten und Fußballplatz wurden abgesiedelt. Der Countdown konnte beginnen.

1992 erfolgte der Spatenstich, 1997 wurden das Landhaus und der Kulturbezirk bezogen; bis 2001 sollen das Museum von Hans Hollein und das ORF-Studio Gustav Peichls fertig werden. Ein Mediahaus von Ernst Beneder ergänzt das Ensemble. Das Erstaunliche an dieser Hauptstadtwerdung: Die 6,8 Miliarden Schilling, die vom Land Niederösterreich dafür ausgegeben wurden, konnten zur Gänze durch Verkäufe und Vermietungen von Landesbesitz finanziert werden.

Die Architekten, die einen ganzen Stadtteil aus dem Boden stampften: Ernst Hoffmann, Hans Hollein, Gustav Peichl, Klaus Kada, Boris Po-drecca, Karin Bil, Paul Katzberger, Michael Loudon und Ernst Beneder lassen dem Menschen Platz, nehmen seine kulturellen Bedürfnisse ernst und schotten ihn nicht von der Flußlandschaft ab.

Es braucht Zeit, bis das alles angenommen und mit pulsierendem Leben erfüllt ist. Jenseits der Traisen entstehen neue Wohnviertel mit einfachen Familien- und Starterwohnungen und hochwertigem Eigentum. Ihre Bewohner werden den Landhausboulevard, die Neue Herrengasse nützen, wenn die Büros längst geschlossen sind.

Direkt am Traisenufer erhebt sich das neue Landhaus, das Ernst Hoffmann mit luftigen Durchgängen und Durchblicken auf den Fluß ausstattete. Vom schiffartigen, gläsernen Vorbau sieht man weit über das Land, das hier verwaltet wird.

In der schlichten Landhauskapelle, in Foyers und Gängen ziehen die Arbeiten von Künstlern wie Arnulf Rainer, Bruno Gironcoli, Franz Xaver Ölzant, Brigitte Kowanz den Blick auf sich.

Im Mittelpunkt des neuen Viertels erhebt sich der schlanke, lichte Klangturm, eine fast 80 Meter hohe Säule mit Aussichtsplattform und Antenne. Ernst Hoffmann war von exotischen Glockentürmen inspiriert, als er dieses Projekt plante – als Instrument der Zukunft. Neugierige Besucher sollen ihn ebenso wie experimentierfreudige Künstler zum Klingen bringen.

Der Klangturm wirkt nach innen, obwohl seine Kapazität ausreichte, um noch in Herzogenburg gehört zu werden.

Im Inneren des Turms werden elektronische Töne produziert. Man kann sie mit Alltagsklängen, mit Musik und mit Bildern vernetzen. Eine faszinierende Herausforderung an alte Hörgewohnheiten. Mia Zabelka, die Kuratorin des Klangturms, ist Spezialistin für elektronische Musik; sie hat zweimal den *Prix electronica* gewonnen.

Der Klangturm ist das erste Zentrum für Audio Art in Österreich – hier können nicht nur bisher ungehörte Klänge produziert, sondern auch die Stille – und zarte Laute, die sonst untergehen – hörbar gemacht werden. Kindern wird in regelmäßigen Schnupperstunden die spielerische Annäherung an das Instrument Klangturm ermöglicht. Kunst-, Musik- und Medienstudenten experimentieren damit.

Ein Klangwasserfall aus eingespeisten Klängen, menschlichen Stimmen und Klangspenden der Besucher macht Lust auf neues Hören. Gespeicherte Klänge sind über das Internet verfügbar. Die unglaublichsten Variationen, die Hören und Sehen revolutionieren, sind möglich. Im Klangturm hat die Zukunft schon begonnen.
Den stärksten Kontrast zur schlanken, durchlässigen Form des Klangturms bilden die kompakten Blöcke der Landesbibliothek und des

Oben: Das neue Landhaus mit dem schiffartigen Vorbau an der Traisen
Unten: Licht und faszinierende Reflexe durch neue Architektur

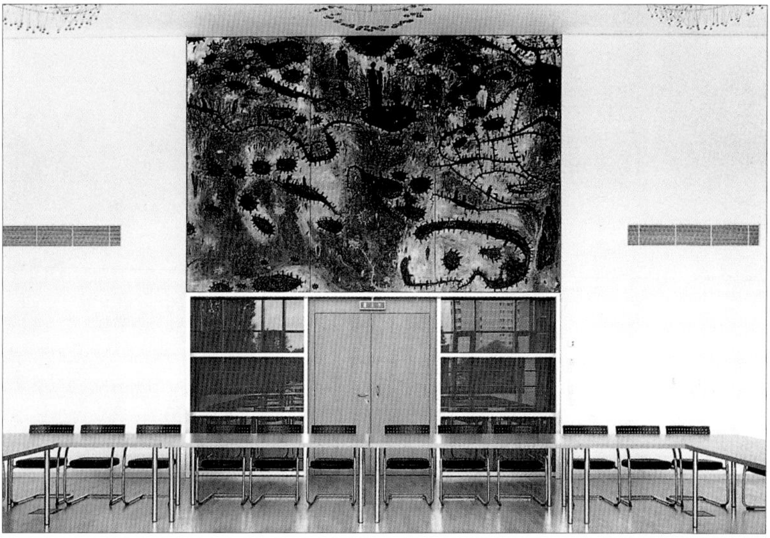

Kunst im öffentlichen Raum: *Oben:* Thomas Stimm, Blumen (Dachterrasse Haus 1a)
Unten: Gunter Damisch, Blaugelbfeld – Weltenwege (Haus 1a)

Landesarchivs. In ihren schönen Innenräumen hielt der modernste Standard der Dienstleisung am Leser Einzug. So schnell wie hier kann man in keiner Bibliothek, keinem Archiv Österreichs Bücher oder Dokumente in den Händen halten.

Neben der stillen Introvertiertheit dieser beiden Bauten, öffnet sich der Kulturbezirk in spektakulärer Optik.

Die Shedhalle Hans Holleins lenkt mit kühn geschwungenem Vordach und gezackter Seitenfront die Aufmerksamkeit auf sich. Sie ist für Ausstellungen ideal geeignet. Das benachbarte Museum soll nicht nur die vielfältigen Sammlungen des Landes aufnehmen. Niederösterreich plant Ausstellungspakete von internationalem Interesse, die St. Pölten, Krems und die Schallaburg vernetzen sollen. Hinter dem Museum Hans Holleins entsteht der konzentrierte, funktionelle Bau des ORF-Landesstudios von Gustav Peichl.

Die vorgewölbte Glasmuschel des Festspielhauses von Klaus Kada ist das selbstbewußte Logo eines neuen Verständnisses der Stadt: Kultur muß leuchten!

Das Festspielhaus bietet in einem großen und einigen kleineren Sälen viel Raum für anspruchsvolle Darbietungen. Die Kuratorin für Tanz und Theater, Mimi Wunderer (siehe S 105 ff.) setzt auf hochkarätige Tanz-Ensembles und große Schauspielkunst.

Mit Stars wie Bruno Ganz, Erika Pluhar, Michael Heltau lockt sie vom Tag der Eröffnung an das Publikum in Scharen in das neue Haus. „Wir haben für eine Brandauer-Lesung erst einen Saal für 200 Besucher reserviert. Und dann den großen Saal mit 1.100 Sitzen zweimal ausverkauft."

Musikkurator Renald Deppe gelang es, attraktive Musiker als *artists in residence* an das Haus zu binden. Er variierte das Thema Barockmusik auf ungewöhnliche Weise, veranstaltete eine „Barock-Rave", ließ Barockmusik auf modernen Instrumenten spielen. Neben Interpreten klassischer Musik holt er immer wieder Cross-Over-Musiker ins Festspielhaus.

Die niederösterreichischen Tonkünstler, denen ihr treues Abonnementpublikum bisher in die verschiedenartigsten Säle folgen mußte, haben nun einen fixen, akustisch idealen Platz für ihre Konzerte.

Die Preise des Festspielhauses sind moderat, die Abonnement-Variationen denkbar kundenfreundlich.

Am schnellen Erfolg des Festspielhauses, läßt sich der Aufbruch St. Pöltens wahrscheinlich am augenfälligsten messen. Vorbereitet wurde er in überlegten, kleinen Schritten. Immerhin wurde 1988 für die Ausstellung „Geburt einer Hauptstadt" ein so bedeutender Baukünstler wie Adolf Krischanitz verpflichtet, der einen lichtdurchfluteten Pavillon ans Traisenufer stellte. Er war Wegbereiter für ein anderes Verständnis von moderner Architektur in St. Pölten.

Die ebenfalls von Adolf Krischanitz gebaute Kunsthalle in Krems wird durch gemeinsame Ausstellungen mit dem St. Pöltner Museum in Dialog treten.

St. Pölten erlebt eine Zeit großer Veränderungen, die in verschiedenen Geschwindigkeiten vor sich gehen. Das gastronomische Angebot der Stadt hat noch einen Entwicklungsschub nötig. Die Wachau und ihr kulinarisches Schlaraffenland sind nahe – ehrgeizige Gastronomen hätten es nicht weit, dort in die Töpfe zu schauen.

Mit der barocken Altstadt und dem Regierungsviertel besitzt St. Pölten vor allem optische Anziehungspunkte für Besucher. Auch in der Umgebung der Stadt gibt es attraktive Sehenswürdigkeiten. Eine reizvolle Idee, die auf die neue Zielgruppe von Städtetouristen Rücksicht nimmt: Mit gut gefülltem Picknick-Korb kann man auf Schuberts Spuren in der Kutsche zur nahen Ochsenburg fahren.

Die Ochsenburg ist ein Renaissancebau, der von Prandtauer barockisiert wurde. Schubert schrieb hier im Herbst 1821 einen Teil seiner Oper *Alfonso und Estrella.* Es ist allerdings eine Legende, daß hier auch *Am Brunnen vor dem Tore* entstanden sein soll.

Die Wallfahrtskirche Heiligenkreuz-Gutenbrunn

Rund um St. Pölten gibt es reizvolle, zum Teil wenig bekannte Ortschaften mit ungewöhnlichen Bauten und Kunstschätzen. Noch zum Ortsbereich gehört Pottenbrunn, dessen mittelalterliches Wasserschloß in der Renaissance dekorativ ausgebaut wurde. Leider wurde das Schloßmuseum, zu dem auch eine umfangreiche Zinnfigurensammlung gehörte, vor kurzem geschlossen.

Der Raum um St. Pölten ist ein Fundgrube für Liebhaber des Barock. Jakob Prandtauer und die Familie Munggenast haben hier Meisterwerke geschaffen. Nicht alle sind so bekannt wie das Stift Melk.

Kloster und Kirche der Augustiner Chorherren von Herzogenburg wurden von diesen Barock-Designern neu gebaut. Den über zwei Stockwerke gehenden Festsaal gestaltete Johann Bernhard Fischer von

Erlach. Die Kunstsammlung des Stifts mit Werken der Donauschule, einem Antiken- und Raritätenkabinett und vielen anderen Kostbarkeiten verdankt das Stift indirekt Joseph II. Die meisten Kunstwerke stammen aus von ihm aufgelösten Klöstern und Kirchen. Aus der Kartause Aggsbach kommt der gotische Tafelaltar von Jörg Breu.
Inmitten einer anmutigen, unberührten Hügellandschaft liegt Schloß Heiligenkreuz-Gutenbrunn mit der angrenzenden Wallfahrtskirche. Die Geschichte dieser in purer Schönheit strahlenden weißgoldenen Kirche ist mit einer furchtbaren Gewalttat verbunden: 1529 zerstörten marodierende Türken den gotischen Vorgängerbau, töteten oder verschleppten die Bewohner des Orts. Rund um eine versteckte und wiedergefundene Marienstatue entstand eine Kapelle und schließlich 1785 eine der heitersten, lichtesten Barockkirchen des Landes, mit einem reichen Hochaltar von Ferdinand Hetzendorf von Hohenberg, dem Schöpfer der Wiener Gloriette, und den in leuchtenden Himmelsfarben schimmernden Fresken von Franz Anton Maulbertsch.
Das Schloß, dessen elegantes weißes Stiegenhaus schon auf die Leichtigkeit barocken Seins einstimmt, beherbergt in seinen Repräsentationsräumen Kunstwerke der wichtigsten Künstler dieser Epoche.
In und um St. Pölten zu erfahren: Nichts besiegt Vorurteile gründlicher als die Realität. Man muß nur genau hinschauen!

Das „neue Bild“ der bislang eher „grauen Stadt am Schienenstrang“ entstand einerseits synthetisch durch eine Reihe öffentlicher und halböffentlicher Bauten, die zugleich veränderte Lebenswirklichkeit schufen und weiter schaffen werden. Andererseits erhielten damit auch die historischen Schichten dieser kontrastvollen Verbindung von traditionellem Bischofssitz mit vitaler Industriekonzentration einen neuen Rahmen und neue Wertigkeit.

Otto Kapfinger/Michaela Steiner: ST. Pölten neu

Wenn der Barockmensch in üppigen Formen, leuchtenden Farben und mystischen Verzückungen schwelgt, so trinkt er sich einen Rausch an, um der Langeweile und Prosa seiner reinen Verstandeskultur zu entrinnen.

Egon Friedell: Kulturgeschichte der Neuzeit

Mimi Wunderer: Feuerlauf durch St. Pölten

Kontrastreicher läßt sich der Zusammenprall zweier Welten nicht inszenieren. Da war St. Pölten im Jahr 1989 bereits zur Hauptstadt ernannt, aber noch immer tief den Traditionen einer alten Bürger- und Arbeiterstadt verhaftet. Und auf der anderen Seite: Mimi Wunderer, eine ideenfunkelnde, vor Energie berstende Kosmopolitin in der irritierenden Erscheinung einer fragilen, attraktiven Frau von beträchtlichem Charme.

Ein Crash-Programm, das keineswegs in Verstörung, sondern mit dem Aufbau einer neuen kulturellen Welt endete. Dank Mimi Wunderer hat St. Pölten heute eine der interessantesten Mittelbühnen Österreichs und im neu erbauten Festspielhaus ein aufsehenerregendes Tanz- und Schauspielprogramm, das weit über St. Pölten hinaus wirkt.

Angefangen hat alles in Teheran. Dort wuchs die Tochter einer Russin und eines persischen Gelehrten und Journalisten auf – ein behütetes und gefördertes Kind, das bald klassischen Tanz und einige Fremdsprachen beherrschte. Als das Mädchen achtzehn war, beschloß der Vater, der mit Bruno Kreisky befreundet war, die Tochter müsse in Wien studieren. Ohne ein Wort Deutsch zu können, kam die junge Perserin

Links: Höhepunkte internationaler Tanzkunst in St. Pölten: Compagnie Black Blanc Beur
Oben: Feuergeist und Kosmopolitin: Mimi Wunderer

nach Wien, akklimatisierte sich rasch und studierte aufgrund ihrer technischen Begabung zunächst Gärungstechnik, wechselte dann zur Zeitungswissenschaft, um später eine Dissertation über das persische Zeitungswesen zu schreiben. Die Ehe mit einem Wiener scheiterte bald. Und weil sie Geld brauchte und vom Theater fasziniert war, nahm sie einen Halbtagsjob beim Kartenverkauf im Wiener Metropol an. Nicht für lange Zeit – ihre Fähigkeiten blieben nicht unentdeckt: Sie bekam die Chance, ihre Ideen und ihr Organisationstalent in der Programmgestaltung auszuleben. Neun Jahre lang arbeitete sie höchst erfolgreich am Metropol und am Hernalser Stadttheater.

1989 beschloß eine Gruppe kulturell interessierter Menschen in St. Pölten einen fixen Spielort für modernes, junges Theater zu schaffen. Mimi Wunderer, die in der Theaterszene inzwischen schon einen Namen hatte, wurde beauftragt, dafür ein Konzept zu erstellen. Dieses war so überzeugend, daß man dafür in einer ehemaligen Wäscherei in der Linzer Straße einen Theaterraum für 180 Zuschauer schuf. Innerhalb von drei Monaten wurde die *Bühne im Hof*, wie das Theater hieß, mit bescheidenen Mitteln und größtem Arbeitseinsatz gebaut.

„Ihr werdet sehen, in St. Pölten geht so etwas nicht“, war der gebetsmühlenartige Refrain, der diese Arbeit begleitete. Genau dieses Argument ließ Mimi Wunderer zur Hochform auflaufen. Ihr professioneller Anspruch ließ die einen verzweifeln, ihre gnadenlose Selbstausbeutung machte so manchen nachdenklich und solidarisch.

Mit einem zusammengeschweißten Team begann sie ihre Arbeit in dem kleinen Theater. Ihr Programm mit interessanten Schauspielern, Kabarettisten, Musikern, Tänzern war so erfolgreich, daß drei Jahre nach der Eröffnung der Umbau des Theaters auf 500 Sitzplätze erfolgte.

Die Bühne im Hof war nun größer als das traditionelle Stadttheater. Dem Architekten Eduard Neversal, der den Bau als „flexiblen Nullraum mit Charme“ bezeichnete, war es gelungen, einen modernen, sachlichen Bau in das ruhige Biedermeier-Ensemble zu integrieren.

St. Pölten erlebte ein völlig neues Theatergefühl. Neben todsicheren Auftritten von Stars wie Erika Pluhar, Otto Schenk, von erfolgreichen Kabarettisten wie Dolores Schmidinger, Andreas Vitasek, Lukas Resetarits, Alfred Dorfer, Josef Hader, stellten sich Tanztruppen wie Homunculus, Compañia Vicente Sáez einem Publikum vor, das anspruchsvolles Tanztheater bisher nur außerhalb St. Pöltens hatte erleben können.

Mimi Wunderer setzt auf Vielfalt und Kontrastreichtum: Derwische drehen sich auf der Bühne im Hof, die Attwenger spielen auf, Joe Zawinul elektrisiert das Publikum. Junge Leute sind die wichtigste Zielgruppe Mimi Wunderers. Die aufgeführten Stücke über Aids, Rechtsradikalität, Drogensucht, Arbeitslosigkeit, begnügten sich nicht

Bühne im Hof: moderne Architektur in einem stimmungsvollen Biedermeierhof

mit dem Anreißen eines heißen Themas. Das Publikum wurde mit einbezogen, es gab lange Diskussionen nach der Vorstellung und praktische Hilfe durch das Verteilen von Informationsbroschüren und Kondomen. Die Bühne am Hof ist heute eine Institution, vom Land Niederösterreich in den Kulturbezirk St. Pölten integriert.
Bei einem Stadtfest war Mimi Wunderer die erste, die mit bloßen Füßen

unbeschädigt über glühende Kohlen ging. Der Feuerlauf durch die Institutionen war ihr längst vertraut.
Die überzeugende Arbeit in ihrem Haus, ihr Mut und ihre Wahrhaftigkeit profilierten sie für neue Aufgaben – sie wurde zur Kuratorin für Theater und Tanz im neuen Festspielhaus ernannt.

Innovative Choreographie von Mats Ek, präsentiert vom Stockholmer Cullberg Ballett

Mit der gleichen Begeisterung, mit der sie die Bühne am Hof gebaut und zum Erfolg geführt hatte, holte sie nun glanzvolle internationale Interpreten und Ensembles wie Giorgio Strehlers *Piccolo teatro* mit *Diener zweier Herren,* Martha Grahams Dance Company, Cristina Hoyos, den Star aus Carlos Sauras *Carmen.*
Tanz ist ein Schwerpunkt ihrer Programmgestaltung im Festspielhaus, ein Thema, das in Österreich gegenüber der Musik immer ein wenig vernachlässigt wurde, für das es aber ein sehr motiviertes Publikum gibt.
Mimi Wunderer ist in ihrem Element: Sie imaginiert, inspiriert, organisiert, verteilt ihre Energieströme nach allen Seiten. Alfred Dorfer, der oft und gern bei ihr spielt, schrieb ihr einmal: „Solltest Du vorhaben, die St. Pöltner Innenstadt zu überdachen und dort Theater zu spielen, für 15.000 Leute, Du würdest es schaffen. Hast Du es schon vor?"

Meine Erinnerungen an das Wachsen dieses Hauses sind bestimmt von den Bildern jener Menschen, die klare Worte gesprochen und gerade Wege gegangen sind. Im Mittelpunkt steht eine couragierte, wahrhaftige und zähe Frau: die Prinzipalin Mimi Wunderer. Ein Danke für das unvergleichliche Gefühl, gemeinsam ein paar Schritte über ein Seil zu gehen ohne die Sicherheit eines Netzes. Der ungewisse Erfolg schmeckt wesentlich besser als der kalkulierte Gewinn.

Liese Prokop, Landeshauptmann-Stellvertreterin

Oben: Naturparadies Donau-Auen
Rechts: Eisvogel mit Beute

Land am Strom

Nur an ganz wenigen Plätzen Europas konzentriert sich noch entlang eines Flusses soviel Schönheit wie an der Donau zwischen den Mündungen von Enns und March.
Wer hier baute, ließ Burgen und Schlösser aus dem Fels wachsen, als wären sie mit ihm eins. Kirchen und Klöster verschmolzen mit der Uferlandschaft und verdoppeln sich im Spiegel des Stroms. Häuser und Weinkeller zeichnen ohne Ecken und Kanten den Schwung der Hügel nach. Die Weinterrassen zwischen Fluß und Fels geben den Hängen Struktur, die zur zweiten Natur geworden ist.
Leicht hat es diese Landschaft den Menschen nie gemacht. Das offene Flußtal war die naturgegebene Ost-West-Verbindung, auf der immer wieder Eindringlinge ins Land kamen.
Der ungebändigte Strom mit seinen felsigen Engen, den Zuflüssen aus dem Gebirge brachte Schiffer und Anrainer in Gefahr.
Und dem Wein, der hier so gut gedeiht, mußten mit viel harter Arbeit Terrassen am Berg geschaffen werden, die jedes Unwetter wieder zerstören kann.
Mag sein, daß gerade diese Spannungen die vielen Künstler der Region inspirierten.
Im üppigen Machland, das Überschwemmungen so wenig Widerstand leistet, hat die Donau ihren ersten Auftritt in Niederösterreich. Felder, Obstgärten, Auwald gehen ineinander über – und versinken oft in den Fluten.
In Wallsee erhebt sich über der Donau der Burgfelsen, der schon zur

Steinzeit besiedelt war. Die Römer, die die Donau zur Grenze ihres Imperiums machten, unterhielten hier eines ihrer Legionslager. Fast alle größeren Orte am südlichen Donauufer haben die gleiche Geschichte: Sie waren Stützpunkte des Limes, die in der Völkerwanderungszeit zerstört wurden, unter den Babenbergern erstanden sie – oft auf dem römischen Grundriß – wieder neu.
Aus der gotischen Burg Wallsee wurde nach vielen Umbauten ein vieltürmiges, romantisches Schloß, das bis heute zum Privatbesitz der Habsburger gehört. Kaiser Franz Joseph verbrachte hier mit der Familie seiner Tochter Valerie oft die Weihnachtsfeiertage.
1945 fand im Schloß eine historische Begegnung zwischen dem russischen Marschall Tolbuchin und dem amerikanischen General Patton statt. Den Übergang von der russischen in die amerikanische Besatzungszone bildete die Ennsbrücke. Wer sie in Richtung Westen überschritt, wurde von den Amerikanern damals mit einer kräftigen Prise des Insektengifts DDT begrüßt.
Ardagger Markt, donauabwärts gelegen, ist ein uralter Donauhafen, der heute modernen Yachten Schutz bietet.
Danach wird das Donautal eng und felsig, der Fluß muß sich durch härtesten Granit hindurcharbeiten. Die Hügel fallen steil zum Wasser ab, nur am nördlichen Ufer gibt es größerer Siedlungen.
In Grein, St. Nikola, Sarmingstein wohnten einst die Lotsen, die Schiffe an den tückischen Riffen und Felswänden vorbeisteuerten. Das Wasser kreiste hier in gefährlich abwärts ziehenden Strudeln, sie gaben diesem Abschnitt den Namen Strudengau.
Schon zur Zeit Maria Theresias versuchte man, die abgeschliffenen Felskugeln, die bei Niederwasser zur tödlichen Gefahr wurden, zu sprengen, aber die primitiven Mittel jener Zeit reichten dafür nicht aus.
Fast wäre die künftige Kaiserin Elisabeth bei ihrer Brautfahrt am 22. April 1854 an Bord des kaiserlichen Dampfers *Adler* an einer solchen Stelle verunglückt. Das Schiff konnte gerade noch das Ufer erreichen.
Erst ab 1954, mit dem Bau des Kraftwerks Ybbs-Persenbeug, wurden die Felsen der schmalen Schiffahrtsrinne gesprengt, der Wasserspiegel um 12 Meter gehoben. Der Strudengau hatte seinen Schrecken verloren, aber auch an schroffer Romantik eingebüßt. Wer heute auf dem Schiff durch diesen Abschnitt fährt, erlebt eine stille, schöne Landschaft, die am südlichen Ufer kaum besiedelt ist. Auf der anderen Seite, noch auf oberösterreichischem Gebiet, liegt Grein mit seinem arkadenge-

schmückten Schloß, das ein Schiffahrtsmuseum beherbergt. Im Ort gibt es ein winziges, uraltes Theater mit versperrbaren Sitzen, das unmittelbar an den Gemeindekotter angrenzt. Gefangene durften die Aufführungen miterleben.

Unweit von Grein, in der mittelalterlichen Burg Werfenstein, lebte als Burgherr jener ehemalige Zisterziensermönch Josef Lanz von Liebenfels (1874–1954), der seine verworrenen Rassentheorien vom Sieg der blonden, blauäugigen Arier in der Zeitschrift *Ostara* zu Papier brachte und damit Adolf Hitler die ersten Anregungen zu seiner Ideologie lieferte.

Die Wachau verzaubert mit sensibel strukturierter Natur.

Das schmale, düstere Donautal des Strudengaus weitet sich bei den einander gegenüberliegenden Orten Ybbs und Persenbeug.

Ybbs war im Mittelalter ein wichtiger Stapelplatz für Eisen, Salz und Wein. Die wuchtigen Bauten der Spätgotik und Renaissance am Donauufer, der Passauer Hof, das Schiffsmeisterhaus, die Weinmaut, erinnern an diese Vergangenheit.

Persenbeug, am anderen Ufer, wurde seit dem 10. Jahrhundert von einer auf einem Felsen über der Donau liegenden Burg dominiert. Kaiser Franz II. erwarb im Jahre 1800 das Schloß für die Habsburger, die es heute noch besitzen. Der Biedermeierkaiser, dem auch das bezaubernde Donauschlößchen Luberegg sowie Schloß Artstetten gehörten, hatte eine sehr enge Beziehung zu dem

Hinterland der Donau, er war gerne in Purgstall zu Gast und interessierte sich für die Eisenindustrie.

In Persenbeug wurde der letzte Kaiser Österreichs, Karl I., geboren. Donauabwärts öffnet sich die Landschaft und gibt den freundlichen kleinen Orten am Ufer Raum.

Hier lassen sich kostbare alte Kirchen entdecken, die kaum von Touristen besucht werden, weil es fast alle nach Melk oder Göttweig zieht. Der bezaubernd pastellfarbige barocke Innenraum der Kirche von Säusenstein enthält Altarbilder für den Wetterheiligen Donatus, die Paul Troger und Johann Bergl malten. Bergl schuf auch die anmutigen Blumenzimmer in Schloß Schönbrunn.

Römersteine wurden in die Veitkirche von Sarling integriert, wie auch in die Pfarrkirche von Pöchlarn.

Auf einer Felsterrasse des gegenüberliegenden Ufers taucht Maria Taferl auf, das Marienheiligtum, dessen uralte sakrale Wurzeln der keltische Opfertisch vor der Kirche verrät. Unweit davon liegt Schloß Artstetten, wo der Thronfolger Franz Ferdinand und seine Frau Sophie nach dem Attentat von Sarajevo bestattet wurden. Das Begräbnis – vom größten Gegner des Erzherzogs, dem Obersthofmeister Fürst Montenuovo arrangiert – sah eine nächtliche Überführung nach Artstetten vor. In der Kapuzinergruft durfte Franz Ferdinand wegen seiner nicht standesgemäßen Ehe mit Gräfin Chotek nicht begraben werden.

Wie in einem melodramatischen Film ging in jener Nacht zum 4. Juli 1914 ein verheerendes Gewitter über der Donau nieder. Die Pferde, die den Leichenwagen auf die Fähre zogen, bäumten sich auf und konnten nur mit Mühe gebändigt werden.

Schloß Artstetten, mit charakteristischen Zwiebeltürmen ausgestattet, ist ein Renaissancebau, der im Barock umgestaltet wurde. Die Marmorgruft des Thronfolgerpaars kann besichtigt werden, ein Museum zeigt Erinnerungsstücke der Familie und dokumentiert Themen, die in Zusammenhang mit der Person Franz Ferdinands stehen.

Populär wurde Artstetten durch die Fernsehserie *Donauprinzessin,* in der es Teilkulisse eines Schloßhotels war.

Das Donautal zwischen Ybbs und Pöchlarn heißt erst seit dem Beginn unseres Jahrhunderts Nibelungengau. Altdeutsches war zu dieser Zeit sehr gefragt, und die Präsenz der donauabwärts, zu König Etzel ziehenden Kriemhild und ihres Gefolges, sollte fremdenverkehrsfördernd vermarktet werden. Pöchlarn, Sitz des Markgrafen Rüdiger von

Bechelaren, wird im Nibelungenlied immer wieder erwähnt. Tatsächlich soll es um 920 einen Rüdiger von Bechelaren als Statthalter der Ungarn gegeben haben. Die Brautfahrt Kriemhilds zu Etzel ist dagegen reine Erfindung.

Zwei alte Donautürme erinnern an die wehrhafte Vergangenheit der Stadt, die von 832 bis 1803 zum Bistum Regensburg gehörte.

Im Zentrum Pöchlarns blieben schöne Renaissancehäuser erhalten und zwei mediterran anmutende Brunnen mit einer Madonnenstatue und der Figur des heiligen Wolfgang.

Unweit der Donau, in der Regensburger Straße 29, steht das Haus, in dem Oskar Kokoschka 1886 zur Welt kam. Er hat hier nur die ersten neun Monate seines Lebens verbracht, die Eltern zogen dann nach Wien. Als junger Mann kam er oft ins Voralpenland, nach Lassing, um Verwandte zu besuchen.

Die barocke Malerei des Donauraums, vor allem die des genialen Franz Anton Maulbertsch, hat ihn stark beeinflußt, ehe er sich mit Romako, van Gogh, Edvard Munch auseinandersetzte. Nach Pöchlarn ist er erst gegen Ende seines Lebens zurückgekehrt, nach unzähligen Reisen und den Jahren seiner Londoner Emigration. Und es war eine erfreulichere Heimkehr als nach Wien, das sein Porträt des damaligen Bürgermeisters Theodor Körner mißachtete und ihn später auch nicht einlud, den Vorhang der wiederaufgebauten Staatsoper zu malen. Daß man ihn zur Wiedereröffnung einlud, um dabei zu malen, kommentierte damals der *Bildtelegraph* sarkastisch: Kokoschka hätte wohl den Maler Eisenmenger porträtieren sollen, „wenn dieser gerade den eisernen Vorhang der Staatsoper bemalt ..."

Pöchlarn renovierte mit beträchtlichem Aufwand Kokoschkas Geburtshaus und schuf dort eine Dokumentation seiner Werke. Er selbst und später seine Witwe Olda haben Pöchlarn viele Graphiken geschenkt. Es gibt heute rund 300 Blätter des druckgraphischen Werks, darunter auch seine Bühnen- und Kostümentwürfe zu Raimund-Aufführungen. Eine Bibliothek und eine Fotosammlung befassen sich mit dem Künstler und seinem Umfeld.

Das kleine Haus mit dem intimen Hof, den niedrigen Räumen, in denen Kokoschkas Mutter Romana so oft während der Reisen ihres Mannes mit den Kindern allein blieb, ist Anziehungspunkt für alle, die Kokoschkas ausdrucksstarke Bilder lieben und ihre Entstehung studieren wollen.

Die Wachau, jene Landschaft, in der sich auf kleinstem Raum die größten Kostbarkeiten zusammendrängen, beginnt und endet mit imperialer Architektur: Stift Melk und Stift Göttweig flankieren das Durchbruchtal der Donau.
Schroffe, burggekrönte Felsen stehen in spannendem Kontrast zu sanften Weinhügeln, Schlösser und Klöster verkünden die triumphale Botschaft barocker Machtentfaltung. Wer bisher nicht wußte, was Barock in Österreich bedeutet, der weiß es jetzt für immer.
Dramatischer als in Melk läßt sich Natur nicht überhöhen: Die Klosterburg steigt in strahlendem Goldton aus einem Felsen über der Donau, eine weite Terrasse schafft der zurückgebauten zweitürmigen Kirche optischen Spielraum. Sonnen-Monstranzen gehen über den Türmen auf. (Siehe auch S 55 f.)

Nirgends gedeihen Marillen so köstlich wie zwischen Wachauer Weinbergen.

Unterhalb des Stifts, wo sich einst das mittelalterliche Dorf unter die Burg duckte, entfaltet sich der selbstbewußte Charme einer Bürgerstadt. Die edlen Barockfassaden sind oft Häusern der Gotik oder der Renaissance vorgeblendet.
Die älteste Häuserzeile mit der einstigen Stiftstaverne von Munggenast ist in der Sterngasse zu finden – sie blieb vom großen Brand Mitte des 19. Jahrhunderts verschont. Das hübsche klassizistische Heimatmuseum mit dem attraktiven Giebelrelief in der Linzer Straße diente einst als Postgebäude.

Nach einem Besuch im Stift durch die Stadt zu bummeln ist auch in anderer Hinsicht lohnend: In den verwinkelten Stuben der „Stadt Melk" am Hauptplatz erlebt man eine erste Kostprobe der Wachauer Gastlichkeit bei einfallsreich variierter Regionalküche und erstklassigem Wein.

Ein Abstecher führt in das nur 6 km entfernte Mauer bei Melk, zu einem der schönsten Flügelaltäre Europas in der Pfarrkirche Mariä Namen. Man vermutet, daß ihn ein Schüler des Veit Stoß um 1510 aus Lindenholz gearbeitet hat.

Der figurenreiche Altar ist eine Kombination von Allerheiligenbild und Marienkrönung mit reichgegliederten Flügelreliefs. Seine besondere Ausstrahlung bekommt das erst vor kurzem sanierte und vom Holzwurm befallene Kunstwerk durch seine lachenden Engel.

Südlich von Melk liegt die Schallaburg, einer der eindrucksvollsten Renaissancebauten nördlich der Alpen. Rund um einen mittelalterlichen Burgkern entstand ein weiträumiges Schloß mit eigenwilligem Turm, großem Garten auf dem ehemaligen Turnierplatz und unverwechselbaren Terrakotten rund um den Arkadenhof: antike Büsten, Fabelwesen, mythologische Gestalten.

Die Schallaburg, einst im Besitz der protestantischen Losensteiner, ist heute Ort vielbesuchter, sommerlicher Ausstellungen.

Kehren wir zum südlichen Ufer der Donau zurück. Es ist der weniger überlaufene Teil der Wachau, von dem man die schönste Aussicht auf Landschaft und Architektur am linken Ufer hat. Diese wurde von der Autorin in *Landschaften für Genießer. Waldviertel, Wachau, Weinviertel* beschrieben.

Schloß Schönbühel scheint das Idealbild eines uralten Feudalbaus an der Donau zu sein. Aber so alt, wie es aussieht, ist dieses Schloß gar nicht, es wurde erst 1819 nach alten Plänen rund um eine mittelalterliche Burg errichtet.

Die Gotik, der Niederösterreich so viel prachtvolle Architektur verdankt, ist in der Wachau mit berührenden Kirchenbauten vertreten. Auf dem Turm von St. Johann sitzt ein Hahn, der von einem Pfeil durchbohrt ist. Daran knüpft sich die Sage, daß der Teufel bei Spitz eine Mauer bauen wollte. Sie blieb unvollendet, weil der erste Hahnenschrei das unheilvolle Werk vereitelte, worauf der Teufel den Pfeil abschoß.

Fast wäre die Wachau trotzdem in einem Stausee ertrunken: Nach den Kraftwerksbauten von Ybbs-Persenbeug und Melk sollte auch bei

Rossatz eine Staumauer errichtet werden, die das Landschaftsbild völlig verändert hätte. Zum Glück wurde dieses Projekt nicht verwirklicht. 300 Meter über der Donau erhebt sich auf einem Felsen die Burgruine Aggstein, einst Sitz der Kuenringer, der mächtigen, gefürchteten Ministerialen der Babenberger. Der Ruf des Raubrittertums hing ihnen aber zu Unrecht nach. Ein wahres Schreckensregiment soll aber einer ihrer Nachfolger in der Burg, Georg Scheck vom Wald, ausgeübt haben. Er setzte seine Gefangenen im Rosengärtlein aus, einer Terrasse ohne Ausgang mit betörend schöner Aussicht ins Donautal. Die Bedauernswerten mußten entweder verhungern oder in die Tiefe springen.

Den Grundton der Wachauer Architektur geben harmonisch in die Landschaft integrierte Bauernhäuser an, viele sind im 16. Jahrhundert entstanden. Sie haben schöne Arkadenhöfe, gewaltige, oft zinnenbekrönte Rauchfänge, die an venezianische Palazzi denken lassen und mächtige Sonnentore. Das strohgeflochtene Sonnenrad beim Eingang signalisiert, daß Wein ausgeschenkt wird.

Nicht nur Schlösser und Klöster waren in Details Vorbilder dieser Bauten, auch die Leshöfe Salzburger und bayerischer Klöster, die seit dem Mittelalter Besitz in der Wachau hatten.

Von diesen weinumrankten Häusern geht eine freundliche Gelassenheit aus, die auch die Gastlichkeit der Region bestimmt. Wo Wein wächst, wird gut gegessen – und in der Wachau wächst viel Wein. Hier rücken die berühmtesten Winzer und die sympathischesten Haubenköche auf engstem Raum aneinander.

In der Wachau gibt eine beispielhafte Glaskultur auch bei den einfachsten Heurigen. Am Büffet: krachfrische Wachauerlaberln (auch sonntags), würziger Topfenkäs, rauchiger Schinken und viele kleine Hausspezialitäten, vor allem zur Marillenzeit die herrlichsten Mehlspeisen. Marillen wachsen hier genug, fast jeder Winzer brennt sie selbst zu duftendem Schnaps. Wachauer Marillen sind eine geschützte Spezialität der EU.

Mögen auch die Winzer in den Arnsdörfern Ober-, Mittel-, Hof- und Bacharnsdorf und Rossatz nicht so klingende Namen haben wie manche Kollegen jenseits der Donau: Ihre Weine haben hohe Qualität.

Bei Rudolf Hick in Oberarnsdorf – um nur einen von vielen zu nennen – gibt es Rieslinge und Veltliner, die es mit den besten der Region aufnehmen.

In Mautern lebt einer der Granden der Wachauer Winzer: Nikolaus

Saahs. Er setzt auf biologischen Landbau und behutsames Pressen seiner kostbaren Weine, die man nicht nur in der europäischen Gourmetszene, sondern auch in Japan schätzt. Mit dem gleichen Respekt vor dem edlen Grundprodukt kocht Christine Saahs. Sie holt die saftigsten Weidegansln aus dem Waldviertel, Käse von ambitionierten Bauern, sie wurstet selbst und im Frühjahr kann es sein, daß sie ihre Salate mit Veilchen und Gänseblümchen garniert.

Die Grundmauern des einst zum Bistum Passau gehörenden Hofs ruhen auf römischen Fundamenten, wie so viele Häuser und Mauern in der Stadt des heiligen Severin. In die Wirtschaftsgebäude ist eine säkularisierte gotische Kapelle integriert, in der festlich getafelt werden kann. Unter der riesigen Linde im Hof zu sitzen und den Wein, die Spezialitäten und die Freundlichkeit der Familie Saahs zu genießen – das ist Lebensqualität.

Von Burg Aggstein sieht man weit ins Donautal und bis ins Waldviertel

Nur ein paar Häuser weiter lockt die große Küchenzauberin Liesl Wagner-Bacher zur Einkehr. In ihrem komfortablen Landhaus stimmt einfach alles: die Phantasie und Präzision der Küche, die angenehme Atmosphäre, der sympathische Service und der von Klaus Wagner verwaltete Weinkeller, in dem keine der großen Wachauer Kreszenzen fehlt. Daß gerade in dieser Region Wein so gut gedeiht, hat viele Gründe: Der karge Urgesteinsboden mit Löß- und Sandinseln läßt die besten Rieslinge und Veltliner Österreichs wachsen. Die kühlen Sauerstoffduschen aus dem nahen Waldviertel und die über die Donau ziehenden warmen pannonischen Luftströme sorgen für ideales Klima. Und das Selbstbewußtsein der Wachauer ist die Grundlage ihrer Perfektion.

Wenn die 100 besten Weißweine der Welt gewählt werden, sind mit Sicherheit immer Weine aus der Wachau oder aus den angrenzenden Regionen dabei.

Das Weinbaugebiet Wachau erstreckt sich zwischen Spitz und Krems bzw. Mautern. Aber das Genießen geht weiter.

Unterhalb von Göttweig wächst ein besonderer Tropfen, auch Rotweine gewinnen hier hohe Qualität.

Einer der besten Sekte Niederösterreichs – handgerüttelt – kommt aus dem Keller von Gerald Malat. Auch die Klosterweine von Göttweig haben hohe Qualität. Im weit ausschwingenden Hügelland gibt es viele schöne Heurige. Über der Kellergasse von Steinaweg kann man auf der Terrasse von Josef Ramoser besondere Weine einer besonderen Landschaft auf sich wirken lassen.

Liesl Wagner-Bacher: Kochkünstlerin mit Charme

Auch bei Hollenburg und Traismauer winken die Heurigenbuschen.

Traismauer ist eine der wenigen Siedlungen mit reichen prähistorischen Funden.

Entsprechend groß ist das historische Erbe, das aus Awaren- und Germanengräbern im Museum für Frühgeschichte im Schloß zusammengetragen wurde. Germanische Silberblechfibeln, goldenes Pferdegeschirr, Einhorndarstellungen der letzten Jahrtausendwende – es ist faszinierend, wieviel hier aus einer noch zu wenig erforschten Zeit erhalten blieb.

Das Schloß selbst, in das eine Tafel mit dem römischen Namen des ersten Kastells, *Augustiana*, eingemauert ist, steht auf römischen Fundamenten. Unweit davon ragt das Römertor auf – ein Rest der mittelalterlichen Stadtbefestigung.

Unter der Kirche St. Rupert entdeckte man das Skelett eines jungen Mannes der Völkerwanderungszeit, wahrscheinlich eines frühchristlichen Priesters, der durch einen Pfeil getötet wurde.

Auch die Nibelungensage nennt Traismauer als Station des Brautzugs. Im Nibelungenhof, einem besonders hübschen Gasthof, werden die Helden aus Burgund und dem Hunnenland zwar als Namenspatrone der Zimmer beschworen, aber im exquisiten Spezialitätenrestaurant setzt man zum Glück nicht auf „brennende Hunnenschwerter", sondern auf zeitgemäße, feine Küche.

Rainer Melichar: feine Regionalküche in Traismauer

Wer die Weine der Gegend – *Regio Tragisana* nennt sie sich – durchkosten will, kann das auch bei den gemütlichen Heurigen des Eichbergs und in der Schloßvinothek tun, wo die besten Winzer vertreten sind.

An der Donau reihen sich nicht nur die Bauten historischer Zeit aneinander, in Zwentendorf läßt sich auch ein Stück Zeitgeschichte entdecken: Mit der Volksabstimmung vom 5. November 1978 wurde beschlossen, das Atomkraftwerk Zwentendorf nicht in Betrieb zu nehmen. Statt dessen wurde das kalorische Kraftwerk Dürnrohr gebaut.

Wer das stillgelegte Kernkraftwerk in der warmen Jahreszeit besucht, begegnet Kolonnen von Radlern, die über den Donauradweg die Industrieruine ansteuern und im Café neben dem Reaktor Rast machen. Dann ruhen Muskel- und Kernkraft.

Ende August entfaltet sich ein Stück donauabwärts der größte Garten Österreichs mit tausenden Blüten: Auf den 17.000 Quadratmetern des Tullner Messegeländes zeigen die Gärtner des Landes, was sie können. Die Tullner Gartenbaumesse ist 1953 aus einem bescheidenen Blumenkorso der hier ansässigen Großgärtnereien entstanden. Jetzt ist sie Anziehungspunkt für 120.000 Besucher, die das Blumenmeer und die vielen Rahmenveranstaltungen – Konzerte, Wasserskimeisterschaften, Ruderrennen und Riesenfeuerwerk – genießen.
Tulln ist eine der lebendigsten und erfolgreichsten Städte an der Donau. Bereits 985 berief der erste Babenbergermarkgraf, Luitpold I., eine Versammlung nach Tulln, im 11. Jahrhundert war die Stadt auch Sitz der Babenberger. Tulln hatte damals schon eine reiche Vergangenheit als römisches Reiterlager *Comagena,* das den Donauübergang seit dem 1. Jahrhundert absicherte.
834 wurde Tulln bereits in einer Urkunde genannt. Wie wichtig es war, läßt sich auch aus dem Nibelungenlied ableiten: In Tulln findet die Begegnung Kriemhilds mit Etzel statt. Bis ins Spätmittelalter war Tulln ein vitaler Handelsplatz, an dem auch das Luxusgewerbe florierte: Kürschner und Goldschmiede schmückten die reichen Patrizier der Stadt. Die ließen sich auch die Verschönerung der Stadt etwas kosten. 1014 wurde die Stadtpfarrkirche St. Stephan erstmals erwähnt. Sie mit einem ungewöhnlichen romanischen Tor geschmückt, das die Reliefbüsten der Apostel ähnlich wie auf römischen Grabsteinen aneinanderreiht. Ein vergleichbares Tor gibt es nur in San Giusto in Triest. Die Kirche, die im Laufe der Jahrhunderte immer wieder umgebaut wurde, bekam nach einem Brand im 18. Jahrhundert anmutige Barock- und Rokokoaltäre. In der Vorhalle des Nordportals ist der ungewöhnliche Grabstein eines Zigeunerfürsten aus dem Jahr 1524 zu sehen. Neben der Kirche steht der schönste Karner Österreichs, der 1260 von normannischen Bauleuten geschaffen wurde. Ihr Stil kam auf Umwegen in unser Land. Der Stauferkaiser Friedrich II., der in Sizilien residierte und dort normannische Architektur schätzen lernte, beeinflußte mit seiner Vorliebe auch ungarische Bauherren bis nach Ungarn. Normannische Baukünstler schufen auch das Riesentor von St. Stephan in Wien.
Der kostbare Karner von Tulln, auch Dreikönigskapelle genannt, wurde von Joseph II. säkularisiert und wäre danach fast verfallen. Erst 1973 wurde er durch eine Initiative der Stadt gerettet.

Nach seiner mittelalterlichen Blüte versank Tulln in Vergessenheit und Armut. Der wichtige Fernhandelsweg nach Wien ging verloren. 1683 belebte sich die Stadt wieder, aber das kostete nur Geld: Die polnischen und kaiserlichen Entsatzheere überquerten bei Tulln die Donau und

Gasthof zur Sonne in Tulln: Weinkultur und geradlinige Qualitätsküche

sammelten sich in einer riesigen Zeltstadt vor dem Sturm auf die türkischen Belagerer Wiens.

Und die Tullner mußten sie verköstigen.

Erst im 19. Jahrhundert begann ein neuer Aufschwung für die Stadt, sie wurde Verwaltungszentrum der Region, die Franz-Josephs-Bahn brachte eine neue Anbindung an die Verkehrsströme, und um die Stadt entstanden große Industriebetriebe.

Heute ist Tulln eine geschäftig pulsierende Einkaufsstadt mit einer großen Auswahl schöner Läden. Wie so viele Städte, die lange vergessen waren, ist auch in Tulln viel kostbare alte Architektur erhalten. Das erstaunlichste Gebäude ist zweifellos der von der Römerzeit bis heute ununterbrochen genutzte Salzturm, der die Mauer des römischen Reiterlagers absicherte. Er hat immer wieder neue Verwendung gefunden: als Magazin, Pulverturm, Salzlager, evangelisches Gotteshaus, Versammlungsraum. Er ist der älteste intakte Hochbau Österreichs und eines der ganz wenigen vollständig erhaltenen Römerbauwerke nördlich der Alpen.

Das rechte Donauufer, das immer stärker von Erosion gefährdet ist, als

das linke, war jahrhundertelang die Schwachstelle der Stadt. Durch das Donaukraftwerk Greifenstein sind nun Überschwemmungen abgewendet. Die Uferlandschaft von Tulln ist heute ein vielseitig genutzter Freizeitbereich mit Parks, Yachthafen, Bädern und Sporteinrichtungen, einem einladenden Restaurantschiff, einer Wasserbühne und ganz besonderen Brunnen von Hans Muhr. Sie wurden aus 17 Millionen Jahre alten Steinen gearbeitet, die beim Kraftwerksbau von Greifenstein an die Oberfläche kamen.
Am Donauufer steht auch das ungewöhnliche Museum für den ungewöhnlichsten Sohn der Stadt: Egon Schiele (1890–1918).
Es entstand im ehemaligen Bezirksgefängnis, dessen enge Zellen eindrucksvoll die Zwänge vermitteln, von denen sich Schiele durch seine Kunst zu befreien versuchte.
In einem Raum ist jene Zelle aus Neulengbach nachgebaut, in der Schiele drei Wochen wegen des Verdachts des Kindesmißbrauchs gefangen

Im Stiftskeller von Klosterneuburg: alte Tradition und neuer Schwung

war. Er wurde bei der Verhandlung rehabilitiert, aber wegen „Übertretung der öffentlichen Sittlichkeit“ – durch erotische Zeichnungen – verurteilt. Seine Graphiken aus dem Gefängnis gehören zu seinen erschütterndsten Arbeiten. Im Museum von Tulln hat man auf das graue Gefängnisbett eine Orange gelegt in Erinnerung an sein Bild: „Die eine Orange war das einzige Licht“.
Egon Schiele kam 1890 im Bahnhof von Tulln zur Welt, wo sein Vater

Stationsvorstand war. Thema der ersten Zeichnungen waren immer wieder Eisenbahnzüge. Seine Begabung wurde bereits in der Mittelschule von Klosterneuburg entdeckt. Bereits als Sechzehnjähriger kam Schiele an die Akademie der bildenden Künste in Wien, wo er sehr bald gegen die konservativen Lehrmethoden opponierte. „Sagen Sie um Gottes Willen niemandem, daß Sie bei mir gelernt haben“, erklärte sein Lehrer Christian Griepenkerl.

Schon als Student beteiligte sich Schiele an großen Ausstellungen, seine ausdrucksvollen Arbeiten fielen Künstlern und Kunstkennern auf, er fand in Arthur Rössler einen engagierten Förderer. Schiele wurde mit seinen schmerzend wahrhaftigen, kompromißlosen Bildern zu einem der wichtigsten Repräsentanten moderner Weltkunst.

Das Museum in Tulln zeigt neben seinen Arbeiten eine reiche Auswahl an Fotos und Dokumenten, die sein Werk begleiten.

Bei Tulln beginnt die unvergleichliche Wasserwelt der Auen, die östlich von Wien ihre größte Ausdehnung erreichen. Die starke Verbundenheit mit der Landschaft um seinen Heimatort Altenberg, die durch das Kraftwerk von Greifenstein nachhaltig verändert wurde, machte den Verhaltensforscher Konrad Lorenz zum leidenschaftlichen Kämpfer für die Erhaltung der noch unberührten Donau-Auen.

Zwischen Wasserwald und den Hügeln des Wienerwalds züngelt die Babenbergerstadt Klosterneuburg in die Täler hinein. Im Ortsteil Kierling erlosch 1924 das Leben des Mannes, der wie kein anderer die Angst vor dem Ungewissen schilderte: Franz Kafka. Er stirbt an Tuberkulose. „Die körperliche Krankheit ist nur ein Aus-den-Ufern-Treten der geistigen Krankheit“, schrieb er 1918. Erst nach seinem Tod in dem kleinen Sanatorium in Kierling erschienen die Romanfragmente, die ihn weltberühmt machten: *Der Prozeß, Das Schloß, Amerika.*

Das Zentrum von Klosterneuburg, auf einer Anhöhe über der Donau, vereint die Bürgerstadt mit ihren guterhaltenen gotischen und barocken Häusern und dem feudalen Stiftsbereich.

Auf dem Grundriß des einstigen Römerlagers konzentriert sich kirchlicher und weltlicher Gestaltungswille aus acht Jahrhunderten. Von der romanischen Kirche, dem einstigen Herrschersitz Leopolds III., bis zum Kaisertrakt baute jede Generation bis in unsere Zeit weiter. Das Ergebnis ist ein Gesamtkunstwerk von größter Fülle und Qualität. Die romanische Kirche mit der reichen Barockausstattung bekam erst 1882 durch Friedrich von Schmidt, den Erbauer des Wiener Rathauses, ihre end-

gültige Form: die ungleichen Türme aus Gotik und Barock wurden egalisiert und überbaut. Auch der Kaisertrakt, der nach dem Tod Kaiser Karls VI. ein Torso blieb, wurde Mitte des 19. Jahrhunderts durch den Biedermeierarchitekten Kornhäusel vollendet. Allerdings nur zu einem Viertel des ursprünglichen Plans, der neun Kuppeln mit neun Kronen vorsah. Geblieben sind zwei Kuppeln, von Kaiserkrone und Herzogshut überhöht. Die Prunkräume mit ihren kostbaren Fresken und das Museum mit den uralten Tafelbildern, den sakralen Schätzen, sind von einem Reichtum, der fast das Aufnahmevermögen überfordert.
Eines der bedeutendsten Kunstwerke der Gotik, der 1437 entstandene Albrechtsaltar, ist in der Sebastiankirche zu sehen. Er fasziniert durch die realistische Darstellung von Menschen, Landschaften, Pflanzen. Die unter Joseph II., zu einem Drittel abgetragene Kirche wurde 1965 in moderner Form ergänzt.
Das Chorherrenstift Klosterneuburg ist einer der größten Weinproduzenten Österreichs. „Zum rinnenden Zapfen" ist der alte Name des Stifts, dessen hervorragende Produkte man in der Vinothek oder im Stiftskeller kennenlernen kann. Aus einem alten Brauch entstand die traditionelle Faßlrutschpartie am 15. November, dem Leopolditag. Früher lieferten Bauern ihren Zehent in Form von Wein ab, leerten ihre kleinen Gebinde in das 56.000-Liter-Faß im Binderstadl und rutschten nachher auf dem Hosenboden hinunter.

Smaragdeidechsen gaben Wachauer Weinen den Namen.

Klosterneuburg hat sich auch mit seinem Wissen um den Wein einen guten Namen gemacht. Seit 1860 besteht die Weinbauschule. Heute ist sie die einzige Höhere Bundeslehr- und Versuchsanstalt Österreichs für Weinbau. Hier hat man das gültige Meßverfahren für Mostgrade entwickelt, Unterlagsreben gefunden, die resistent gegen die Reblaus sind. Und Sorten wie den Zweigelt, den Blauburger und den Goldburger gezogen.

Die Praxis zu den Theorien Klosterneuburgs läßt sich genußvoll in den vielen hübschen Heurigen der Stadt studieren.
Nach Klosterneuburg, zwischen Leopoldsberg und Bisamberg, hat die Donau ihren letzten Durchbruch vor der Landesgrenze. Und in diesem Bereich ist sie am kontrastreichsten. Hier erfuhr sie die einschneidensten Veränderungen, hier blieb aber auch ein Stück der urtümlichsten Flußlandschaft erhalten.

Nur wenige Kilometer von Wien: unberührte Aulandschaft mit Reiher

Bis ins 19. Jahrhundert kämpften die Wiener gegen Hochwässer, die immer wieder Dämme und Uferbefestigungen wegrissen. Um 1870 begann der Ausbau des Donaukanals und die Donauregulierung. Aber erst mit dem Bau der Donauinsel und des Entlastungsgerinnes ab 1969 war der Hochwasserschutz gewährleistet. Dazu entstand ein über 21 km langes, intensiv genütztes Freizeitgebiet für die Stadt. Es bezieht einen kleinen Teil des alten Augebiets in seine lineare Wiesen- und Wegelandschaft am Wasser ein. Ein winziger Vorgeschmack auf das, was sich östlich von Wien, auf 11.500 Hektar am Strom entfaltet: der letzte intakte Wasserwald Mitteleuropas. Konrad Lorenz hat ihn mit den Wundern des tropischen Regenwalds verglichen.
Daß die Au, die sich unterhalb Wiens bis an die Staatsgrenze zieht, erhalten blieb, verdankt sie dem körperlichen Einsatz anonymer und berühmter Naturfreunde. In der Winterkälte des Jahres 1984 hielten

sie zehn Tage lang die Stopfenreuther Au, um eine Schlägerung für den geplanten Kraftwerksbau zu verhindern. Fünf Jahr später brachte eine große Spendenaktion 70 Millionen Schilling, mit denen 411 Hektar der Regelsbrunner Au freigekauft wurden. Was bei der Aubesetzung nur hartnäckige Optimisten zu hoffen wagten: 1996 wurde eine der schönsten, wildesten, tier- und pflanzenreichsten Landschaften Europas zum Nationalpark erklärt. Zum geschützten Erbe künftiger Generationen.
Was diese Landschaft so kostbar und unvergleichlich macht, ist ihre Dynamik, die Voraussetzung für eine üppig wuchernde Pflanzenwelt und eine ungewöhnliche Tiervielfalt ist.
Das von der Donau einströmende Wasser schafft immer wieder neue Landschaften. Schotterinseln bilden sich, verschwinden, tauchen neu auf, geben dauerhaften Pflanzen Raum. Uferböschungen brechen ab, lassen seltene, scheue Vögel nisten.
Insgesamt 5.000 Tierarten haben ihre Heimat in der Au, darunter 500 Schmetterlingsarten. Pappeln können 400 Jahre alt werden und der Umfang ihrer Stämme so gewaltig, daß zu ihrem Umfassen sieben Menschen nötig sind. Nur auf alten Bäumen mit breiten Kronen können die Seeadler rasten, die im Winter hierher kommen. Die Au ist eines der reichsten Fischreviere Europas. Im vorigen Jahrhundert gab es noch Störe, bis in unsere Zeit Huchen und Wildkarpfen. Ein einmaliges Projekt gibt Fischen neue Chancen. Viele Donauarme wurden durch die Uferverbauung vom Strom abgeschnitten, dadurch drohten sie zu verlanden. Nun werden die Altarme zum Strom geöffnet, das dynamische Zusammenspiel der Wassersysteme funktioniert wieder. Donaufische können in den stillen Seitenarmen laichen, ihre Jungen haben größere Überlebensmöglichkeiten. Auch Biber und Fischotter können sich wieder ungestört vermehren. Die Au ist eines der allerletzten Paradiese: Wildnis und Garten, Refugium kostbarer Tiere, Wasserwelt an verträumten Tümpeln und am Strom. Von den ersten Schneeglöckchen über die üppigen Polster von Bärlauch, die schwimmenden Gärten von Knöterich und Seerosen, das Farbenspiel von Goldrute, Springkraut, Herbstzeitlosen – die Au ist in ständigem Wandel, bis das Tiefrot herbstlicher Beeren im dürren Geäst aufleuchtet und schließlich im Weiß des Winters erlischt.
In keinem anderen Wald läßt sich Überlebensstrategie von Pflanzen so gut beobachten wie in der Au, wo Lianen Bäume als Aufstiegshilfe zum Licht benutzen.

Nicht jeder Teil der Au ist zugänglich, aber es gibt viele Möglichkeiten, wandernd, radelnd, kutschierend, paddelnd eine Landschaft zu erfahren, die nach ihren eigenen Gesetzen lebt.

Am Rand der Au ist die römische Vergangenheit des Donaulandes lebendig. Dort, wo einst die Bernsteinstraße die Donau kreuzte, entstand das Legionslager Carnuntum als Stützpunkt der Donaugrenze gegen das Markomannenreich. Es war der Kaiser und Philosoph Marc Aurel, der die Markomannen nach ihrem Vorstoß bis Aquileia wieder über die Donaugrenze zurückdrängte. Marc Aurel schrieb in Carnuntum vermutlich einen Teil seiner weisen Selbstbetrachtungen, ehe er 180 n. Chr. starb. Carnuntum war 308 n. Chr., in einer Zeit akuter Gefährdung des Imperiums, Schauplatz einer kaiserlichen Konferenz. Diokletian, der bereits die kaiserliche Macht abgegeben hatte, versuchte erfolglos, die Thronstreitigkeiten durch Vierteilung des Herrschaftsbereiches zu schlichten. Ab dem 5. Jahrhundert wurden die Tuppen aus Carnuntum abgezogen, das Lager zerfiel, versank im Boden und im Strom.

„Tanzende Mänade“ aus Carnuntum

Erst ab 1852 begannen die systematischen Grabungen. So umfangreich der Archäologische Park Carnuntum mit der Zivilstadt, dem Legionslager und dem Museumsbezirk zwischen den heutigen Orten Petronell und Bad Deutsch-Altenburg auch sein mag, unendlich viel liegt noch unter Feldern, Häusern, Straßen begraben.

Wer im Sportflugzeug vom nahen Spitzerberg über die Landschaft fliegt, kann im Sommer die Grundrisse von Bauwerken in den Getreidefeldern erkennen.

Eine Pappelallee, die an die Stimmung der zypressengesäumten römischen Campagna erinnert, empfängt den von Westen kommenden

Besucher. Rechts der Straße ragt der 20 Meter hohe Torso eines Triumphbogens auf – das Heidentor. Vermutlich wurde es 308 für die Kaiserkonferenz gebaut.
Es ist das einzige Bauwerk Carnuntums, das fast 2.000 Jahre lang erhalten blieb. Das davor liegende Amphitheater der Zivilstadt diente dem Vergnügen der Händler, Handwerker und Veteranen, die hier ihren eigenen Lebensbereich hatten.
Heute ist es Ort interessanter internationaler Theateraufführungen. (Siehe S 133 ff.)
Die links der Straße liegende Palastruine läßt den Lebensstandard der Römer im kalten Klima Pannoniens ahnen: Es gab luxuriöse Bäder, Heizung, Ruheräume mit Marmorverkleidungen, Fresken, Plastiken. Hier trafen einander die Cäsaren, die das Imperium nicht retten konnten.
Die Zivilstadt Carnuntum, direkt an der Straße gelegen, bestand aus klimaerprobten keltischen Häusern mit römischem Komfort. Der dort befindliche Dianatempel wurde vor kurzem rekonstruiert und ist Sitz eines Grabungsmuseums.

Römische Reiterspiele vor dem Heidentor bei Petronell-Carnuntum

Der Militärbereich von Carnuntum war von der Zivilstadt getrennt, hier waren 6.000 Soldaten stationiert. Das Reiterlager lag abseits, es ist nicht mehr erhalten. Insgesamt lebten 50.000 Menschen in der Stadt.
Zum Militärlager gehörte ein figurengeschmücktes Heiligtum und ein Amphitheater für 8.000 Personen. Man kann heute noch den Tierzwinger erkennen.
Das größte Heiligtum von Carnuntum befand sich auf dem Pfaffenberg, der heute Steinbruch ist. Bei den systematischen Ausgrabungen um 1970 wurden – vermutlich von Christen systematisch zerstörte – Götterbilder entdeckt.
Das Archäologische Museum Carnuntinum ist die reichste römische

Schatzkammer in Österreich. 3.300 Exponate werden sehr wirkungsvoll präsentiert – das sind fünf Prozent der geborgenen römischen Relikte von Carnuntum.
Auf dem großen Mithrasaltar, gleich beim Entree, statteten die Cäsaren ihren Dank an die Götter ab. Mithras war ein persischer Lichtgott, dem auch viele römische Soldaten huldigten. Sein geheimnisvoller Kult hat manche Ähnlichkeit mit christlichen Riten.
Eleganter Schmuck, fragiles Glas, edle Gebrauchsgegenstände signalisieren den hohen Lebensstandard der Römer an der Donau. Sie nützten auch die warmen Quellen von Bad Deutsch-Altenburg und schätzten den Wein der Umgebung, der um zwei Wochen früher reift als im übrigen Niederösterreich. Heute gedeihen hier vor allem ein ausgezeichneter Welschriesling, Veltliner und einige beachtliche Rotweine.
Rund um Carnuntum, Bruck an der Leitha, Göttlesbrunn, Prellenkirchen, Höflein gibt es einladende Heurigen und malerische Kellergassen. Die hübschesten sind in Prellenkirchen und Höflein. In den uralten Städten Hainburg und Bruck an der Leitha verlocken schöne alte Gasthöfe und Weinkeller zur Einkehr.
In Rohrau öffnen sich dem Besucher das Geburtshaus Joseph Haydns und die berühmte Kunstsammlung im Schloß Harrach.
Zuletzt sollte man sich einen Blick vom Braunsberg bei Hainburg vergönnen – man erreicht ihn bequem mit dem Auto.
Von der Anhöhe, die schon die Kelten als Burgberg nutzten, sieht man die Auwälder, in die sich Römer aus gutem Grund so ungern wagten, dahinter die Weite des Marchfelds, die Marchmündung mit dem Thebener Kogel und das Schloß und den Siedlungs- und Industriedschungel von Preßburg und Petržalka.
Kontrastreicher läßt sich der Abschied von einer Landschaft mit so vielen Gesichtern nicht inszenieren.

Daß die Donau alle ihre Anrainer- das schwäbische Quellgebiet und das winzige russische Mündungsgebiet einmal ausgeschlossen – zu einem Raum vereinigt, das unterscheidet sie von allen anderen großen Strömen Europas. Es gibt keinen Rheinraum und keinen Wolgaraum, wenngleich beide Ströme wirtschaftlich eine weit größere Bedeutung haben.

Heinz Siegert: Die Donau

Oben: Robert Wilson gastierte bei Art Carnuntum mit seiner „Persephone"
Rechts: Piero Bordin mit Ellen Stewart

Springlebendig, frech und wild: Art Carnuntum

Tierschrei und Menschenröcheln – das waren die Laute, die das Amphitheater des Militärlagers Carnuntum vor rund 2.000 Jahren erfüllten.
Gladiatoren mit Schwert und Netz kämpften gegen Menschen, Löwen, Bären – je exotischer und blutiger das Spektakel, desto größer der Beifall des Publikums. Theater wurde an diesem Platz nie gespielt. Tierschrei und blutige Auseinandersetzung zwischen Vater und Sohn, Humanität und Bestialität, erfüllten das Amphitheater 1995, als ein eigens dafür geschriebenes Stück Premiere hatte.
Marcus Aurelius – the Kaisers of Carnuntum von Tony Harrison reflektiert leidenschaftlich und grausam den Zusammenprall zweier Welten. Marc Aurel, der wichtige Jahre seines Lebens in Carnuntum verbrachte, ist Philosoph und Herrscher, er kämpft gegen die Barbaren, die diesen Außenposten des römischen Reichs bedrohen. Commodus, sein Sohn, ist ein psychopathischer Killer, der als Gladiator Menschen und Tiere abschlachtet, sich im Löwenfell des Herkules präsentiert. Er ist Erbe des Kaiserthrons.
Wo beginnt, wo endet Barbarei? Die Übergänge sind fließend, und auch Marc Aurel überschreitet die Grenze der Menschlichkeit. Mit einem wilden und weisen Stück wurde die Arena II zum erstenmal zum Theater.

Ermöglicht hatte es ein kosmopolitischer Regisseur mit Hang zum klassischen Drama: Piero Bordin. Der Sohn einer griechischen Mutter und eines venetischen Vaters wuchs in Wien auf und arbeitete in der Ära Melina Mercouris an Kulturprojekten in Athen. Bei Symposien in Delphi lernte er die bedeutendsten Wissenschafter und Theaterleute kennen, die sich mit der modernen Interpretation des klassischen Dramas befassen. Er holte sie zu Gesprächen und schließlich zu Aufführungen nach Carnuntum.

Nicht nur die Vergangenheit dieser Stadt, als wichtiger römischer Aussenposten, bot sich dafür an. Auch das Spannungsfeld einer jahrtausendelang erhaltenen Grenze elektrisierte die Theaterleute. Diese Region war immer wieder von Einfällen aus dem Norden oder von Osten bedroht, aber hier brach auch der Eiserne Vorhang auseinander und machte Freiheit möglich.

Daß nun die aufregendsten Inszenierungen klassischer Stoffe nach Carnuntum kommen, ermöglichten die persönliche Freundschaft Piero Bordins mit Theatergrößen wie Bob Wilson, Peter Hall, seine Kontakte zu Ellen Stewart und ihrem New Yorker LaMaMa-Theater, zum Moskauer Taganka Theater, zum Royal National Theatre, zu interessanten Truppen in Griechenland, Japan, Indien. „Und sie kommen immer wieder", strahlt Piero Bordin. Die Einzigartigkeit des Orts, die Intimität des Platzes mitten in der Natur, aber auch die Tatsache, daß das Publikum zur Arena pilgert wie zum Theater in Epidaurus, schaffen eine dichte, knisternde Atmosphäre.

Die Aufführungen finden zwischen Mai und August statt, meist nur ein einziges Mal. Wenn es regnet, muß improvisiert werden, aber meist hatte *Art Carnuntum* Wetterglück. Auch die Gelsen stillen ihren Blutdurst lieber in der Au und verirren sich nur sporadisch in die Arena.

Griechische Dramen, blutvoll modern interpretiert, bilden den Programmschwerpunkt von *Art Carnuntum.* Aber es gibt immer wieder interessante Ausbrüche aus diesem Schema, so als Peter Hall bereit war, seinen *Hamlet* noch vor der Londoner Premiere bei *Art Carnuntum* zu zeigen.

Drei Wochen vor dem Putsch gegen Gorbatschow wurde in Carnuntum ein Stück über den Untergang der Sowjetunion gezeigt.

Wie lebendig, wie mitreißend antikes Theater sein kann, bewies das Royal National Theatre mit den *Fröschen* von Aristophanes. Da wurde gesungen, getanzt, gequakt, hehre Ikonen aus Mythologie und Literatur führten sich – fern aller Gips-Klassik – wie in einer Game-Show auf. Realisiert werden die Aufführungen durch ein kleines, verschworenes Team, das in kürzester Zeit die Sitze in der Arena aufstellt, die Technik installiert. „Alles ist funktionell, leicht abbaubar und schonend für Natur und Architektur", sagt Piero Bordin. In einem Heurigenzelt sorgen Weinbauern der Umgebung für gute Stimmung der Besucher. Einer hat einen „Dreikaiserwein" produziert.

Bei *Art Carnuntum* kommt es immer wieder zu überraschenden Gesprächen, etwa zwischen palästinensischen und israelischen Theaterleuten, oder – mitten im Krieg – zwischen Bosniern, Serben und Kroaten, die über das Theater zusammenfanden.

Die Chöre setzen sich aus Ungarn, Österreichern, Slowaken zusammen. Die wilden Tiere für das Marc-Aurel-Stück kamen aus dem Safaripark Gänserndorf. Ein tschechischer Tiertrainer, der sie beaufsichtigte, bekam die Rolle des Orpheus, der den rabiaten Commodus schließlich mit der Spitze eines Cellos ersticht.

Der große Spaß, die Aktualität klassischer Stoffe fern aller Schulmeisterei zu entdecken, wird durch das parallel laufende Filmfestival verstärkt. Es bietet eine große Auswahl von ernsthaften Antikenfilmen wie *Iphigenia, Phädra, Edipo Re* und Sandalenklassikern à la *Ben Hur* oder *Spartacus.*

Für Piero Bordin ist das Amphitheater das ideale Theaterforum.

„Da sind die Schauspieler unten und das Publikum oben in den Rängen. Keine Gefahr, daß sie, wie manchmal von der Guckkastenbühne, über das Publikum hinwegspielen. In der Arena spürt man noch die Urfunktion des Theaters: die Massen zu erobern."

Er zitiert den Theater-Guru Peter Hall, der die Wirkung großen griechischen Theaters auf eine griffige Formel brachte: „Es ist eine Mischung aus urbi et orbi – und dem Endspiel von Wembley."

Rausch und Berechnung, Religion und Schaulust, Götter und Schiedsrichter, Gebet und Applaus, Schauder und Gelächter, Tod und Phallus, Läuterung und Genuß, politische Erziehung und Unterhaltung – das griechische Theater hat diese Gegensätze in sich vereinigt und sich vom Kult, vom politisch-religiösen Beispiel hin zum reinen Spiel, zur Diskussionsstätte bürgerlicher Probleme entwickelt.

Georg Hensel: Spielplan

WALD, WEIN UNDHEILSAME WÄSSER

Der Wienerwald und Wien – das ist eine spannende Beziehung von Nähe und Distanz, Eroberung und Entzug, blaublühender Romantik und krassem Materialismus.

1.250 km² Wienerwald umrahmen die Stadt in einem nach Osten offenen Halbkreis. Wir empfinden ihn heute als sanft gebändigte, gefährdete Natur, von sinnlicher Schönheit, reich an kulturellen Highlights, aber er hat sein Gesicht sehr oft verändert.

Könnte man im Zeitraffer die Geschichte der Landschaft zwischen Donau, Tullnerfeld und Thermenlinie an sich vorbeiziehen lassen, gäbe es lange nichts als Meeresplätschern, rund um die subtropisch bewachsenen Gipfel der Wienerwaldberge.

Als das Wasser versickert, hinterläßt es eine unbewaldete Steppenlandschaft, in der die ersten Menschen der Eiszeit hinter Wollnashorn, Mammut, Höhlenbär und Säbelzahntiger herjagen. Bewohnt ist der Wienerwald noch lange nicht, erst um 2.000 v. Chr. entstehen in der geschützten Gegend von Baden kleine Dörfer.

Vom Magdalensberg in Kärnten dringen die Kelten vor und integrieren den Wienerwald in ihr Königreich Noricum, das später Teil des römischen Imperiums wird. Die Römer sind die ersten, die Schneisen in den Wienerwald schlagen, um ihre Lager am Donaulimes: *Carnuntum, Vindobona, Comagena* (Tulln) durch Straßen zu verbinden.

Die Völkerwanderung zieht vorbei, für kurze Zeit siedeln hier Slawen, ihre Ortsnamen haben sich – leicht verändert – bis heute gehalten: Mödling, Liesing, Weidling, Lainz.

Vor rund tausend Jahren wird der westliche Wienerwald zur Grenze zwischen *Ostarrichi* und dem wilden Osten.

Nach ihrer Niederlage auf dem Lechfeld, 955, verbarrikadieren sich die Ungarn in Teilen des Wienerwaldes hinter Erdwällen und Dornverhauen. Aber auch diese Grenze fällt, die Babenberger dringen gegen Osten vor und verlegen ihre Residenzen nach Wien, Perchtoldsdorf und Mödling. Rund um ihre Burgen und die von ihnen gegründeten Klöster entstehen kleine Siedlungen. Der Wienerwald wird zum Burgenland.

Gemütliche Wienerwald-Raststätte: das Häuserl am Roan

Daß so viele Befestigungen heute Ruinen sind, läßt ahnen, wieviel Gewalt eine Landschaft durchzog, die heute Inbegriff stiller Harmonie ist.

Eine der wenigen Festungen, die überdauerte, ist Schloß Wildegg bei Sittendorf.

Mit den Babenbergern kommen die Lengbacher ins Land, bauen 20 Burgen, darunter die 1197 errichtete Burg Neulengbach, und hinterlassen Niederösterreich ihre Wappenfarben: blau-gelb.

Burgen werden nicht nur durch Kriege zerstört. Die Ruine Rauhenstein bei Baden entsteht durch Abdecken des Dachs – eine Möglichkeit, der hohen Dachsteuer des 18. Jahrhunderts zu entgehen. Die dramatische Schwärze der Ruine kommt nicht vom Pulverdampf, sondern von der

Der Wechsel der Jahreszeiten ist im Wienerwald intensiv mitzuerleben.

Terpentinerzeugung. Pecher, die das Harz der Föhren anzapfen und zu Terpentin verarbeiten, gehören wie die Holzfäller lange zu den wichtigsten Berufsgruppen des Wienerwaldes.

Mit den Kreuzfahrern kommt die Pest ins Land und entvölkert auch die kleinen Siedlungen des Wienerwaldes. Bis ins 18. Jahrhundert flackert diese Epidemie immer wieder auf. Als sie im 18. Jahrhundert erlischt, werden auf den Hauptplätzen von Mödling, Perchtoldsdorf, Klosterneuburg, im Stiftshof von Heiligenkreuz Pestsäulen errichtet.

Durch den Sieg über die Ungarn in der Schlacht bei Mohács, 1526, rücken die Türken in gefährliche Nähe zu Österreich.

Zwischen 1529 und 1683 brechen sie immer wieder über das Land herein. Zweimal scheitert ihre Belagerung Wiens, aber in vielen südlichen Orten, wie Perchtoldsdorf, Gumpoldskirchen, Baden, sterben Tausende unter ihren Säbeln oder werden verschleppt. Die Janitscharen, die mit ihrer grellen Musik Angst verbreiten, rekrutieren sich zum Teil aus verschleppten Christenkindern.

Als die Türken endgültig vertrieben sind, gibt es in den Wienerwalddörfern kaum noch Bauern und Holzknechte, die Brenn- und Baumaterial in die Städte liefern. Also werden Steirer, Salzburger, Oberösterreicher, Schwaben und Bayern angesiedelt.

Der Wienerwald ist ein reiches Revier, das vom Hof gern bejagt wird. Die Bauern leiden unter den Wildschäden und den Zerstörungen durch die Jäger. Als Karl VI. stirbt, entlädt sich die langunterdrückte Wut in einem Wildgemetzel. Es ist nicht das erste. Schon nach dem Tod Maximilians I. verbreitete sich das Zweckgerücht, er hätte den Bauern am Sterbebett die Jagd freigegeben.

Joseph II. respektiert die Wut der Bauern und läßt sein Revier beim Auhof ab 1782 von einer 25 km langen Mauer umgeben. Der Maurer Philipp Schlucker bekommt den Auftrag, weil er nur ein Sechstel des Preises seiner Konkurrenten verlangt. Ein „armer Schlucker", als den ihn das Sprichwort verewigt, ist er trotzdem nicht. Zum bescheidenen Gewinn kommt noch eine kaiserliche Belohnung.

Der heute zum Wiener Stadtgebiet gehörende Lainzer Tiergarten mit der für Kaiserin Elisabeth gebauten Hermesvilla ist eine der schönsten Ausflugsgegenden des Wienerwaldes.

Die ersten, die die Schönheit dieser Landschaft erkennen und nutzen, sind Aristokraten, die hier ihre Schlösser bauen.

„Zurück zur Natur" – dieser Devise Rousseaus läßt sich vor den Toren Wiens aufs angenehmste nachleben.

Maria Theresia schenkt ihrer Erzieherin und Oberhofmeisterin Charlotte Fuchs ein bezauberndes Schlößl in Rodaun, das später zum Wohnsitz Hugo von Hofmannsthals wird. Zwei ziemlich verfeindete Feldmarschälle der Kaiserin, Ernst Gideon Laudon und Franz Moritz Lacy erholen sich in ihren Schlössern in Mauerbach und in Neuwaldegg vom Schlachtgetümmel. Das Wasserschloß Laudon wird in der Nachkriegszeit Hotel und ist heute Verwaltungsakademie des Bundes. Schloß Neuwaldegg, blieb erhalten, aber der Erlebnispark mit Wasserfällen, Lusthäusern und das künstliche Dorf Hameau oder Holländerdörfl sind verschwunden. Lacy öffnete als einer der ersten Aristokraten den Park der Allgemeinheit. Kyselak, ein wanderlustiges Original der Biedermeierzeit, mit Hang, sich an den ungewöhnlichsten Orten zu verewigen, hinterläßt seinen Namenszug im Park.

Pferdewagen stellen die ersten regelmäßigen Verbindungen von Wien ins grüne Umland her. Die Landpartie in fröhlicher Gesellschaft ist ein Fluchtversuch aus der engen, ungesunden Stadt des frühen 19. Jahrhunderts.

Wer es sich leisten kann, bleibt über den ganzen Sommer in einem Bauernquartier im Wienerwald, um bei guter Luft und frischer Milch der schrecklichen Krankheit dieser Zeit, der Tuberkulose, zu widerstehen. Zur nobelsten Sommerfrische im Wienerwald wird die Kurstadt Baden, an deren heißen Quellen schon die Römer Wärme und Entspannung suchten.

Modeort wird Baden durch Kaiser Franz I., der hier 32 Jahre hindurch zur Kur kommt.

Nach der Brandkatastrophe von 1812, die zwei Drittel der alten Bausubstanz vernichtet, wird Baden zu der Biedermeierstadt Österreichs. Aus dem sehr maßvollen österreichischen Barock entwickelte sich ein heiter-naiver Baustil, der auch ländliche Elemente einbezieht.

Der Wiener Architekt Josef Kornhäusel gibt Baden seine neue Identität. Er baut Feudalbauten wie die Weilburg für Erzherzog Karl, den Sieger von Aspern, oder den Sauerhof, das Rathaus und viele repräsentative Adels- und Bürgerhäuser. Sie bezaubern durch ihre klare Gliederung

Kurparkbehagen in Baden: Natur und Kultur in angenehmer Balance

der Säulen- und Giebelarchitektur und ihre zarten, phantasievollen Ornamente. Rund um diese Bauten entstehen einfachere Handwerker- und Landhäuser. Auch Badehäuser werden im Biedermeierstil gestaltet. Zwei davon, das Frauen- und das Franzensbad, sind heute Ausstellungsräume für Malerei und Glaskunst.

Die lichte Heiterkeit der Stadt, die Gelöstheit, die das warme Wasser und der Wein der Umgebung vermitteln, locken Scharen von Künstlern an.

Mozart vollendet hier sein *Ave verum;* Beethoven rast mit den Ideen für seine Neunte und die Pastorale durch Wälder und Weingärten.
Heute wimmelt es dort von Beethovenbankerln, -tempeln, -blicken ...
Lanner, Strauß, Nestroy, Raimund, Grillparzer und noch viele andere Künstler erholen und vergnügen sich in Baden. Und die Maler Waldmüller, Daffinger, Rudolf von Alt, Moritz von Schwind holen sich hier und in der Umgebung ihre Inspirationen. Mit den bizarren, burgengeschmückten Felsen, sanft ausschwingenden Weinbergen, idyllischen Bauernhöfen entspricht der südliche Wienerwald dem Ideal der Romantik.
Mödling mit seinem reichen Bestand mittelalterlicher Architektur, einst eine der Babenbergerresidenzen, wird eine beliebte Sommerfrische, wo auch Beethoven immer wieder logiert und arbeitet.

Burg Liechtenstein: maßgeschneiderte Romantik des Biedermeiers

Die Landschaft um Mödling und die Hinterbrühl sind von jener überschaubaren, kleinteiligen Wildheit, die sie bestens als Malermotiv des Biedermeiers empfiehlt.
Ein Mann hilft kräftig mit, daß es hier so besonders romantisch ist: Johann I. Fürst Liechtenstein (1760–1836).
Der österreichische Feldmarschall, der vor Belgrad gegen die Türken kämpft, und an den Schlachten gegen Napoleon bei Aspern und Wagram

teilnimmt, kauft 1810 die desolate Burg Liechtenstein bei Mödling, die er für den Stammsitz seiner Familie hält. Er und sein Sohn gestalten sie zu einer Märchenburg um. Ihr Umfeld möbliert er mit künstlichen Ruinen, wie dem Pfefferbüchsl und dem Schwarzen Turm. Zu Ehren der gegen Napoleon gefallenen Husaren läßt er Josef Kornhäusel, in allerlieblichster Umgebung, einen antikisierenden Tempel bauen. In seinem Tierpark bei Sparbach gruppiert er einen Dianatempel und eine ruinenartige Köhlerhütte um eine echte Ruine.

Die einst aus dem Mittelmeerraum eingewanderten Schwarzföhren forstet er kräftig und unter Mühen wieder auf. Dafür müssen Löcher in den Fels gesprengt und mit Humus aufgefüllt werden.

In den einst so menschenleeren Wienerwald kommt im 19. Jahrhundert Bewegung. Künstler, Naturnarren, Reiseschriftsteller durchwandern die Landschaft und schaffen damit einen Trend. „Häufige Reisen, besonders zu Fuß, fangen an, zu den feinen Vergnügungen gebildeter Menschen zu gehören“, schreibt die Schriftstellerin Karoline Pichler 1812 in ihrem *Mahlerischen Tagebuch.*

Wer bisher hier unterwegs war, als Bauer, Jäger, Holzknecht, Pecher oder Strauchdieb, hatte Wichtigeres zu tun, als Naturschönheiten zu entdecken. Auch die allerersten Touristen, die Wallfahrer, die durch den südlichen Wienerwald zogen, hatten zunächst nur ihr Ziel im Auge und nahmen den langen Weg dahin, betend und singend, als Buße wahr.

Es ist Kaiser Franz I., der die Wallfahrt, die Joseph II. verboten hatte, wieder fördert. Ein starker Motor ist auch Clemens Maria Hofbauer, ein später heiliggesprochener Priester aus dem Romantikerkreis (1751–1820). Die *Via sacra,* von Maria Enzersdorf durch die Föhrenberge, vorbei an den schön gelegenen Kirchen am Hafnerberg und in Kleinmariazell, ist durchaus dazu angetan, zur „feinen Vergnügung“ im Sinne Karoline Pichlers zu werden. Gasthäuser und Posthöfe sorgten mit guter Kost und Quartier dafür, daß es nicht allzu asketisch zuging.

Durch den Bahnbau wird der Wienerwald immer leichter erreichbar. 1841 nimmt die Südbahn zwischen Wien und Wiener Neustadt den Betrieb auf. Sie bietet gleich eine Kostprobe für den später gebauten Semmeringtunnel: Der „Busserltunnel“ bei Gumpoldskirchen durchstößt zwar nur einen winzigen Hügel, aber ein schnelles Busserl geht sich gerade aus. Ab 1858 verbindet die Kaiserin-Elisabeth-Bahn Wien mit Linz und macht auch in Purkersdorf, Preßbaum, Tullnerbach, Neulengbach Station. Bald umgibt ein dichtes Netz von Villen, mit geschnitzten Veranden, die Bahnstrecke – zu dieser Zeit gilt die Nähe der Bahn ja als erstrebenswert. Die kleinen Orte an der Westbahn verlieren ihren dörflichen Charakter, die Stadt rückt näher.

Neue Bahnlinien entstehen. Sogar die stadtnahen Wienerwaldberge wie der Kahlenberg und die Sophienalpe werden von kleinen Bergbahnen erschnauft. Es spricht für die neuerwachte Bewegungslust, daß sie kein großer Erfolg sind und wieder abgetragen werden müssen.

Auch Baden wird von einer eigenen, elektrischen Lokalbahn angesteuert – mit Speisewagen und Salonwagen für die kaiserliche Familie.

Daß die Passagiere all dieser Bahnen überhaupt noch Wald vorfinden, ist dem kompromißlosen Engagement eines einzigen Mannes zu danken: Josef Schöffel (1832–1910).

Um die desolaten Finanzen nach dem verlorenen Krieg gegen Preußen zu sanieren, soll das „Staatsgüter-Verschleißbüro“ große Teile des Wienerwaldes verkaufen. Was damit geschehen soll, ist klar: Bereits sieben Jahre vorher war staatlicher Waldbesitz bei Waidhofen an der Ybbs an einen Spekulanten verkauft worden. Der schlug das beste Holz, verkaufte das Land, teurer als er es gekauft hatte, an einen, der völligen Kahlschlag betrieb.

Schöffel startet über das *Wiener Tagblatt* eine wütende Kampagne gegen die korrupten Beamten, die dem Wienerwald das gleiche Schicksal bereiten wollen. Schöffel kommt deswegen fünfmal vor Gericht, es gibt Versuche, ihn zu bestechen oder zu ermorden. Er bleibt an der Sache und findet immer mehr einflußreiche Befürworter.

Nach zweijährigem Kampf siegt Schöffel mit der ersten Umweltinitiative. Der Wienerwald ist gerettet.

Josef Schöffel zieht in den Reichsrat ein und wird Bürgermeister von Mödling.

Ende des 19. Jahrhunderts markieren Wanderer- und Bergsteigervereine über 6.000 Kilometer Wienerwaldwege, errichten Schutzhütten und Aussichtswarten. Der Wienerwald wird zum Freizeitgebiet der rasant wachsenden Großstadt. Die politischen und gesellschaftlichen Veränderungen des frühen 20. Jahrhunderts bringen ein neues Körperbewußtsein mit sich. Zur Emanzipation der Arbeiter gehören auch sportliche Aktivitäten. Frauen verändern ihr Bewußtsein und halten mit ihren Männern immer öfter Schritt. Eine der bekanntesten Kletterwände des Wienerwaldes auf Wiener Stadtgebiet trägt den Namen einer Frau: der Sportlerin und Sportwarenhändlerin Mizzi Langer-Kauba.

An der Thermenlinie entstehen in den traditionsreichen Kurorten wie Baden und Vöslau moderne Schwimmbäder. Das kleinste und liebenswürdigste, Bad Fischau, wird von Erzherzog Rainer um 1900 begründet und bleibt bis in unsere Zeit Besitz der Habsburger.
Die „kalte Therme“ (19 Grad Wassertemperatur) präsentiert sich auch heute noch mit nostalgischen Holzkabinen und Pritschen, einem Sturzbad in einer Grotte und zwei Becken mit kristallklarem, chlorfreiem Wasser aus drei Quellen, in denen Fische und Quellschnecken gedeihen. Seit 1992 steht das Bad von Fischau unter Denkmalschutz.

Thermalbad im Sauerhof: Klassizismus im feudalen Hotel

1924 entsteht eines der größten Bäder Österreichs in Baden, mit einer Wasserfläche von 5.000 m^2, großem Sandstrand und Liegeflächen, die einen Teil des Weilburg-Parks einbeziehen. In Bad Vöslau wird das Thermalwasser seit dem 18. Jahrhundert genützt. Johann Freiherr von Fries, der über sein Bankhaus den Maria-Theresien-Taler zur allgemein anerkannten Währung des Orients macht, baut den Kurbetrieb auf. 1928 wird das Strandbad zu einer vielfältig gegliederten Wasser- und Terrassenlandschaft in einem riesigen Park. Das Vöslauer Mineralwasser, das aus 660 Meter Tiefe kommt, wird von einem amerikanischen Magazin zum besten Mineralwasser der Welt gewählt.
Die Thermenlinie, ein Querbruch der Ostalpen, ist nicht nur wegen seiner aus 2.000 Meter Tiefe kommenden Quellen, eine bemerkenswerte

Landschaft. Hier gibt es eine eigenwillige Flora mit seltenen Orchideenarten. Und Kolonien von großäugigen Zieseln, auf der Perchtoldsdorfer Heide, wo im Frühjahr die Küchenschellen blühen.
Zwischen der Wiener Stadtgrenze bei Mauer und Bad Fischau gedeiht ein hervorragender Wein von sehr unterschiedlicher Eigenart.
Einer der ältesten und reizvollsten Winzerorte ist Perchtoldsdorf.
Sein Zentrum mit dem Wehrturm aus dem 15. Jahrhundert, der gotischen Burg, vor der im Sommer Theater gespielt wird, der Pfarrkirche St. Augustin, aus dem 13. Jahrhundert und den Bürgerhäusern aus Gotik und Renaissance ist gut erhalten und stilvoll renoviert.
Die meisten Heurigen, in denen ein ehrlicher, frischer Wein ausgeschenkt wird, haben wunderschöne Höfe oder Gärten.
Perchtoldsdorf – liebevoll „Petersdorf“ genannt – ist von Touristen zwar nicht unentdeckt, aber keineswegs überrannt.

Bad Fischau: eines der stimmungsvollsten Bäder der Thermenregion

Das Hinterland der Föhrenberge bietet schöne Spaziergänge; die Heide mit den putzigen Zieseln ist ein beliebtes Revier fürs Drachensteigen.
Der bekannteste Weinort Österreichs, Gumpoldskirchen, ist auch der Ort mit dem ältesten Dokument über den Weinbau in Österreich, aus dem Jahr 1140. Der Weinbau nährte die Gumpoldskirchner schon sehr früh sehr gut, der Fernhandel mit Salzburg, Bayern, Böhmen und Schlesien floriert ab dem 15. Jahrhundert.

In wenigen Orten Österreichs gibt es so viele guterhaltene Renaissancehöfe wie hier. Der Wein, der den kleinen Ort von allen Seiten umgibt, schlingt sich auch um schöne Arkaden und Torbögen. Völlig in dieses anspruchsvolle Umfeld intergriert ist das „Rote Mäuerl", ein Heurigenlokal, das Adolf Loos mitten in den Weinbergen baute. Neben der Pfarrkirche, die aus einer babenbergischen Burgkirchenanlage entstand, entspringt jener Bach, der offen die Wienerstraße durchzieht. An ihrem oberen Ende stehen das arkadengeschmückte Rathaus und ein Pranger, dann reihen sich rechts und links die Winzerhäuser mit ihren tiefen Höfen und Gärten aneinander. Es steht dafür, ehe man an einem Heurigentisch seßhaft wird, in diese schönen alten Häuser hineinzuschauen.

Gumpoldskirchner Renaissancehöfe laden zum Wein.

Der Wienerwald bietet nicht nur in seinen Weinorten gute Rastplätze für Genießer. In einfachen Berghütten, bei deftig aufkochenden Wirtsleuten oder auch bei Gourmetköchen kann man sich lustvoll von den Strapazen des Wanderns, Schwimmens, Radelns, Kletterns regenerieren.

Aus Gründen, die heute keiner mehr kennt, wurde Breitenfurt zur Hochburg des Milchrahmstrudels. Diese nuancenreiche Spezialität, die mit rosinengespickter Semmelfülle und Vanillesauce serviert wird, kann man in einem halben Dutzend Lokalen von Breitenfurt verkosten. Und immer kommt sie so kochendheiß auf den Tisch, daß Gierschlünde, die

sich schon beim ersten Bissen die Zunge verbrennen, niemals erfahren, wie sie wirklich schmeckt.
Dem Hendl, dem kulinarischen Wappentier des Biedermeiers, huldigt man an verschiedenen Plätzen des Wienerwaldes: als Backhendel zum Beispiel im Weingut Thallern bei Gumpoldskirchen, als Grillhendel auch in der Waldschenke bei Mauerbach. Auf dem Tulbingerkogel erfreut nicht nur die Aussicht von der Leopold-Figl-Warte. Im nahen Restaurant Tulbingerkogel kann man sich gelegentlich auch an einem im ganzen gebratenen Wildschwein erfreuen, Spargel verkosten, Wienerwald- und Alba-Trüffel vergleichen. Oder sich an ein *Diner Historique* im Stil von 1790 heranwagen, das aus drei Trachten (Gängen) mit 27 Gerichten und den dazu passenden Weinen besteht.

Käsekultur gehört zu den Annehmlichkeiten im „Kronprinz".

Biedermeierliche Jausenwonnen bietet die Meierei Füllenberg in passend nostalgischer Umgebung mit Milchkaffee, Trinkschokolade, Topfenstrudel, Marillenfleck oder Mohntorte und reichlich bestrichenen Liptauerbroten.
Bei Mayerling, wo Österreichs großes habsburgisches Liebesdrama zwischen dem Kronprinzen Rudolf und Mary Vetsera endete, schwingt einer der Spitzenköche Österreichs, Heinz Hanner, den Kochlöffel. In seinem Restaurant „Kronprinz" ist die Grande Cuisine zu Hause, im dazugehörigen Marienhof ißt man einfacher, billiger und mit einem traumhaften Blick in die Landschaft.
Nicht weit von Bad Fischau, in Winzendorf,wo im Sommer Winnetou-

Tisch mit Aussicht auf den Wienerwald im „Kronprinz" in Mayerling

Festspiele stattfinden, veranstaltet das Restaurant Schmutzer kulinarische Festivals für fortgeschrittene Weinkenner.
Und wer den höchsten Berg des Wienerwaldes, den 893 m hohen Schöpfl, erklommen hat, verdient es, in der „Linde" in Laaben bei feiner Hausmannskost neue Energien zu tanken.

WIENERWALD

In solcher Landschaft soll man in Liebe gehn
immer zu zweit nur, Wange fast an Wange
die Wälder in die Weite wogen sehn.

Und sollst so fühlen, daß schon nicht mehr lange
dies alles dauern wird. Dir wird vorüber gehn
der Jugend Hauch-Kuß aus dem jungen Munde –

Einzig die Landschaft bleibt im Hintergrunde
fließender Bilder still bedeutend stehn.

Heimito von Doderer

Oben: Winzer Gottfried Schellmann in seinem Weinkeller

Die glorreichen Acht

Auch Weingegenden haben ihr Schicksal, das sie manchmal gewaltig beutelt. Über Jahrhunderte galt Gumpoldskirchen als Olymp österreichicher Weinkultur. Zu Zeiten, da man Wachauer auf sauer reimte, war der Gumpoldskirchner der Wein der Könige.
Bis dann, nach dem Zweiten Weltkrieg, minderwertiger Wein, reichlich aufgezuckert, als „Gumpoldskirchner" vor allem den deutschen Markt überschwemmte, was unkritischen Konsumenten sehr zusagte. Dieses Geschmackserlebnis reklamierten sie auch in Gumpoldskirchen. Dem Markt folgend, wurde nun auch der echte Gumpoldskirchner immer schwerer und süßer.
Der gute Name war angepatzt, auch wenn sich ehrliche Winzer von unseriösen Praktiken distanzierten. Eine Banderole, die Echtheit garantierte, wurde eingeführt.
Aber inzwischen waren die feinen, leichten Weine der Wachau Maßstab der Genießer. In der gehobenen Gastronomie fand man bis vor einigen Jahren kaum noch Wein aus Gumpoldskirchen. Dem Heurigenbetrieb schadete das nicht. Ein wunderschöner Ort in herrlicher Landschaft, mit einem Wein, der schnell Wirkung zeitigt, war immer noch ein begehrtes Ausflugsziel. Bis einer, der aus einer eingesessenen Gumpoldskirchner Winzerfamilie kam, ganz neue Wege ging.
Gottfried Schellmann eröffnete 1962 den „Wein-Stadl" – ein ungewöhnliches Lokal, in dem man tanzen, gut und leicht essen und die hervorragenden Flaschenweine des Hauses trinken konnte. Diese Weine waren alkoholärmer, frisch und bekömmlich und schmeckten den meist

aus Wien kommenden jungen Gästen hervorragend. Die Person des Wirts tat ein übriges, um das Lokal populär zu machen. Gottfried Schellmann ist ein heiterer, großzügiger Mensch, der – nach einer bis 1949 dauernden Kriegsgefangenschaft – das Leben wie kaum ein anderer zu genießen versteht. Mit seinem Lokal hat er wohl ein Stück verlorener Jugend nachgeholt. Und als er es 1989 wieder schloß, um es nur noch bei besonderen Gelegenheiten zu reanimieren, konzentrierte er sich darauf, den traditionsreichen Wein auf eine zeitgemäßere Weise auszubauen: mit starkem Rebschnitt, reduziertem Hektarertrag, früher Lese, wenn das Jahr allzu üppig ausfiel und trockenem, leichtem Ausbau. Das Ergebnis erstaunte auch die skeptischesten Weinjournalisten. Plötzlich hatte der Gumpoldskirchner seine Wucht verloren, das feine Aroma seiner typischen Rebsorten kam viel besser zur Geltung.

Das Weinbaugebiet mit seinen Kalkböden, im Kreuzungspunkt des heißen pannonischen Klimas und der Fallwinde des Anningers, vermag hinreißende Weine hervorzubringen.

Die Rieslinge von Gumpoldskirchen können sich durchaus mit den Rieslingen der Wachau und des Kamptals messen. Listig hinzugeschmuggelte Spitzenrieslinge aus dieser Gegend wurden bei einer Blindverkostung Gumpoldskirchner Rieslinge nicht erkannt.

Die typischen Rebsorten der Thermenregion sind Rotgipfler, Zierfandler und Neuburger, die hier in erlesener Qualität gedeihen.

Vor allem der Zierfandler oder Spätrot ist der Wein Gumpoldskirchens, er wird in den allerbesten Lagen gezogen, in den Mulden unterhalb des Anningers entwickelt er sein betörendes Aroma. Der Rotgipfler, ebenso wie der Zierfandler ein Weißwein, besticht mit seinem fruchtig-frischen Aroma. Typisch für die Region ist der Ausbau von Rotgipfler und Zierfandler zum Spätrot-Rotgipfler. Das ist der typische „Gumpoldskirchner“, der ja als eigene Sorte nicht existiert.

Auch der in der Wachau zum erstenmal angebaute Neuburger erreicht auf Gumpoldskirchner Böden Hochform.

Gottfried Schellmann, der all diese charakteristischen Weine ausbaut, produziert auch einen Chardonnay, der es mit den besten Weinen aus Burgund aufnehmen kann.

Der eigene Erfolg genügte ihm nicht, er wollte ihn mit anderen genießen. 1988 suchte er nach Kumpanen seines Perfektionismus und fand in der Thermenregion sieben Winzer, die nach den gleichen Qualitätsmaßstäben arbeiten wie er.

In Gumpoldskirchen wurden die beiden Traditionsfamilien Biegler und Thiel seine Mitstreiter.
Manfred und Othmar Biegler, Vater und Sohn, kommen aus einer Familie, die seit dem 17. Jahrhundert Weinbau betreibt. In ihren Weingärten an den Südosthängen des Anningers, zu denen die Spitzenriede Sonnberg gehört, gedeihen erstklassige Rotgipfler, Zierfandler, Neuburger, ein exemplarischer Rheinriesling, Chardonnay und ein für die Region ungewöhnlicher Grüner Veltliner. Die Bieglers haben einen besonders sympathischen Heurigenbetrieb mit köstlichem Buffet und einem fast mediterran anmutenden Garten.

Der Wein von Gumpoldskirchen gedeiht in einem kontrastreichen Klima.

In einem der prächtigsten Renaissancehöfe von Gumpoldskirchen, dem Kremsmünsterhof, arbeitet die Familie Thiel, die ebenfalls eine Buschenschank führt. In ihrem Haus lebte einst der Arzt und Humanist Dr. Johannes Cuspinian, dessen Grabmal im Stephansdom zu sehen ist. Die Thiels kultivieren alle für die Gegend typischen Rebsorten. Und keltern einen Riesling der bei einer Verkostung gemeinsam mit Wachauer und Kamptaler Rieslingen eine Spitzenbewertung errang. Drei Winzer der Gruppe kommen aus Traiskirchen: Dipl. Ing. Karl Alphart, Johann Stadlmann und Ing. Andreas Schafler. Auch in Traiskirchen herrschen Weißweine und die Rebsorten der Region vor. In allen drei Familienbetrieben wird in den Heurigenlokalen eine hohe Trink- und Eßkultur

gepflegt. Karl Alphart hat sich als Neuburger-Spezialist profiliert. Seine Zierfandler- und Rotgipfler Prädikatsweine sind ebenso wie die trocken ausgebauten Qualitätsweine ganz große Klasse.
Johann Stadlmann widmet sich mit hohem Perfektionismus dem Ausbau der Zierfandler, daneben gibt es die üblichen Regionalsorten, etwas Rotwein und ganz hervorragende Schnäpse.
Andreas Schafler konzentriert sich ebenfalls auf einen eleganten Zierfandler, vernachlässigt daneben aber nicht Weißburgunder, Chardonnay, Rotgipfler, Neuburger. Kraftvoll und feurig ist sein im Barrique ausgebauter Zweigelt-St. Laurent Cuvée.

Die glorreichen acht Thermenwinzer mit Heinz Hanner (Mitte), einem der besten Köche Österreichs

Sein Heurigenprogramm ist besonder abwechslungsreich, vom Jazzbrunch bis zum Spanferkelessen gibt es kulinarisch-musikalische Events zum guten Wein des Hauses.
Zwei Thermenwinzer haben sich auf höchstwertige Rotweine spezialisiert: Johann Reinisch vom Johanneshof in Tattendorf und Christian Fischer aus Sooß.
Johann Reinisch baute außerhalb von Tattendorf einen an kalifornische Weingüter erinnernden Betrieb mit Weinkeller, Vinothek und Heurigen auf. Dreiviertel seiner Produktion ist Rotwein: Cabernet-Sauvignon, Cabernet-Franc, Merlot, Zweigelt, Blaufränkisch.
Aufsehenerregend ist sein aus alten Ziegeln gemauerter Gewölbekeller,

wo ein Barriquefaß neben dem anderen steht. Vom Heurigen aus sieht man dorthin, wo der Wein reift – ein sehr beruhigender Anblick. Auch der Johanneshof ist ein reiner Familienbetrieb, drei Generationen arbeiten im Weingarten, im Keller, im Verkauf, im Heurigen.
Ein Blanc-de-Noir-Sekt aus weiß gepreßten Rotweintrauben gehört wie die hauseigenen Marillen-, Trebern- und Holunderschnäpse zu den Spezialitäten des Betriebs.
Christian Fischer aus Sooß ist einer der exquisitesten Rotweinproduzenten Österreichs. Gemeinsam mit seinem Vater Engelbert produziert er große Weine, vor allem Cabernet-Sauvignon, Zweigelt, Blauen Burgunder, Blauen Portugieser. Nur ein Viertel der Produktion ist Weißwein, darunter Chardonnay und Weißburgunder. Ausgebaut werden die Weine in Holz- und Barriquefässern.
Wenn Österreich zunehmend als Rotweinland ernst genommen wird, dann sind auch die Thermenwinzer daran beteiligt.
Die glorreichen Acht sind persönlich eng befreundet, was sie aber nicht daran hindert, gegenseitig strengste Qualitätskontrolle zu üben. Manchmal produzieren sie auch gemeinsam, wie die Winzer Alphart und Fischer, die aus dem Weißen Burgunder des einen und dem Blauen Burgunder des anderen, einen Sekt – Pinot & Pinot – machten. Gottfried Schellmann, der sie alle zusammenbrachte und auch zusammenhält, wenn die Thermen-Temperamente Funken sprühen, versammelt alle mit ihren Familien zu einem Weihnachtsessen in seinem Wein-Stadl. Da lebt er dann hemmungslos sein zweites Talent aus: Er ist ein begnadeter Koch, und seine Würste, Pasteten und Terrinen haben einen ebenso guten Ruf wie sein legendärer Chardonnay von der Ried Brindlbach.
Ein Extratip für Genießer: Wer die Weine der Thermenwinzer gemeinsam mit feiner, leichter Küche verkosten will, hat im Jagdhof von Guntramsdorf reiche Auswahl.
Und wenn die Verkostung zu intensiv war: Es gibt auch noch nobles Nachtquartier im Gästetrakt.

Mit dem Spätroten auf der Zunge
kommen die Töne wie von selbst.

Joseph Haydn zum Fürsten Esterházy.

Schöne alte Welt: Laxenburg

Nun sollen sie auch uns erreichen: Erlebniswelten à la Disneyland, die südlich von Wien, rund um eine Riesenkugel und um Märchengrotten am Rand der Shopping-City für Illusion, Spektakel, Verblüffung, Aufregung sorgen wollen.

Der Zukunftsforscher Alvin Toffler hat sie schon lange vorhergesagt. In seinem 1970 erschienen Buch *Der Zukunftsschock* sieht er eine Industrie kommen, die keine Produkte oder Dienstleistungen zur Verfügung stellt, sondern „vorprogrammierte Erlebnisse" – Abenteuer, Nervenkitzel oder Wunscherfüllung, wie sie der Alltag nicht zu bieten hat.

Zum Beispiel in einem Casino, in dem es nicht um Geld geht, sondern – um Lunge oder Leber, die man an einen anderen verliert oder selbst kostenlos implantiert bekommt ...

Gemessen an solchen Zukunftsvisionen dürfte sich das Programm der neuen Erlebnisparks als so harmlos erweisen wie ihr uralter Vorläufer, der sich auf sehr naive Weise um Illusionen bemühte: Gar nicht weit von den neuen Vergnügungszentren entfernt, öffnet sich der Schloßpark von Laxenburg, in dem Österreichs Herrscher ihren Erlebnishunger stillten.

Was hier als Gesamtkunstwerk von Architektur und gebändigter Natur zu bewundern ist, entstand in Jahrhunderten, aber ganz ohne Mogelei ging es dabei nicht ab. Nur hat das Ergebnis inzwischen schon soviel Patina angesetzt, daß man alt, sehr alt und auf alt gemacht, nur bei genauem Hinsehen auseinanderhält.

Als Herzog Albrecht III. (1365–1395) den Besitz *Lachsendorf* übernahm, war dies ein Meierhof mitten im Augebiet der Schwechat. Erstrebenswert war er vor allem wegen seiner Lage zwischen Wien und Wiener Neustadt.
Michael Knab, der am Bau von St. Stephan beteiligt war, erweiterte den Meierhof zum Schloß. Um es wohnlich zu machen, ließ Albrecht III. Säulen, Statuen, Marmortäfelung aus der nicht mehr bewohnten Burg am Leopoldsberg nach Laxenburg bringen.
Diese Ausgestaltung geschah zu Ehren seiner schönen Frau Beatrix. Al-brecht war so verliebt in sie und in ihr prachtvolles blondes Haar, daß er einen Orden in Form eines goldenen Zopfes gründete und diesen sich selbst als erstem verlieh.
Das Zusammentragen fremder Kunstschätze in Laxenburg sollte sich Jahrhunderte später in noch viel stärkerem Maß wiederholen.
Den Habsburgern war die Jagd immer sehr wichtig. Und in den Auen der Schwechat wimmelte es von Wild und Wasservögeln. Reiher wurden mit gezähmten Falken gejagt. Nach unseren Begriffen ein grausames Spiel, bei dem einander zwei Vögel zur Belustigung der Jäger zerfleischten. Sowohl der Vater als auch der Mann Kaiserin Maria Theresias waren begeisterte Anhänger der Reiherbeize. Im neuen Schloß Laxenburg erinnern Jagdszenen mit Falken und Reihern an diesen Erlebnishunger.
Das Alte Schloß war bis in die Zeit Maria Theresias ein beliebter Sommersitz des Hofs. Für die junge Kaiserin und ihre Kinder, für ihre Freude an Spiel und Spektakel wurde es bald zu eng. So ließ sie Nikolaus Pacassi, der auch das Schloßtheater von Schönbrunn baute, als ersten Zubau ein Theater errichten, in dem vor allem französische Sänger, Schauspieler und Tänzer gastierten. Hier wurden Opern von Gluck und Metastasio aufgeführt. 1755 waren innerhalb von drei Wochen sechzehn verschiedene Stücke zu sehen. Die junge Kaiserin war eine begeisterte und risikobereite Kartenspielerin, bei ihr ging es immer um große Beträge, sogar um Häuser. Franz Stephan beschäftigte sich auch mit der Gartengestaltung. Im Tiergarten ließ er Pavillons zur Beobachtung errichten. Der heute noch erhaltene Dianatempel, ein graziles Gebäude mit einem Jagdfresko wurde von der Kaiserin, die sich nicht für die Jagd interessierte, fürs Kartenspiel genutzt.
Die Kinder durften nur abwechselnd nach Laxenburg kommen, zum Mittagessen oder zum Theater, weil sie nicht alle im Alten Schloß Platz

hatten. Erst der Blaue Hof, wie das neue Gebäude heißt, bot genug Raum für die Familie und die Hofhaltung.

Mit Kaiser Joseph II. veränderte sich der Park. Die neu entdeckte Freude an der ästhetisch gestalteten Natur läßt einen Landschaftsgarten entstehen, den allerdings – den militärischen Vorlieben Josephs II. entsprechend – kerzengerade Alleen und Schneisen durchschneiden. Der Park wird größer, neue Bereiche werden einbezogen.

Unter Josephs Neffen Franz I. bekommen die Wasserläufe die Form, die wir heute kennen. Ein riesiger Teich, ein schnurgerade verlaufender, von Pappeln gesäumter Kanal, Kaskaden und mäandernde Gewässer durchziehen den Park und geben ihm seinen besonderen Charme. Von den 250 Hektar Parkfläche sind 25 Hektar mit Wasser bedeckt.

Um die Wende zum 19. Jahrhundert wird Laxenburg mit einem gewaltigen Salto rückwärts – ins tiefe Mittelalter – zum neo-gotischen Ritterreich umgestaltet.

Das entspricht einer Mode, die aus England kommt. Tonangebend dabei war einer der witzigsten und reichsten Männer Englands, Horace Walpole (1717–1797), der sein Familiengut, Strawberry Hill bei Twickenham, in eine mittelalterliche Burg verwandelte. Und das in einer Zeit, die das Mittelalter zutiefst verachtete und seine Spuren in der Architektur systematisch vernichtete. Daß ein so geistreicher und kunstsinniger Mann wie Horace Walpole dem „barbarischen“ Stil etwas abgewann, erregte Aufsehen. Und das Bedürfnis, ihm nachzueifern.

Schätze aus ganz Österreich versammelte Kaiser Franz I. in der Franzensburg.

Walpole war ein brillanter Schriftsteller mit scharfem Auge für die Schwächen seiner Nächsten. Aber das hinderte ihn nicht daran, plötzlich Ritter und Gespensterromane zu schreiben. Sein Roman *Das Schloß von Otranto* zog einen Rattenschwanz historisierender Schauerromane nach sich. Walpole hatte sogar eine Druckpresse mit gotischen Lettern, die den verwitterten Zauber seines Romans verstärkten. Er baute Strawberry Hill bis zu seinem Tod um, nach jedem Bauabschnitt veranstaltete er große Feste für die meinungsbildende Gesellschaft Englands. Bald sprangen seine Ideen auf den Kontinent über. Leopold von Anhalt-Dessau war der erste, der ab 1773 in seinem Besitz Wörlitz ein gotisches Gebäude errichtete und es so einrichtete, daß man „seinen Geist in die Vorwelt" versetzen konnte.

Es gab auch in Österreich viele Nachahmer, bis gegen Ende des 19. Jahrhunderts. Schloß Grafenegg und Burg Kreuzenstein wurden von diesen Ideen einer Wiedergeburt der Gotik beeinflußt.

Riesige Teiche geben dem Park von Laxenburg seinen besonderen Reiz.

Als „Ruinenbaumeister" gefiel sich Johann Fürst Liechtenstein, der u.a. bei seinem Schloß Loosdorf die nach ihm benannte „Hanslburg" als verfallene Veste bauen ließ. Bei Maria Enzersdorf ließ er die Burg Liechtenstein im Stil der Gotik rekonstruieren.

Der Fürst war einer der Berater des Kaisers in Laxenburg; Franz I. war aber nicht sofort auf diese Ideen einzustimmen.

Noch ganz im Geist des Klassizismus entstand der von Joseph Moretti entworfene Concordia-Tempel im Park. Aber unter dem Einfluß seiner zweiten, neapolitanischen Frau Maria Theresia wurde der „neualte Bau" der Franzensburg, wie ihn Zeitgenossen nannten, begonnen. Zunächst war sie nur als „ritterliches Lusthaus" auf einer künstlichen

Insel im Teich konzipiert. Aber im Laufe der Zeit wuchsen immer neue Trakte dazu. Mittelalterliche und spätbarocke Ideen vermischten sich mit Elementen einer feudalen Grottenbahn.

So entstand eine kulissenhafte Ehrenhalle mit den Plastiken berühmter Habsburger, ein überladener Thronsaal, ein funktionsloser ungarischer Krönungssaal, ein Wachturm mit Blick auf friedliche Schwäne. Das seltsamste war ein Verlies mit der Figur eines gefesselten Tempelritters, der an einem Seil hing und mit seinen Ketten rasselte. Man konnte ihn bis in die Gerichtsstube kurbeln – so, daß sein Kopf aus einem Loch im Richtertisch schaute. Kritische Betrachter machten sich

In Laxenburg kommen Bootsfahrer und Eisläufer auf ihre Rechnung.

Gedanken über die düsteren Neigungen des „guten Kaiser Franz", die er in seinem Lustschloß auslebte.

Dieses romantische Disneyland mit Butzenscheiben – von seiner Umwelt nicht nur durch einen riesigen Park, sondern auch noch durch viel Wasser isoliert – sagt einiges über das Verhältnis des Kaisers zur Realität aus. Zu einer Zeit als sich die Industrie sprunghaft entwickelte, flüchtete er in eine Welt von vorgestern.

Franz I. hatte panische Angst davor, daß die Französische Revolution auf Österreich übergreifen könnte. Das war der Grund, warum er Industriebetriebe nur sehr zögernd und möglichst weit von den Zentren ansiedeln ließ. Auch diesbezüglich war er völlig anders als sein genialer Bruder Erzherzog Johann, der die junge Industrie förderte und selbst Eisenwerke betrieb, und auch als sein Vorgänger Joseph II., der dem Gewerbe viele Schwierigkeiten aus dem Weg räumte.

In Laxenburg schaute man lieber in die Vergangenheit als in die Zukunft. Die Franzensburg wurde zum Auffanglager einiger kostbarer Kunstwerke und von Fragmenten, die durch die zahlreichen Klosterauflösungen Josephs II. in alle Winde zerstreut worden wären. So kamen aus der brutal zerstörten babenbergischen *Capella speciosa* in Klosterneuburg Säulen und Marmorplatten als Schmuck des Speisesaals und als Träger eines Ritterdenkmals nach Laxenburg.

Aus der Kartause Gaming wurden Glasfenster aus dem 14. Jahrhundert herausgerissen, aus dem Stift Melk ein kunstvoll geätzter Steintisch gebracht, aus dem Salzburger Rathaus eine kostbare Holzdecke aus dem 16. Jahrhundert, aus Pöggstall spätgotische Wandbänke. Die Grafen Kuefstein, Besitzer von Schloß Greillenstein, beklagen noch heute den Verlust einer edlen Schnitzdecke mit Rollwerkornamenten aus dem 16. Jahrhundert zur Ausgestaltung der Franzensburg. Der „neualte Bau“ wurde allerdings auch von zeitgenössischen Künstlern wie Kothgasser, Kupelwieser, Loder, Amerling mit Glasmalerei und Gemälden geschmückt.

Rund um das Wasserschloß entstand ein Turnierhof, eine künstliche Grotte, eine gotische Brücke, ein Rittergrab, eine Rittersäule, die bis heute erhalten blieben.

Leider ist eines der skurrilsten Gebäude von Laxenburg nur noch als Modell überliefert: das Haus der Laune. Darin wurden alle herkömmlichen Vorstellungen auf den Kopf gestellt. Der Weinkeller ist unter dem Dach, in der Küche spielen Teufel Karten, im Musikzimmer sind die Möbel aus Instrumenten zusammengesetzt, das Dach ist mit Honigkuchen gedeckt, statt Statuen schmücken Zuckerhüte den Garten.

An diesem Haus voller Widersprüche erfreute sich der Hof genauso wie an Ritterturnieren, an Festen in altdeutscher Tracht, an Falkenjagden nach mittelalterlichen Regeln. Der Wiener Kongreß tanzte auch in Laxenburg in gotischer Verkleidung. Die Fertigstellung der 1798 begonnenen Franzensburg zog sich bis weit in die Regierungszeit Ferdinands I.

Er ließ als letztes romantisches Gebäude, auf einer kleinen Insel im Teich, eine Halle mit Spitzbogenfenstern errichten, in der ein bei Salzburg gefundenes römisches Mosaik verlegt wurde. Heute ist die-

ser Bau, beim Abfluß des Teichs, eine von Buschwerk und Bäumen überwucherte, kaum mehr erkennbare Ruine.
Ein besonders groteskes Denkmal der Epochenverschleppung ist der außerhalb des Parks gebaute gotische Bahnhof, an der 1845 geschaffenen Nebenstrecke der Südbahn. Hier stieg Kaiser Franz Joseph bei seinen seltenen Besuchen aus dem Hofwagen. Ischl war ihm immer wichtiger als das Wien viel nähere Laxenburg. Aber sein Sohn, Kronprinz Rudolf, wurde im Blauen Hof geboren. Für Kaiserin Elisabeth ließ der Kaiser einen luftigen Holzpavillon, hoch über dem barocken Schloß, als Frühstückspavillon errichten. Es war einer der vielen vergeblichen Versuche, die ruhelose Kaiserin an einem schönen Platz in der Nähe Wiens zu halten.
Nach dem Ende der Monarchie sollten Kriegsinvaliden in die Schlösser von Laxenburg ziehen. Das Projekt kam nicht zustande. Ob es die einstigen Soldaten des Kaisers befriedigt hätte, über ihre Schmerzen zwischen Ritterattrappen nachzudenken?
Den Zweiten Weltkrieg und die Nachkriegszeit überstand Laxenburg mit schweren Zerstörungen. Deutsche und russische Soldaten hatten hier Frust und Fadesse ausgelebt, das Ergebnis war deprimierend, und keiner, der den Schloßpark damals sah, konnte sich vorstellen, daß hier heitere Eleganz und versponnene Romantik wiedererwachen könnten. 1963 begann die Renovierung, die sich die Länder Wien und Niederösterreich teilten. Heute sind die Schlösser und der Park in ihrer alten Schönheit neu erstanden, ergänzt durch Freizeiteinrichtungen am Rande des alten Terrains.
Und wo einst die Habsburger ihren Liebhabereien nachgingen, ist eines der schönsten Erholungsgebiete Österreichs für alle offen. Laxenburg ist ein Platz für jede Jahreszeit: Der Teich lädt zum Rudern und im Winter zum Eislaufen ein; Jogger und Wanderer kommen hier ebenso auf ihre Rechnung wie Genießer, die auf der Terrasse der Franzensburg zu Mittag essen oder jausnen, wie Nostalgiker, die sich vom Charme der kleinen Überfuhr zur Franzensburg bezaubern lassen.
Die schöne alte Welt von Laxenburg hat noch lange nicht ausgedient.

Laxenburg wird er mir doch lassen!

Kaiser Franz I. nach der Niederlage im Franzosenkrieg über seinen Gegner und späteren Schwiegersohn Napoleon

GASTWIR
WEIS
ROS

Kunst – zum Greifen nah

An Stadtkunst kann man nicht vorbeischauen. Sie provoziert den Blick. Die Hand, die Berührung und Zugang sucht. Die Gedanken ...

In Wiener Neustadt gab es im September 1997 eine Begegnung mit Kunst, die manches veränderte.

Der historische Stadtplatz war neu gestaltet worden, als erste Gäste stellten sich Plastiken aus ganz Europa ein: Michelangelos David in der Bronzekopie von 1873 und Henry Moores Goslaer Krieger, Werke von Dalí und Daniel Spörri, Max Ernst, Wander Bertoni, Alfred Hrdlicka, Fritz Wotruba, César, Alexander Calder und vielen anderen.

Die Schau nach einer Idee des früheren Bürgermeisters von Wiener Neustadt, Peter Wittmann, war bewußt als „unterhaltende Ausstellung" geplant. Es gab viel zu sehen, zu reden, zu wundern und zu lachen. Gerhard Habarta, der Organisator, nahm „Unterhaltung" wörtlich. „Ich habe einen Monat lang den ganzen Tag Führungen gemacht. Wenn einer mit dem ‚faden Aug' gekommen ist, habe ich ihn angesprochen, ihn zum Fragen, zur Auseinandersetzung gebracht. Und oft zum Verstehen."

Schulkinder schleppten nach einer Führung begeistert ihre Eltern zum Hauptplatz. Ein Querulant, der erst nur dagegen war, kam nach einem langen Gespräch mit Gerhard Habarta zurück und erklärte den anderen, was er gerade selbst erfahren hatte.

Links: Kunst in Wiener Neustadt: „Katharina von Österreich" von Gerda Fassel
Oben: Roger Selden „Liebesbriefe". Handdruck auf Seidentwill *(Collection artfoulard)*

Sehgewohnheiten wurden irritiert, und das betraf auch die gewohnten Kunstwerke der eigenen Stadt. Wer hatte darüber nachgedacht, daß die anmutige Mariensäule auf dem Hauptplatz, die zur Hochzeit von „zwei durchlauchtigsten Töchtern des Römischen Kaisers Ferdinand III." 1678 errichtet wurde, auch ein katholisches Machtsymbol gegenüber den Protestanten war? Und nach einer Pestepidemie, zur Verstärkung der Glaubenskraft, noch mit sechs Pestheiligen ergänzt wurde?
Auch die filigrane gotische Spinnerin am Kreuz, eine der schönsten Wegsäulen Europas, war ein handfestes Monument der Herrschaft. Hier wurden Verbrecher und Unschuldige gehenkt, Frauen, die der Hexerei beschuldigt wurden, fanden in ihrem Umkreis ein schreckliches Ende. Stadtkunst stellt sich in den Weg, sie provoziert eine neue Sicht. Wiener Neustadt wird nun alle zwei Jahre Kunst im öffentlichen Raum, zum Greifen nahe, erleben. Das nächstemal 1999.
Und jedesmal wird ein ganz besonderer Preis vergeben: der Hugo-von-Tschudi-Award. Er geht an Kunstinitiativen, die – ähnlich wie einst die Maria-Theresien-Ritter – aus eigener Verantwortung und auch gegen Anordnungen Erfolg haben.
Gewonnen hat ihn bisher ein Berliner Kunstverein, der Lottogeld für Kunstankäufe anzapfte. Die Städte Goslar, Hannover und Münster, die mit Beharrlichkeit und List der Kunst – gegen kleinkariertes Obrigkeitsdenken – zum Sieg verhelfen. Und die 400-Seelen-Gemeinde Prigglitz bei Gloggnitz, die Geld für Kunst durch den persönlichen Einsatz der Gemeinderäte beim Schneeräumen, etc. freimachte.
Hugo von Tschudi (1851–1911), angesehener Kunsthistoriker aus Lichtenegg in der Buckligen Welt, war unter anderem Direktor der Nationalgalerie in Berlin. Jede seiner Neuerwerbungen mußte persönlich von Kaiser Wilhelm II. abgesegnet werden. Aber Tschudi dachte nicht daran, für die Heldenkunst, die dem Kaiser gefiel, Geld auszugeben. Viel lieber kaufte er eine bedeutende Sammlung französischer Impressionisten, was ihn ständig in Konflikt mit der Obrigkeit brachte. „Keine violetten Schweine!" wütete der Kaiser. Aber es nützte ihm zum Glück nichts.
Zur Erinnerung daran wurde bei der Tschudi-Preisverleihung viel Schweinernes gegessen. Ein von Henry Moore gezeichnetes Schwein ist auf dem Preis verewigt.
Gerhard Habarta, der Motor hinter diesen Aktivitäten, hat selbst große Affinität zu dem listigen Tschudi.

Und so plant er für Wiener Neustadt ein aufsehenerregendes Technisches Museum und hat den Ehrgeiz, es in einem Bruchteil der Zeit, in der das Wiener Technische Museum renoviert wird, auf die Beine zu stellen. In einer leerstehenden, 28.000 m² großen Lagerhalle beim Flughafen wird er „ganz ohne Firlefanz und sehr unterhaltend" Objekte aus der reichen Vergangenheit des Industrieviertels präsentieren: historische Flugzeuge, eine Kollektion von Oldtimern, darunter den legendären Flügel-Mercedes, historische Züge, Technologie von einst.

Auf Seide gedruckt: eine burgenländische Landschaft von Gottfried Kumpf

Kunst bestimmt das Leben der ganzen Familie Habarta. Und so eröffnet Sohn Peter in Wiener Neustadt das erste Comic-Museum Österreichs.

Annemarie Habarta nähert sich der Kunst auf zärtlich-knisternde Weise: In ihrer *Collection artfoulard* werden die Arbeiten von Malern der Gegenwart und der klassischen Moderne in einem sehr aufwendigen

Verfahren auf Seide gedruckt.
„Die Idee stammt von Bildhauern wie Henry Moore oder Marino Marini, die für Frauen, die sie liebten, eigene Entwürfe auf Seide verewigten. Als Umarmungsgeste von Künstlern, die mit weit sperrigerem Material arbeiten“.
Viele große Künstler haben Stoffentwürfe gemacht: Klimt für die Wiener Werkstätte, Dufy und Cocteau für die Lyoner Seidenindustrie, Paul Klee fürs Bauhaus, Dalí für das Modehaus Schiaparelli, Chagall für eine New Yorker Firma. Hundertwasser machte 1953 einen Siebdruck für ein Tuch und bezeichnete ihn mit Werknummer 159.
Die schöne, sinnliche Verbindung von Kunst und Seide lebt in der *Collection artfoulard* weiter. Fast alle lebenden Künstler, die dabei mitarbeiteten, haben ihre Entwürfe eigens für den Druck auf Seide adaptiert. Mit jedem dieser Tücher verbindet

Gerhard Habarta holte Michelangelos David in der Kopie von 1873 nach Wiener Neustadt.

Annemarie Habarta eine Erinnerung. „Henry Moore antwortete auf meine Frage nach seinem Honorar: ‚Give me a kiss!‘ – ‚Gib mir einen Kuß!‘“
Dalí verlangte erst 20.000, dann 2.000 Dollar und wollte dann gar nicht. An Andy Warhol konnten die Habartas lange überhaupt nicht herankommen. Und dann nach einer Begegnung in Wien gelang es problemlos, die „Marylin“ auf Seide zu bannen. Die Erben Chagalls weigerten sich einer Reproduktion zuzustimmen. Aber die Habartas fanden eine listige Lösung: Helmut Preiss, ein in New York lebender österreichischer Maler, schuf eine „Hommage à Chagall“ aus Bildelementen und Farbstimmungen des Künstlers.
Werke von Picasso, Braque und Kandinsky, Klimt, Marino Marini, Renato Guttuso, Vasarely und Baselitz, Wolfgang Hutter und Arik Brauer schlingen sich nun weich und verführerisch um Frauenhälse. Gedruckt werden die Tücher in Italien, nach einer 500 Jahre alten Technik mit Naturfarben, die erst nach dem Dämpfen ihre Leuchtkraft entfalten. Zum Zauber ungewöhnlicher Bilder kommt noch der Charme eines aufwendigen Handwerks.
Die Habartas wohnen in Schloß Seebenstein. In Wiener Neustadt wurden ihre *artfoulards* an St. Peter in der Sperr gezeigt, in der Toskana hingen sie, dem Spiel der Lüfte hingegeben, wie Fahnen von einem mittelalterlichem Turm. In Japan, Korea, New York, London und Prag schätzt man ihren zarten Zauber.
Viele Tücher früherer Editionen sind vergriffen und tauchen nur noch bei Auktionen auf. Irgendwann einmal werden sie alle rar und noch kostbarer sein.

Kunst im Stadtraum ist immer das Unerwartete. Unsere ganze Biologie ist aber darauf ausgerichtet, das Bekannte zu erwarten. Unerwartetem steht man vorsichtig bis ablehnend gegenüber. Unwissenheit über Neues ist Informationsdefizit. Informationsdefizit besteht auch darin, daß man von Kunstidealen der Vergangenheit ausgeht, die sich aber nicht in ihrer ursprünglichen Form erhalten, sondern wie beim Kinderspiel der „Stillen Post“ eine Wandlung ins Verwaschene, Gegenteilige und aufgeblasen Leere durchmachen.

Aus dem Katalog: Europa in Skulptur

Landschaft mit vielen Vergangenheiten: das Industrieviertel

Eine karge Ebene mit der geschichtsträchtigen Stadt Wiener Neustadt, rundherum die schönste Natur – selten stapelt ein Name so tief wie der des Industrieviertels.

Autobahnstaus rund um die Shopping City, dichter Werksverkehr um die Fabriken – man sollte sich trotzdem nicht davon abhalten lassen, hier Reisen in viele Vergangenheiten zu unternehmen.

In die Vergangenheit der Festung Wiener Neustadt.

In die spannenden Anfänge des industriellen Zeitalters.

Und in die zeitlose Sommerfrischen- und Bergromantik des Alpenostrandes.

Das alles liegt hier dicht beisammen und ist doch durch Welten getrennt. Eines haben diese verschiedenartigen Regionen gemeinsam: die Geographie bestimmte ihr Schicksal.

Zunächst das der Stadt. Die Babenberger pflanzen Wiener Neustadt 1194 als taktisch geplante Festung in die unfruchtbare Ebene des Steinfelds, mitten in eine naturgegebene Einfallsschneise, die auf die Reitervölker des Ostens einen unwiderstehlichen Sog ausübt.

Das Land, das bis 1186 zur Steiermark gehörte, kommt nach dem Tod des Herzogs Otakar IV. in babenbergischen Besitz.

Links: Die „krumme Kathl“ auf der Fahrt zur Bergstation
Oben: Das Wappen von Wiener Neustadt (Stadtarchiv Wiener Neustadt)

Das Geld für den Festungsbau liefern die Engländer, die ihren König, Richard Löwenherz, aus österreichischer Gefangenschaft freikaufen. Die Stadt wird mit Mauern und Türmen umgeben – Reste bleiben bis in die Gegenwart erhalten. Reiche Privilegien machen Wiener Neustadt lebensfähig, ein künstliches Gerinne sichert die Wasserversorgung.
Nun kann die Stadt funktionieren – sie muß Eindringlinge aus dem Osten abwehren und die Handelsstraße nach Süden sichern. Wiener Neustadt weiß seine Rolle zu nützen, und die Stadt wird so reich und schön, daß Friedrich III. 1440 hier seine Residenz aufschlägt, die alte Burg prächtig ausbaut, Klöster ansiedelt und im Dom, auf einer Empore seine Devise hinterläßt: A.E.I.O.U. – *Alles Erdreich ist Österreich untertan,* wird sie interpretiert.
Um diese Zeit ist Wiener Neustadt eine der wehrhaftesten Festungen Europas. Es hat etwas zu bedeuten, daß Maximilian I., der „letzte Ritter“, sich hier, in der St.-Georgs-Kirche begraben läßt. Sein Prunkgrab, inmitten der „Schwarzen Mander“ – der Plastiken seiner Vorfahren in der Innsbrucker Hofkirche – bleibt leer.
Wiener Neustadt, die „allzeit Getreue“, bleibt noch lange Prellbock des Reichs gegen Anstürme aus dem Osten.
Im 17. Jahrhundert entsteht hier das erste Zentrum der Rüstungsindustrie. Niederländische Armaturmeister und ihre Gesellen schmieden die Waffen für die Türkenkriege. Damit beginnt eine Tradition, die die Stadt, 300 Jahre später, fast in den Untergang treibt.
Maria Theresia gründet in der kriegsgewohnten Stadt, die Ungarn-, Türken-, Kuruzzenstürme überlebte, die k.k. Militärakademie. Festungen verlieren nun ihre Bedeutung, und Wiener Neustadt büßt viele Privilegien seiner heroischen Vergangenheit ein. Ein neues Zeitalter beginnt.
Um 1751 entsteht in Lichtenwörth bei Wiener Neustadt die erste große staatlich geförderte Industriesiedlung: die Nadelburg. Sie bildet einen eigenen kleinen Ort, mit dreißig schindelgedeckten Arbeiterhäusern für je zwei Familien, die eine Küche teilen müssen. Hier werden Nadeln und Fingerhüte produziert, die bisher aus Deutschland eingeführt wurden. Mit Hilfe deutscher Facharbeiter und ein wenig Industriespionage als Starthilfe, läuft die Produktion an. Wie präsent hier der Staat ist, verrät auch die von Nikolaus Pacassi gebaute Kirche: Maria Theresia steht im Nonnengewand neben dem Kreuz Christi; Joseph II. kniet in Uniform davor.

Ein letzter Versuch, dem kargen Boden des Steinfelds reichere Ernten abzuringen, scheitert. 1763 wird die Ackerbaukolonie Theresienfeld gegründet und mit Tiroler Bauern besiedelt, die von Robot und Zehent befreit sind. Aber auch sie können keine Wunder bewirken und kehren zum Teil enttäuscht in ihre Heimat zurück.

Nun ist klar, wohin der Weg geht: in die Industrialisierung. Joseph II. verknüpft zwei seiner Reformideen und siedelt im von ihm aufgelösten Karmeliterkloster in Wiener Neustadt eine „Sammet-, Seiden- und Floretfabrik“ an.

Ein Minister Maria Theresias, Freiherr von Bartenstein, läßt in der Nachbarschaft seines Schlosses Ebreichsdorf eine Tuchfabrik installieren. Sie wird später auf Baumwollverarbeitung umstellen und 2.000 Arbeiter beschäftigen.

Die Nadelburg war der erste Industriebau bei Wiener Neustadt.

Hocharistokraten werden zu Fabriksherren: die Pottendorfer Textilwerke sind eine Gründung der Adelshäuser Colloredo-Mansfeld, Schwarzenberg und Esterházy.

Eine der führenden Unternehmerpersönlichkeiten des Barock, Johann Freiherr von Fries, eröffnet in Weissenbach eine Metallfabrik. Die steinreichen Biedermeierbankiers Geymüller kaufen von der Familie Fries die Herrschaft Vöslau und errichten hier die bis in die siebziger Jahre unseres Jahrhunderts bedeutende Vöslauer Kammgarnfabrik.

Der Fabrikboom in dieser Region hat verschiedene Gründe. Es gibt hier genug Platz, viel Wasser. Beim Schneeberg und unter der Rax werden Kohle und Eisen gefördert. Und die Firmengründer können in dieser armen Region mit billigen Arbeitskräften rechnen. Kinderarbeit ist in der Frühzeit der Industrialisierung eine grausige Realität. Waisen und

Kinder armer Leute werden kaserniert und für die Arbeit an Spinnmaschinen ausgebildet – das gilt zu dieser Zeit als lobenswerte Erziehung. Bis unter Joseph II. der treffendere Ausdruck „Sklavenarbeit“ fällt und die Kinder durch Gesetze geschützt werden.
Zum leistungsfähigen Verkehrsweg wird der 1797 begonnene Wiener-Neustädter-Kanal, auf dem pferdegezogene Schiffe Kohle, Ziegel, Bau- und Brennmaterial nach Wien bringen.
Der weitere Ausbau bis Triest unterbleibt – die Südbahn erweist sich als effektiveres Transportmittel.
Heute ist nur noch ein Teil des Kanals, zwischen Wiener Neustadt und Laxenburg erhalten, er wird von einem Radweg begleitet.
Die Fabrik, die die stärksten Veränderungen in der Region bewirkt, wird 1843 in Berndorf gegründet. Die deutsche Industriellenfamilie Krupp besitzt ein Patent für die Löffelerzeugung und baut gemeinsam mit Alexander Schoeller eine Fabrik für Eßbesteck. Ihr bevorzugtes Material ist

Taferlklasse im pompejanischen Stil in Berndorf: eine Idee Alfred Krupps

Alpacca, eine Legierung aus Kupfer, Nickel, Zink und Eisen, die auch Neusilber genannt wird. Arthur Krupp (1856–1938), aus der zweiten Generation, läßt rund um die Fabrik einen durchgestylten Ort mit Neo-Barockkirche, Theater, Museum, Arbeiterhäusern, Werkscasino, Villen und Schulen entstehen.

Berndorf, noch 1855 ein Dorf mit 700 Bauern und Arbeitern, hat 1911 bereits 7.000 Einwohner.
Alfred Krupp läßt die Kinder seiner Arbeiter in einer bemerkenswerten Schule unterrichten. Jede Klasse ist in einem anderen Stil der Kunstgeschichte ausgestattet: ägyptisch, pompejanisch, romanisch, gotisch, barock, klassizistisch.
Der Fabriksherr versteht sich als Patriarch, der das Leben seiner Arbeiter in allen Details prägt, die Bildung ihrer Kinder beeinflußt und sie damit ans Werk bindet. Das ist ihm geglückt – es gab auch in schwierigen Zeiten niemals Streiks in Berndorf.
Ab Mitte des 19. Jahrhunderts beginnt der Bau eines dichten Netzes von Eisenbahnlinien und Straßen durch das Industrieviertel. Wiener Neustadt wird zur führenden Industriestadt der Monarchie. Hier entsteht die erste und größte Lokomotivfabrik, 1906 siedeln sich die österreichischen Daimler -Motorenwerke in Wiener Neustadt an – ihr Direktor heißt Ferdinand Porsche. Wiener Neustadt ist auch führend in der Flugzeugtechnik.
Igo Etrich baut hier seine legendäre Etrich-Taube. Mit einem von Ferdinand Porsche konstruierten Flug-Motor wird die Strecke Wien–Wiener Neustadt zum erstenmal ohne Zwischenlandung bewältigt. Eine Flugfeld, eine Aeroplan-Halle und eine Flugzeugfabrik entstehen.
Im Ersten Weltkrieg ist Wiener Neustadt Zentrum der Rüstungsindustrie. Als im Jänner 1918 die Rationen immer kleiner, die Kriegsmüdigkeit immer größer werden, legen die 4.500 Arbeiter der Daimlerwerke ihre Arbeit nieder. Innerhalb weniger Tage schließen sich 700.000 Rüstungsarbeiter der ganzen Monarchie diesem Streik an. Dem Sozialdemokraten Viktor Adler gelingt es, eine Revolution zu verhindern.
Wiener Neustadt bleibt auch im Zweiten Weltkrieg Rüstungszentrum, und das bereitet der Stadt fast den Untergang. 52.000 amerikanische Fliegerbomben gehen über Wiener Neustadt nieder, um die Produktion von Lokomotiven, Jagdflugzeugen und V-2-Raketen zu stoppen.
Tausend Menschen sterben, 65 Prozent der Häuser sind total zerstört, von 4.000 Häusern bleiben nur 17 unversehrt.
Nach dem Krieg gibt es ein Projekt, Wiener Neustadt abzusiedeln und am Fuß der Fischauer Berge neu aufzubauen. Aber niemand will die zertrümmerte Stadt verlassen. 30 Millionen Tonnen Schutt werden von den Bewohnern weggeräumt. Die wehrhafte alte Stadt gibt nicht auf.
Wer heute durch die lebendige, geschäftige Altstadt geht, vorbei an den

kostbaren Häusern und Kirchen, an denen so viele Generationen mitbauten, kann sich nicht mehr vorstellen, wie nahe dem Ende Wiener Neustadt einmal war.
Das Leben hier hat heute hohe Qualität. Nur ein paar Kilometer vom Stadtzentrum lockt die kühle Therme von Bad Fischau inmitten von Föhren- und Weinbergen (siehe auch S. 145).
Dahinter ragt die Hohe Wand auf, von Wander- und Klettersteigen durchzogen, mit Höhlen, stimmungsvollen Rast- und Ruheplätzen.

Friedrich Gauermann:
Bilder idyllischer Landschaften

Das etwa 10 Kilometer lange Hochplateau, das im Südosten schroff zum Tal der „Neuen Welt" abfällt, ist über eine Bergstraße bequem zu erreichen. Vom Plackles, dem 1135 m hohen Aussichtspunkt, kreist der Blick über das ganze Wiener Becken zum Neusiedler See, weiter zu Schneeberg, Ötscher und Wienerwald.
Im nahen Piestingtal öffnet sich zwischen Hügeln und Fels eine jener Landschaften Niederösterreichs, die man auch heute noch mit den Augen der Biedermeierkünstler sehen kann, die sie verewigten. Viele von ihnen haben ihre Wurzeln in dieser Landschaft. Der Maler Leopold Kupelwieser (1796–1862) kommt aus Triesting, sein Vater arbeitete als Techniker am Bau des Wiener-Neustädter-Kanals mit. Ferdinand Raimund (1790–1836) stammt väterlicherseits aus Gutenstein. In Miesenbach-Scheuchenstein, östlich von Pernitz, wächst der Maler Friedrich Gauermann (1807–1862) auf. Er ist der Sohn Jakob Gauermanns, eines der Kammermaler des Erzherzogs Johann. Auf dem Gutshof seines Großvaters Anton Gabriel Walter, der Klaviere für Mozart, Haydn und Beethoven baute, hat er seine prägenden Landschaftserlebnisse. Das Kind hat den Schneeberg, tiefen Wald, gischtendes Wasser, friedlich grasende Herden in seinem Blickfeld. Gauermann wird von diesen Bildern nie mehr loskommen und sie in immer neuen Variationen malen. Wer seine Bilder im Gauermann-Museum in Scheuchen-

stein betrachtet, braucht nur einen Blick aus dem Fenster zu machen, um diese idyllischen Motive auch heute noch zu entdecken.
Auch in Gutenstein, einem bekannten Sommerfrischenort des Biedermeiers blieb viel von der Atmosphäre erhalten, die seine Besucher, Raimund, Waldmüller, Kupelwieser, entzückte.
Drei Quellflüsse der Piesting kommen in dem schönen Tal zusammen, dem eine mittelalterliche Burg, ein Barockschloß eine Wallfahrtskirche hoch auf einem Hügel, und versponnene Villen ihr Gepräge geben. Am Rande von Gutenstein kauft sich Raimund 1834 um 4.550 Gulden eine komfortable Villa, er selbst nennt sie nur Landhaus. Hier verbringt er seine letzten zwei Jahre, sie sind zeitweise die unbeschwertesten seines umschatteten Daseins.
Sein gräßlicher Selbstmord durch Erschießen nach einem an sich ungefährlichen Hundebiß hat ein makabres Nachspiel. Der Badener Arzt und Naturforscher Dr. Anton Rollett, behält aus wissenschaftlichem Interesse seine Schädeldecke.

Überwucherte Ruine in Scheuchenstein

Sie wird erst Jahre später in Raimunds Grab in Gutenstein bestattet. Der stille Friedhof unter dem Mariahilfberg ist ein guter Platz, um an einen Dichter zu denken, in dessen Werk die Natur des südlichen Niederösterreichs mit freundlichen und kauzigen Geistern, aber auch mit neureichen Verschwendern aus der Frühzeit des Industrieviertels weiterlebt.
Raimunds Stücke werden im Sommer mit bekannten Schauspielern vor dem Barockschloß Hoyos aufgeführt.
In einem hübschen Museum in Gutenstein wurden alte Stiche, Fotos, Theaterzettel, Kostüme und Erinnerungsstücke an Ferdinand Raimund zusammengetragen. Der Secessionskünstler Josef Engelhart ist mit Entwürfen für eine Wandmalerei mit Szenen aus Raimundstücken vertreten.

Gutenstein, die Burg des unglücklichen Königs Friedrich des Schönen

Oberhalb von Gutenstein wächst die Wallfahrtskirche Mariahilfberg aus einem Hügel, ein pastellfarbiger Barockbau rund um ein legendenumwobenes Gnadenbild, zu dem auch Raimund oft pilgerte.
Unterhalb des Bergs weist ein Pfeil in Richtung Brandstätterhof – das ist ein Gasthof in schönster Lage, mit einer kulinarischen Besonderheit: Alpenlachsen. Sie gedeihen in den benachbarten 5.000 m² großen Teichen. Peter Brauchl, Chef einer Fertighausfirma hat ihre Eier aus Kanada mitgebracht. Fachleute deutscher und schwedischer Universitäten fanden ein Verfahren, daß sie sich im schadstoffarmen Süßwasser optimal entwickeln. Jährlich werden 1.000 bis 1.500 Kilo Lachse gezüchtet. Man kann sie im Brandstätterhof verkosten oder ab Teich kaufen und nach Hause nehmen.

Ferdinand Raimund als „Hamlet“ in einer Biedermeier-Travestie

Rund um Gutenstein gibt es die schönsten Wandermöglichkeiten – die Myrafälle bei Muggendorf oder die romantische Steinwandklamm sind lohnende Ziele für kürzere Ausflüge.
Der Schneeberg lockt die ausdauernden Wanderer mit einer Überfülle von Touren. Einige der reizvollsten beschreibt der informative *Wanderführer Ostösterreich* von Hermann Mayrhofer.
Der große Botaniker Carolus Clusius war der erste bekannte Bergsteiger, der sich 1574 auf den 2075 m hohen Berg wagte. Ihn reizte die alpine Blütenpracht, die auch heute noch eine frühsommerliche Tour zum Erlebnis macht. Soldanellen, Anemonen, Petergstamm, Eisenhut, Enzian, Edelweiß gedeiht in üppiger Fülle auf Niederösterreichs höchstem Berg. Die rosa Clusiusprimel, die im Frühjahr zwischen Schneeflecken blüht, erinnert an den couragierten Botaniker, der sich auch auf den Ötscher wagte. Und dem Wien die Roßkastanie, den Flieder, die Tulpe und – die Erdäpfel verdankt.
Der letzte hohe Berg der Ostalpen, der von so vielen Plätzen in und um Wien zu sehen ist, zog sehr bald weitere Bergsteiger an: Wissenschaft-

ler wie Nikolaus von Jacquin, den Direktor des Botanischen Gartens in Wien, unzählige Schriftsteller, Maler wie Gauermann, der glücklich über die „geliebte Wildheit" des Schneebergs war, sportliche Habsburger, wie Kaiser Franz I. und Erzherzog Johann, der den ersten Unterstand bauen ließ.

Über die freien Kammflächen auf dem Hochplateau des Schneebergs führt der Weg in Richtung Klosterwappen.

Seit 1897 schnaubt die Zahnradbahn von dem reizvollen Kurort Puchberg zum 1769 m hoch gelegenen Waxriegel. Dort entsteht 1898 das Berghaus Hochschneeberg, ein Bau der Theaterarchitekten Helmer und Fellner, drei Jahre später die secessionistische Kirche, zum Andenken an Kaiserin Elisabeth.

Die Zahnradbahn mit ihrer seltsam gebückten Lokomotive – der „krummen Kathl" – überwindet 1.200 Höhenmeter auf einer Strecke von neun Kilometern und bei einer maximalen Steigung von 20 Prozent. Bei 12 Prozent steht sie dank ihrer Knickung annähernd waagrecht.

Bei der Station Baumgartner ist Pause: Die Lok braucht Wasser. Es wird in eigenen Zügen aus dem Tal gebracht, denn der Schneeberg mit seinem durchlässigen Kalkstein ist extrem wasserarm. Auch die Reisenden können sich stärken: mit Riesenbroten und den monumentalen Schneebergbuchteln (für Nichtösterreicher: ein marmeladegefülltes Hefegebäck). In der Nähe der Station stand das inzwischen abgerissene Almwirtshaus Baumgartner. Ende des 19. Jahrhunderts war es berühmt für die gute Küche seiner Wirtin, Gertrude Kronich. Und es ging indirekt in die Geschichte der Psychoanalyse ein. Der Wirt, ein berüchtigter Weiberheld, wurde von seiner Frau und seiner Tochter *in flagranti* erwischt. Darauf zog Gertrud Kronich mit ihren fünf Kindern aus und setzte ihre Wirtinnenkarriere im Otto-Haus auf der Rax fort. Dort kehrte Sigmund Freud ein, um in 2.000 Meter Höhe Medizin und Neurosen zu vergessen. Vergeblich. Die Tochter des Hauses erzählte Freud von den väterlichen Übergriffen, auch auf sie, die sie zutiefst verstörten.

Freud hat diesen Fall mit veränderten Namen in seinen *Studien der Hysterie* veröffentlicht. „Ich war zum erstenmal mit dem Ödipus-Komplex zusammengetroffen ...“, kommentierte er später.

Nach der Station Baumgartner keucht die Zahnradbahn weiter aufwärts, durch zwei Tunnel, zur Bergstation.

Zum Klosterwappen, der höchsten Erhebung des Schneebergs, mit dem Wappen des Stifts Neuberg an der Mürz, wandert man dann noch etwa 1 1/2 Stunden bergauf. Und wenn man von dort auch nicht, wie ein Romantiker behauptete, den „Hafen von Triest als feines Silberband“ sieht – der Blick in die so friedlich gewordene Weite des Ostens, ist durchaus geeignet, mit der Gegenwart zufrieden zu machen.

Der Mittelpunkt dieses lebendigen Ortes war die Fabrik.
Sie war nicht bloß Arbeitsstätte; sie war das Zentrum des sozialen Lebens ... Alles das ist verschwunden.

Aus der berühmten Studie „Die Arbeitslosen von Marienthal“ der Sozialwissenschafter Marie Jahoda, Paul Lazarsfeld und Heinrich Zeisel aus dem Jahr 1933, dic sich mit dem Schicksal eines Ortes befaßt, dessen Bewohner fast ausschließlich von der 1930 aufgelassenen Flachsspinnerei lebten.

Alexandra von Reden und Paul Zündel im Studio Brighella in Wiener Neustadt

Theatermagie für Europa

Ein langgestreckter Ziegelbau, Teil eines alten Fabrikensembles am Rand von Wiener Neustadt. Früher soll hier Munition produziert worden sein.

Heute entsteht hier der Stoff, aus dem Theaterträume sind. Das Rohmaterial ist Tüll oder Nessel und Farbe. Die Software steckt in den Köpfen einer Gruppe junger Künstler, die sich als „Studio Brighella“ zusammengefunden haben, um einen Beruf auszuüben, den keiner kennt: Theatermalerei. Nur wer unmittelbar mit dem Theater zu tun hat, weiß, wie eminent wichtig jene Künstler sind, die oft nur aus vagen Andeutungen eines Bühnenbildners jene funktionierenden, das Publikum verzaubernden Räume schaffen, in dem Schauspieler, Sänger, Tänzer agieren.

„Macht einen amerikanischen Himmel!“ Das war ein Auftrag an die Künstler des Studios Brighella, der jede Interpretation offenließ. Sie malten einen Prospekt, sehr blau, mit dicken, weißen Wolken, sehr stimmungsvoll, die Phantasie beflügelnd.

Theatermalerei, das ist wie das Zusammenspiel von Orchester und Solisten. Jeder muß sein Handwerk beherrschen.

Nur – auf so exaktes Material wie die Orchesterauszüge kann der Theatermaler nicht zurückgreifen. Manchmal ist die Vorlage eine Skizze, ein Foto, oft nur eine vage Idee, die eigenständig entwickelt und ausgeführt werden muß.

Das Studio Brighella arbeitet für Covent Garden, die Royal Shake-

Für das Théâtre de la Monnaie in Brüssel schuf das Studio

speare Company, das Théâtre Chaillot, die römische Oper, die Athens Concert Hall, das Münchner Nationaltheater.

Es ist faszinierend zu sehen, wie Bühnenillusionen entstehen: Da liegen in der 30 Meter langen Halle Stoffbahnen, die mit verschiedenen Pinseln, der Spritzpistole oder bis zu einem Meter breiten Besen bearbeitet werden. Auf der Bühne werden sie geschichtet hintereinander gehängt. Im Scheinwerferlicht verwandeln sie sich in plastisch wirkende Felslandschaften, stuckgeschmückte Salons, römische Stadtansichten oder in romantische Wildnis.

Was im Bühnenlicht solide und kompakt wirkt, kann man nach der Vorstellung als Stoffballen aufrollen.

Für eine Aufführung wurde ein Rollprospekt mit einer impressionistischen Landschaft gemalt, der 140 m lang und 12 m breit war. Die Maler des Studio Brighella kletterten dabei ständig auf Leitern und schauten durch das umgedrehte Opernglas, wie ihre Arbeit aus der Entfernung aussah.

Abzuschätzen, wie eine auf dem Boden liegende Malerei wirkt, wenn sie auf der Bühne hängt, beleuchtet und vom Zuschauerraum aus betrachtet wird, stellt enorme Anforderungen an die Vorstellungskraft. Was dabei herauskommt, ist immer ein Abenteuer; Knieschlottern begleitet die ersten Versuche, ob auch alles funktoniert. Das liegt nicht nur an den Theatermalern, sondern auch am Entwurf des Bühnenbildners. „Man sieht sofort, ob es etwas werden kann. Und es ist sehr befriedigend, wenn alles stimmt und zu einem Gesamtkunstwerk wird“, meinen die jungen Künstler.

Es ist eine Gruppe, die sich je nach Auftragslage vergrößert oder ver-

Brighella eine eindrucksvolle Szenerie für „Krönung der Poppea".

kleinert, viele sind ausgebildete Maler, manche werden angelernt. Für einige ist es eine Übergangslösung, andere sind regelmäßig dabei.
Am liebsten arbeiten sie möglichst selbständig, nach Entwürfen, die ihrer Phantasie viel Spielraum lassen.
Ihr erster Auftrag war *Winnetou* mit Pierre Brice in der Stadthalle – dafür mußten sie Kilometer von Felsen malen.
Das Studio Brighella ist inzwischen zu einer fixen Größe in der europäischen Theaterlandschaft geworden.
Paul Zündel und seine Frau Alexandra von Reden vom Studio Brighella haben beide in Wien Malerei studiert, er bei Lehmden und Bühnenbild bei Lois Egg, sie Malerei bei Rudolf Hausner. Sie beherrschen beide mehrere Sprachen und halten die Außenkontakte mit den großen Theatern in Europa.
Alexandra von Reden stammt aus dem Friaul. Paul Zündel arbeitete in italienischen Theaterwerkstätten und erlebte dort den hohen technischen Standard, die große Tradition Italiens auf diesem Gebiet.
Mit ihren Malerfreunden setzen sie die Ideen des modernen Theaters in der Perfektion der großen klassischen Theatermalerei um.
Kaum jemand, der an dem unauffälligen, langgestreckten Bau am Rand Wiener Neustadts vorbeifährt, ahnt, daß hier ein Teil jener Magie entsteht, die Theaterbesucher in Paris und London, München, Athen oder Rom für ein paar Stunden der Wirklichkeit entrückt.

Wir sind von solchem Stoff, aus dem die Träume werden …

William Shakespeare: Der Sturm. 4. Aufzug, 1. Szene

ANNO
1726

Bodenwellenreiten in der Buckligen Welt

Es ist wie in der Hochschaubahn, nur viel gemütlicher: Die Straßen der Buckligen Welt steigen in Kurven zu einer Hochfläche an, von der man eine atemberaubende Aussicht auf das Gebiet um den Schneeberg, Hügel und Ebenen hat, dann geht es wieder abwärts und gleich darauf –buckelauf, buckelab – zum nächsten Rundblick.

Rundum eine unzerstörte Landschaft, von Schmetterlingsgeschwadern umflirrt, freundliche kleine Ortschaften und Burgen, Schlösser, Wehrkirchen – die friedlichen Zeugen einer wilden, gewalttätigen Vergangenheit.

Die Bucklige Welt, die südlich von Wiener Neustadt in musikalischen Schwüngen auf knapp 900 Meter ansteigt, grenzt an das Burgenland und die Steiermark, Ungarn ist nahe. Diese Lage bestimmte das Schicksal der Region.

Der relativ schmale, stark strukturierte Landstreifen war jahrhundertelang dem Ansturm feindlicher Heere aus dem Osten, aber auch den Grenzstreitigkeiten lokaler Feudalherren ausgesetzt. Vom Westen her wurde die Bucklige Welt christianisiert. Das heute in Oberösterreich liegende Stift Reichersberg gründete in Pitten die erste, über das ganze Gebiet wirkende Pfarre.

Links: Statue des heiligen Florian in Wiesmath

Schon in vorrömischer Zeit bestand eine Straße, zum Semmering, von der in der Gegend des heutigen Neunkirchen ein Verkehrsweg Richtung Bucklige Welt abzweigte.
Spuren dieser früheren Vergangenheit werden erst seit kurzem erforscht und dokumentiert. Die Kelten hinterließen in Krumbach einen Steinkreis, vermutlich einen astronomischen Beobachtungsplatz. Sehr viel größer sind die Funde bei Schwarzenbach, wo ein *oppidum,* die keltische Frühform einer Stadt, entdeckt wurde. Sie war im zweiten und ersten vorchristlichen Jahrhundert bewohnt und von einem starken Wall umgeben. Die Kelten waren versierte Bergleute, sie förderten hier Eisen. Die Siedlung wurde durch einen Brand zerstört, wahrscheinlich durch die Römer.
Rund um die Ausgrabungsstätten von Schwarzenbach gibt es einen urgeschichtlichen Wanderweg, der einen Eindruck vom frühesten Leben in dieser Region vermittelt. Die Römer verirrten sich selten in den damals undurchdringlichen Urwald, die Bernsteinstraße von Carnuntum zur Adria führten sie, am Ostrand der Alpen entlang, über Steinamanger *(Szombathely)* nach Süden.
Weil die Täler der Buckligen Welt meist versumpft und von Hochwässern bedroht waren, breiteten sich das Straßennetz und die Siedlungen in den höhergelegenen Gebieten aus. Bis ins 15. Jahrhundert hieß die Bucklige Welt *Waldmark.* Pitten war lange Zeit die wichtigste Siedlung, Niederlassung der Reichersberger Chorherren, Sitz der Grafen von Formbach-Pitten, die unter Friedrich Barbarossa eine wichtige Rolle spielten. Die Burg Pitten, 1094 urkundlich erwähnt, ist eine der ältesten Burgen Österreichs. Drei Jahre lang, von 1482 bis 1485, wurde sie gegen den Ungarnkönig Matthias Corvinus zäh verteidigt. Aus Hochachtung vor soviel Kampfgeist schenkte Corvinus dem Burghauptmann Michael Teufel einen kostbaren Pokal. Heute ist die Burg im Besitz des Hauses Habsburg-Lothringen.
Der Pfarrhof von Pitten wirkt wie ein Schloß, ein Juwel der Architektur aus friedlicheren Zeiten, mit Renaissancearkaden und Barockfresken.
Die Kirche von Pitten wurde zwar in der Barockzeit erneuert, aber ihre zinnengekrönten Wehrmauern verraten noch heute, welche Rolle sie in kriegerischen Zeiten spielen mußte: Wie die anderen Wehrkirchen der Buckligen Welt bot sie bedrängten Bauern Zuflucht vor Feinden. In diesen abweisenden Bauten konnten sie sich wirkungsvoll verteidigen, dazu waren Schießscharten, Schießerker, Zinnenmauern und Pech-

nasen angelegt, von denen aus die Belagerer mit kochendem Pech überschüttet wurden. Die Wehrkirche von Wiesmath ist eine der wenigen, die auch einen Stall für das Vieh hat. Manche Kirchen besaßen eigene Brunnen oder Zisternen.
In Edlitz, wo eine der interessantesten Wehrkirchen der Buckligen Welt steht, beginnt eine Route zu den zwölf weiteren Kirchen, die gleichzeitig eine Erkundungsfahrt durch die schönsten Landschaften ist.

Nur für Schwindelfreie erreichbar: die Burg Thernberg

Eine Dokumentation bei der Sankt-Veit-Kirche von Edlitz gibt einen Überblick über die Funktion und die Geschichte dieser Kirchen.
Die Bucklige Welt war immer Grenzland und immer Ziel kriegerischer Vorstöße aus dem Osten. Magyaren, Türken, Kuruzzen verheerten die Dörfer, plünderten die Vorräte. Die *Akindschi,* die leichte türkische Reiterei, war besonders gefürchtet. Sie war schnell, wendig, drang bis in die entlegensten Täler vor, um Proviant für die Truppe zu requirieren, die sich selbst erhalten mußte.
Aber auch die kaiserlichen Truppen, die sie verfolgten, waren gefürchtet, auch sie schreckten nicht vor fremdem Hab und Gut zurück. Die

beiden Belagerungen Wiens durch die Türken hatten für die Bucklige Welt schreckliche Folgen.

In der Frühzeit gab es Wachtposten auf den Berghöhen, die mit Rauch- und Feuerzeichen die Bevölkerung vor heranziehenden Truppen warnten. Der höchste Berg der Region, der 896 m hohe Hutwisch, hat seinen Namen von dieser Funktion: dort war einer auf der Hut für alle anderen.

Auf den Anhöhen und entlang der Hauptstraßen entstanden im Mittelalter unzählige Burgen, die diese Wächterfunktion übernahmen. Aus manchen wurden dann repräsentative Schlösser, viele zerfielen zu Ruinen.

Mit einigen dieser Feudalbauten verbinden sich ungewöhnliche Schicksale. Im bezaubernden Schloß Frohsdorf in Lanzenkirchen, einst Burg, dann von den Grafen Hoyos barockisiert, fand das tragische Schicksal von Marie Therese, der Enkelin Maria Theresias, ein friedliches Ende. Die Tochter des französischen Königspaars Ludwig XVI. und Marie Antoinette überlebte die Schrecken der Revolution, verließ nach der Enthauptung ihrer Eltern Paris, heiratete einen Bourbonen und kaufte 1844 nach dem Tod ihres Mannes Schloß Frohsdorf, in dem die Familie ihrer Mutter so oft zu Gast gewesen war. Nach ihrem Tod 1851 zog auch ihr Neffe, Graf von Chambord, hier ein, der als der legitime Erbe der französischen Krone galt. Dementsprechend prunkvoll war auch seine Exilresidenz in der Buckligen Welt. 1945 wurde das Schloß von Soldaten der Roten Armee devastiert. Heute ist hier ein Lehrlingsheim der Post untergebracht.

Passionsspiele in Kirchberg am Wechsel

Schloß Thernberg gehörte Erzherzog Johann, der sich, wenn er inkognito reiste, Hannes von Thernberg nannte. Auch in der Buckligen Welt reformierte er die Landwirtschaft, züchtete Edelobst, ließ Erdäpfel anbauen.

Nicht alle Burgen sind in ihren Details so alt wie sie aussehen. Burg Seebenstein stammt zwar aus dem 9. Jahrhundert und gehörte einst Ita von Cham, der Mutter des Landesheiligen Leopold. Sie war eine sehr unerschrockene Frau, die an einem Kreuzzug teilnahm, von dem sie nicht mehr wiederkehrte.

In der Türkenzeit ließ Leopold I. Seebenstein zur Fluchtburg ausbauen. Der Ritterstil, in dem Seebenstein sich heute präsentiert, stammt aus dem Ende des 18. Jahrhunderts. David Steiger, ein Kohlengrubenbesitzer und Mineraloge, baute Seebenstein im neogotischen Stil um und gründete hier die Wildensteiner Ritterschaft zur Blauen Erde, einen Männerverein ähnlich den Schlaraffen. Seine Mitglieder gaben einander Phantasienamen wie Fingal vom stürmischen Morpheus oder Herzlipärzli und übten sich in ritterlichem Verhalten. Erzherzog Johann nahm oft an den Festen in Seebenstein teil, auch Herzog Karl August von Sachsen-Weimar und der spätere deutsche Kaiser Wilhelm I. waren unter den Wildensteinern.Die Polizei Metternichs war von diesen allerhöchsten Ritterdarstellern wenig beeindruckt und löste den Verein 1832 auf.

So uralt sie auch aussieht – die Ruine Türkensturz ist relativ jung. 1824 errichtete Fürst Johann Liechtenstein das künstlich gealterte Gemäuer und schmückte es mit zwei Halbmonden. Die Ruine steht auf einem steilen Felsabsturz, über den wütende Bauern türkische Reiter gehetzt haben sollen.

Ein Vorfahre des ruinenbauenden Fürsten hatte schon 600 Jahre früher in der Buckligen Welt für Aufsehen gesorgt. Der Minnesänger und Epiker Ulrich von Liechtenstein hatte seinen Familiensitz im oberen Murtal, er war Truchseß und Marschall der Steiermark und eine der exzentrischesten Erscheinungen des Mittelalters.

Er verschrieb sich einer Kunstgattung, die die Ritterherrlichkeit zu einer Zeit überhöhte, als ihre Blüte längst vorbei war.

Im Mittelpunkt dieser Dichtung steht die Frauenverehrung, für die edle Ritter alles riskieren. In Frankreich waren die Troubadours sinnliche Verehrer blutvoller Weiblichkeit. Im deutschen Sprachraum huldigte man einem blassen, irrealen Frauenideal. Die ausgefallensten Huldigungen erfand Ulrich von Liechtenstein: Er wollte das Badewasser seiner Angebeteten trinken, sich seine häßliche Lippe für sie abschneiden,

sich einen im Turnier gebrochenen Finger abhacken und ihr zu Füßen legen.
Im Frühling 1237 zog er als Frau Venus verkleidet, von Venedig nach Böhmen – Pop-Sänger und Drag-Queen in einem. Er ritt von Turnier zu Turnier und machte dabei auch in der Buckligen Welt halt. Tage vorher wurde seine Ankunft angekündigt. Schließlich, beim Turnier, ritten ihm Fanfarenbläser und Knappen mit weißem Banner voraus, dann kamen Streitrösser mit silberweißem Sattel, darauf sein weißer Schild und sein Streithelm. Pfeifer und Paukenschläger folgten nach, vier Knechte mit je drei großen Speeren, zwei weißgekleidete Mägde, und zwei Geigenspieler. Und endlich: Ulrich in weißem Samt, mit weißen Handschuhen, langen braunen Zöpfen und Perlschmuck – als Frau Venus.
Die spektakuläre Aufmachung hinderte Ulrich nicht, sich wild ins Kampfgetümmel zu stürzen, alle seine Speere zu verstechen. In Gloggnitz traten nur sechs Ritter gegen ihn an. „Mehr fand ich hier nicht", bedauerte er.
Drei Jahre später wiederholte er seine Ritter-Tournee, diesmal als König Artus verkleidet. In Wiener Neustadt und Katzelsdorf wurde er von Friedrich II., dem letzten österreichischen Babenberger, empfangen – er stand Ulrich auch im Turnier gegenüber. Seine Abenteuer schilderte Ulrich 1255 in der ersten Autobiographie der deutschen Literatur: *Frauendienst.*
In einer der schönsten Burgen der Buckligen Welt, in Schloß Krumbach, kann man heute wesentlich besser wohnen und essen als es die alten Rittersleut' vermochten. Es ist ein Luxushotel mit Schönheitsfarm und Gourmetlokal.
Im hochgelegenen Speisesaal mit Aussicht auf das harmonische Hügelland zu essen, ist einer der großen Genüsse, die die Bucklige Welt zu bieten hat. Das große Haus hat sehr unterschiedliche Zimmer – je höher gelegen, desto schöner. Ein alter Gingkobaum an der Schloßmauer liefert das Hotel-Logo: Man findet das schöngefiederte Blatt als Muster auf Teppichen, Tellern, Kellner-Outfit und Bettwäsche. Und wenn man am Abend ins Zimmer kommt, liegt ein Gingkoblatt aus Marzipan auf dem Polster.
Für sinnliches Behagen in kohlensäurehaltigem Wasser und bei feiner, leichter Kost ist im nahen Bad Schönau gesorgt. Diese alte Bauernsiedlung mit der hochgelegenen Wehrkirche hat eine erstaunliche Karriere gemacht. Knapp vor dem Ersten Weltkrieg wurde hier nach Kohle

gesucht, dabei kamen Heilwasser und Kohlenoxid-Trockengas zutage. Damit wußte man damals nicht viel anzufangen. Erst 1953 wurde das Wasser zur Heilquelle erklärt und genutzt. In den siebziger Jahren entstand das komfortable Kurhotel mit einem Therapiezentrum für Herz-Kreislauf- und Gefäßerkrankungen. Die Kohlensäure-Trockenbäder wirken gegen Durchblutungsstörungen. Das Restaurant gehört zu den besten Niederösterreichs.

Robert Fiechtner in der gutsortierten Vinothek der Schloßtaverne Gloggnitz

Gut essen kann man in der Buckligen Welt auf die verschiedenste Weise. Kräftige Hausmannskost gibt es in den vielen Landgasthöfen. Der Jeitler in Schlatten bei Bromberg entwickelte daraus eine einfallsreiche, stilsichere Regionalküche. In der Post in Kirchschlag veredelt man die Produkte der Umgebung. In der Buckligen Welt werden edle Rinderrassen wie das Angusrind oder das Kampbichler Weiderind gezüchtet. Ihr marmoriertes, aromatisches Fleisch hat die Eigenschaft, in der Pfanne nicht zu schrumpfen. Bioprodukte finden sich auf vielen Speisekarten, auf Bauernmärkten und in Naturläden.

Eine besondere Spezialität der Buckligen Welt ist der Most, der oft in hochgelegenen Höfen, mit herrlicher Aussicht gesegnet, ausgeschenkt wird. Die Bucklige Welt ist zwar kleiner als das Mostviertel, aber sie hat mehr Mostschenken.

Die Mostobstbäume wachsen bis in die Bergregion um Gloggnitz, wo es besonders viele Mostschenken gibt. Eine Broschüre des

Regionalmanagements gibt eine Übersicht über die Öffnungszeiten. Der säulerliche Most ist ein guter Begleiter für Schafkäse, Hauswürste, Geselchtes, Pusztabrote mit Schmalz, Grammeln und Pfefferoni. Meist werden auch Apfel-, Birnen- und Hollersaft ausgeschenkt sowie Mischungen aus Most und Apfelsaft.
Der landschaftliche Reiz der Buckligen Welt und des Wechselgebiets wurde erst mit dem Bau der Aspangbahn 1881 touristisch erschlossen, die ursprünglich bis Saloniki geführt werden sollte. Ihren höchsten Punkt erreicht sie bei Mönichkirchen. Der 1.000 Meter hoch gelegene Ort am Südosthang des Wechsels, wurde um die Jahrhundertwende zu einem beliebten Luftkurort. Das gute Klima inspirierte einen besonders anhänglichen Gast zu Gedichten und Dramen: Anton Wildgans ver-

Most in schöngelegenen Schenken gehört zu den Genüssen der Buckligen Welt.

brachte viele Sommer in Mönichkirchen. Hier entstand auch sein Versepos *Kirbisch*, das in überhöhter Sprache die Gier und Engstirnigkeit einer Fremdenverkehrsgemeinde schildert. Mönichkirchen war – zur Empörung der Einheimischen – unschwer zu erkennen. Unter dem Titel *Cordula* wurde das Werk in der Nachkriegszeit mit Paula Wessely in der Hauptrolle verfilmt. Damals war der Zorn der Mönichkirchner schon verraucht, die Filmbilder schmückten später die Gaststuben des Orts.
Eine Konfrontation der Vorstellungen von Stadt und Land erlebten in den zwanziger Jahren auch zwei kleine Orte der Buckligen Welt: Trat-

tenbach und Ottertal. Hier arbeitete der Philosoph Ludwig Wittgenstein (1889–1951) als Volksschullehrer. Der Millionärssohn, der in England Technik und Mathematik studiert hatte, verschenkte ein Drittel seines Vermögens und machte nach dem Ersten Weltkrieg, in dem er sein Hauptwerk, den *Tractatus logico-philosophicus*, beendet hatte, eine Lehrerausbildung. In der Volksschule von Trattenbach, mit unverbildeten, natürlichen Kindern, wollte er seine idealistischen Ideen von Erziehung und Förderung umsetzen. Aber niemand verstand, was er vermitteln wollte, warum er so anders unterrichtete als alle anderen Lehrer. Nachtwanderungen zur Sternenbeobachtung, Konstruktionsübungen und überzogene Unterrichtsstunden stießen auf Unverständnis. Als Wittgenstein in seiner pädagogischen Hilflosigkeit Ohrfeigen austeilte und ein Kind bewußtlos schlug, wurde er nach Puchberg versetzt. Schließlich ging er nach England, wo er Professor für Philosophie in Cambridge wurde.

In Trattenbach und Kirchberg am Wechsel erinnern Gedenkräume an das pädagogische Zwischenspiel eines überforderten Idealisten.

Die Bucklige Welt spielte noch einmal eine historisch bedeutsame Rolle, als am 31. März 1945 die Rote Armee in Hochwolkersdorf einmarschierte und hier ihr Hauptquartier aufschlug.

Die österreichische Widerstandsgruppe 05 nahm Kontakt mit Marschall Tolbuchin auf, der seinen Stellvertreter, Generaloberst Zeltov, aussandte, um Dr. Karl Renner aus Gloggnitz zu holen. In dem kleinen Ort in der Buckligen Welt fanden die ersten Gespräche über das neue, demokratische Österreich statt.

Nun steigen wieder die geliebten Hügel
Allmählich auf am Rand des weiten Blaus,
Darüberhingewiegt auf zartem Flügel
Ruht Wolke neben Wolke freundlich aus,
Der Kutscher hält, springt ab, versorgt die Zügel.
Mit trauten Fenstern grüßt das alte Haus,
Gastlich bereit dem eingekehrten Wanderer,
Andacht umfängt mich und ich bin ein Anderer …

Anton Wildgans: Zueignung an die geliebte Landschaft.
Mönichkirchen, im Mai 1917

Oben: Karlheinz Hackl und Robert Meyer in Nestroys Posse „Umsonst“
Rechts: Die Prinzipale von Reichenau: Renate und Peter Loidolt

Theaterwunder im Grünen

Davon können die großen Theater und Festivals nur träumen: Die Karten des Theaters von Reichenau sind so gefragt, daß die Prinzipale, Mag. Renate und Peter Loidolt, sich immer kompliziertere Verteilungsschlüssel ausdenken müssen, um nicht allzuviele Besucher zu enttäuschen.

Das Geheimnis dieses Andrangs: In Reichenau werden seit 1988 nur Stücke gespielt, die in Beziehung zu dieser Landschaft und den vielen Genies stehen, die sich hier erholten.

Und diese Stücke werden hochkarätig mit Schauspielern besetzt, die noch perfekt den Tonfall Nestroys und Schnitzlers beherrschen. Ein zusätzlicher Reiz ist der unverwüstliche Sommerfrischenzauber dieses reizvoll domestizierten Berglandes.

Alles zusammen ergibt ein sinnliches Gesamtkunstwerk von magnetischer Wirkung.

Vor 20 Jahren hätte sich noch kein Realist vorstellen können, daß Reichenau wieder so viele anspruchsvolle Besucher anziehen könnte.

Nach seiner Glanzzeit um die Jahrhundertwende begann der Abstieg des Kurorts Reichenau mit dem Ende der Monarchie, dem Verfall großer Vermögen und schließlich der Vertreibung der jüdischen Gäste durch die Nazis.

Nach dem Abzug der Russen war die große Tradition Reichenaus endgültig verschüttet. Der berühmte Thalhof hatte keine Gäste, die alten

Hotels und Pensionen verfielen. Nur Karl Farkas kam in seine Villa in Dörfl, und Heimito von Doderer streifte im Lendenschurz und mit Pfeil und Bogen durch die Wälder um seinen Riegelhof bei Prein.
„Die Einheimischen wollten nur in den Wintersport investieren und ein Skidorf nach Tiroler Vorbild schaffen", erinnert sich Peter Loidolt. „Die kulturellen Impulse, die Reichenau bekannt gemacht hatten, kamen immer von außen, von Wien."
Daran knüpfte Renate Loidolt an, Gemeinderätin und Obfrau des 1979 gegründeten Kulturvereins.
Mit einer erfolgreichen Lesung des Briefwechsels zwischen Arthur Schnitzler und Olga Waissnix, der legendären Wirtin des Thalhofs, begann die neue Kulturinitiative. Langsam entwickelte Peter Loidolt, Maler und Bühnenbildner, seine Idee, das Reichenauer Kurtheater zu revitalisieren. Es war 1926 gebaut und als Sommerbühne betrieben worden – mit einem bejahrten Intendanten als jugendlichem Liebhaber. Zuletzt wurde es in ein Kino umgewandelt.

Karlheinz Hackl und Nicole Kunz in „Das Konzert" (1996)

Die zündende Idee kam Peter Loidolt, als er am Burgtheater Karlheinz Hackl und Robert Meyer in Nestroys *Umsonst* sah. Diese beiden Theatertemperamente sollten bald auch das Reichenauer Publikum elektrisieren. Ein Programm mit Sketches von Karl Farkas wurde sechsmal von den beiden Burgstars gespielt und vom Publikum gestürmt.
Damit war die künftige Linie vorgegeben.

Zwei Schnitzler-Stücke, *Komtesse Mizzi* und *Literatur,* mit Kitty Speiser, Sylvia Lukan, Alexander Trojan, mobilisierten jenes Publikum, das am Burgtheater vergeblich nach österreichischen Dramatikern lechzte. Sehr schnell machte das Wort von der „besseren Burg in Reichenau" die Runde.

„Aber es stimmt absolut nicht, daß wir unseren Erfolg unterbeschäftigten Peymann-Schauspielern verdanken. Karlheinz Hackl und Meyer

„Das weite Land" von Schnitzler mit Franziska Sztavjanik, Wolfgang Hübsch, Marianne Nentwich und Ulrich Reinthaller

waren und sind an der Burg dauernd im Einsatz", stellt Peter Loidolt fest. Immer mehr große Schauspieler kamen nach Reichenau: Annemarie Düringer, Martin Schwab, Miguel Herz-Kestranek, Wolfgang Hübsch, Marianne Nentwich und viele andere. Musiker wie Elisabeth Leonskaja oder Heinrich Schiff geben immer wieder Konzerte.

Sie alle sind von der guten Atmosphäre des Theaters angezogen. Eine ganze Reihe von Liebesgeschichten zwischen jungen Schauspielern nahm hier ihren Anfang.

Der Blick auf die kostbare Landschaft wurde auch durch ein Buch geschärft: Wolfgang Kos schrieb die faszinierende Kulturgeschichte einer künstlichen Landschaft: *Über den Semmering.*
Mit der Ausstellung *Die Eroberung der Landschaft* in Schloß Gloggnitz wurde die vielfältige Wechselwirkung zwischen Mensch und Natur im Semmeringgebiet eindrucksvoll dokumentiert. Reichenau mit seiner Mischung aus Kunstgenuß, Natur und gutem Essen setzt diese Theorien sehr lustvoll in die Praxis um.
Von Anfang an programmierten die Loidolts vor allem Jahrhundertwendeliteratur, von den besten Interpreten dargeboten. Nestroy, Raimund, Schnitzler, Turgenjew, aber auch Goldoni ziehen Besucher an, denen der Wiener Theaterspielplan wenig Vergleichbares bietet. „Sie genießen Stücke, die vom Landleben der Gesellschaft handeln und die das Landschaftsempfinden reflektieren." Aber auch die Brüche in dieser Gesellschaft werden – wie in *Jacobowsky und der Oberst* – sichtbar gemacht.
Eine Auftragsarbeit für Reichenau war ein Stück von Alexander Widmer über Alma Mahler und Franz Werfel auf der Flucht über die Pyrenäen.
Das Theater von Reichenau hat sich von der Vorsilbe *Kur*- getrennt, mit Sommertheater im herkömmlichen Sinn hat es nichts zu tun.
Sein Erfolg ermöglichte eine großzügige Sanierung der Technik, die aufwendige 25-Millionen-Lichtanlage steht der des Akademietheaters nicht nach.
Die finanzielle Basis des Theaters ist stabil, in fünf Wochen macht das Theater einen Umsatz von 20 Millionen.
Reichenau hat durch seine Naturnähe besonderen Charme. Da kann es passieren, daß Besucher eine Raxtour mit einem Theaterabend kombinieren und eilig von der Wanderhose in die Abendkleidung wechseln. Nähe zu Schauspielern erleben die Gäste Reichenaus oft an unerwarteten Plätzen. So überraschten frühe Saunabesucher im Berghotel Knappenhof den dort im Schlafsack übernachtenden Karlheinz Hackl – er hatte sein Zimmer zu spät reserviert, wollte aber auf das gewohnte Hotel nicht verzichten ...

Der Bürger hat keinen Grund, im Sommer nach Mähren oder nach Ungarn zu fahren. Dort mag es fruchtbar sein, aber dort ist es nach des Bürgers Meinung nicht schön.
Er geht hin, wo die Natur ihre lauten Effekte spielt ...
Für ihn ist die Natur ein sommerliches Theater:
die Natur spielt ihr Stück, so gut sie kann, und er schaut zu und spendet Beifall, wenn die Natur ihn verdient hat.

Otto Friedländer: Letzter Glanz der Märchenstadt.
Das war Wien um 1900

Oben: Semmering-Villa in der Nähe des Südbahnhotels
Rechts: Erkerwohnung in Reichenau

Kraftwerk Semmering

In einer Gegend mit dem höchsten Berg des Landes, der ältesten Gebirgsbahn der Welt, der ersten Seilbahn Österreichs und der längsten Halfpipe Europas, hätte eigentlich einer der hochaktiven Besucher des Semmeringgebiets ein Denkmal verdient.
Bekommen hat es – in der Frühzeit des Fremdenverkehrs – der Wiener Beamte Georg Kletschka. Nach seinem Tod, 1838, setzte ihm die Gemeinde Reichenau einen Gedenkstein – auf jenem Hügel mit Blick auf die Rax, die dem beharrlichen Bankerlsitzer so lieb geworden war.
Konsequenterweise hätte man eigentlich auch einen jener vielen Gäste ehren müssen, die von dieser Gegend zu den unglaublichsten Aktivitäten beflügelt wurden. Zum Beispiel den Maler, Alpinisten und Abgeordneten der Liberalen, Demeter Diamantidi (1839–1893).
Er schaffte es immerhin mit dreiundfünfzig Jahren, innerhalb von nur 23 Stunden Rax, Schneeberg, Schneealpe und Hohe Veitsch zu besteigen – alles Berge um zweitausend Meter Höhe. Vier Raststunden gönnte er sich zum Regenerieren, eine Kutsche half ihm, die Aufstiegsplätze rasch zu erreichen.
Ich will alles – und das gleich! Am Semmering gibt es viele wie ihn, die mit einem Höchstmaß an Energie jene Landschaft in Besitz nahmen, die dann von den gemütlichen Bankerlsitzern konsumiert werden konnte: Holzknechte und Eisenbahningenieure, Hoteliers, Hüttenwirte, Sportler – und Dichter.
Aber sie ließen sich zunächst einmal ziemlich viel Zeit, ehe sie ab dem 19. Jahrhundert alle zugleich aktiv wurden.

Der Semmering stand lange nur im Weg herum – die Römer, sonst immer präsent, wenn es um bedeutende Straßen ging, ließen ihn rechts liegen und blieben mit ihrer Heerstraße in der Ebene. Erst ab dem Mittelalter, mit dem Aufstieg Venedigs als Handelsmacht, verlief ein schmaler Saumpfad über den Paß. Wichtige Verkehrswege in den Süden gingen über den Wechsel und das Preiner Gscheid.

Mit dem Aufstieg Triests als österreichischem Hafen gewann der Semmeringweg weiter an Bedeutung und wurde unter Karl VI. ausgebaut. Das Semmeringgebiet, zu dem touristisch auch das Schwarzatal gehört,war kaum besiedelt. Unterhalb von Rax und Schneeberg wurde Bergbau betrieben, dem im 18. Jahrhundert alle angrenzenden Wälder geopfert wurden. Immer tiefer rückten die Holzknechte in die dichten Urwälder vor. Am tiefsten die Brüder Johann und Georg Huebmer (auch Hubmer), zwei Protestanten mit Bärenkräften und enormem Naturverstand, die für den Grafen Hoyos aus den entlegensten Forsten am Fuß der Rax Holz holten. Sie bauten dafür im Hölltal Schleusen und Rechen und schwemmten das Holz über die Schwarza zum Wiener-Neustädter-Kanal. Als auch diese Wälder kahl geschlagen waren, wanderten sie in steirische Waldreviere, deren Gewässer allerdings in die Mürz mündeten und daher für den Transport nicht genützt werden konnten. Um das Holz über die Wasserscheide zur Schwarza zu bringen, bohrte Georg Huebmer 1822 ohne technische Hilfsmittel mit seinen Leuten einen 450 m langen Tunnel durch das Preiner Gscheid. Dann wurde Wasser durchgeleitet, und das Holz glitt durch das Loch im Berg und eine Rutsche Richtung Schwarza.

Im Thalhof fing in Reichenau der Tourismus an.

Georg Huebmer gründete in Naßwald eine protestantische Gemeinde mit Schule und Kirche, die heute noch besteht.

Starke Persönlichkeiten fanden in dem unberührten Tal im 19. Jahrhundert reiche Entfaltungsmöglichkeiten. Ignaz Waisssnix, der 1820 in den bäuerlichen Thalhof in Reichenau eingeheiratet hatte, schuf ein Biedermeier-Imperium aus Fremdenverkehrsbetrieben, Produkten- und Realitätenhandel und Geldverleih. Er erfaßte als erster, welches Kapital der komfortable Zugang zu einer wildromantischen Landschaft in dieser Zeit bedeutete. Und tatsächlich gelang es ihm, Meinungsmacher aller Schichten in den Thalhof zu ziehen, Künstler wie Nestroy, Raimund, Lenau, Kriehuber. Das Jagdrevier der Habsburger war nahe, und so tauchte eines Tages auch Kaiser Franz Joseph mit Gefolge auf. Waissnix reagierte mit Weitblick auf dieses Interesse: Er baute eine komfortable Villa beim Thalhof und bot sie als kaiserliche Sommerfrische an. Damit löste er eine Kettenreaktion aus. Zuerst kamen die beiden Kaiserkinder Rudolf und Gisela mit ihrer Erzieherin auf Urlaub; auch Kaiserin Elisabeth fand an der Gegend Gefallen. Und schließlich baute Karl Ludwig, der Bruder des Kaisers, in Reichenau seine Villa Wartholz. Dort wuchsen seine Söhne Franz Ferdinand und Otto auf, auch sein Enkel, der spätere Kaiser Karl I., und hier wurde dessen Sohn Otto geboren.

In Schlangenlinien, durch Tunnels und über Viadukte: die Semmeringbahn

Reichenau war also in allerhöchster Gnade und empfahl sich als erste Urlaubsadresse.

Ab 1842 war Reichenau durch den Bau der Südbahn bis Gloggnitz gut

erreichbar. Hofbeamte, Eisenbahningenieure, Vertreter des Großbürgertums sahen sich hier um und bauten ihre Häuser im Schwarzatal. Die Familie Waissnix, wie immer auf der Höhe der Zeit, lieferte dem vorsichtig entdeckten, neuen Körpergefühl, dem man ja noch nicht ganz ungestraft nachgehen durfte, die herben Reize einer Kaltwasserkur, nach den Vorschriften des Arztes Vincenz Prießnitz. Die nassen Leintücher, in die sich die Gäste wickeln mußten, ließen Snobs beim Hofschneider Frank arbeiten, lästerte der Satiriker Daniel Spitzer.
Während die Bahntrasse der Südbahn mit übermenschlicher Energie in Richtung Semmering weitergetrieben wurde, genossen die Gäste von Payerbach und Reichenau das Land- und Kurleben, im Schulterschluß mit kaiserlichen Hoheiten, Millionären und Dichterfürsten.
Kurparks mit reichgeschnitzten Musikpavillons, Tennisplätze und Restaurants sind die Schauplätze ungezwungener Begegnungen, bei denen sich – einen Sommer lang – Standesunterschiede ein wenig verschleifen. Im Thalhof taucht mit der Wirtin Olga Waissnix ein verlockendes Objekt dichterischer Begierde auf. Peter Altenberg, stets auf der Suche nach Anbetungswürdigem, liegt ihr zu Füßen. Arthur Schnitzler richtet seinen Kennerblick auf sie. Olga Waissnix heiratete mit 16, mit 22 hat sie bereits drei Kinder. Im Sommer managt sie klug und effizient den mondänen Kurbetrieb, veranstaltet Feste, Ausflüge, Jagden. Im Winter herrscht in Reichenau Stille. Und die Leere einer wenig glücklichen Ehe. In zweihundert Briefen an Arthur Schnitzler ventiliert sie ihre unerfüllten und unerfüllbaren Wünsche. Sie lockt und kokettiert, nimmt Anteil an seiner Arbeit , bettelt um Verständis für ihre Ängste und entzieht sich – bis Schnitzler die Geduld verliert und sich willigeren Gefährtinnen zuwendet. Mit 37 Jahren stirbt Olga Waissnix. Als Frau, die Grenzen sprengen will und es doch nicht wagt, lebt sie in vielen Frauenfiguren Schnitzlers weiter.
In der zweiten Hälfte des 19. Jahrhunderts verschwinden die Bauernhäuser aus dem Schwarzatal, verdrängt von Villenbauten im englischen Tudorstil, mit Anklängen an die italienische Renaissance – aber auch an die landschaftsbezogenen Bahnhofbauten entlang der Südbahn. Das größte Aufsehen erregt die Villa Rothschild, Kopie eines Loireschlosses, mit buntglasierten Ziegeldächern, Türmchen, zweihundert Zimmern. Sie hat zehnmal soviel gekostet wie die Habsburgervilla Wartholz.
Nathaniel Rothschild, der Besitzer, verliert bald, von Mißgunst verärgert, die Freude daran und verkauft sie schließlich. Heute gehört sie dem

Bundesheer. Von der Straße, Richtung Adlitzgräben, hat man den besten Blick auf den versteckten Bau.
Wenn Schnitzler auch zugab, Rax und Schneeberg nicht auseinanderhalten zu können und – wie viele mondäne Besucher – kaum über Hotelhalle und Kurpark hinauskam – das Erlebnis der Berge lockte immer mehr Urlauber in die Höhen. Und das war auch in der Frühzeit des Alpinismus nicht nur ein Abenteuer für Asketen.
Vom Thalhof aus wurden Landpartien zu den Almhütten des Lackerbodens organisiert; als Lockmittel gab es dort anspruchsvolle Buffets und gute Weine. Im 1877 gegründeten Karl-Ludwig-Haus, das auf Anregung und mit Hilfe des Kaiserbruders entstand, wurden Champagner, Sekt und Wein angeboten.
Im Baumgartnerhaus auf dem Schneeberg führte Gertrud Kronich für einen bestimmten Gästekreis Schlemmermenüs ein. „Table d'hôte" nannte sie dieses Essen. Die genießerischen Wandersleute bezeichneten sich als „Tabelmänner" und „Tabelfrauen".

Camillo Kronich: Hüttenwirt und Tourismus-Unternehmer

Camillo Kronich führte im Ottohaus auf der Rax die kulinarische Linie seiner Mutter weiter. Die Gastlichkeit dieser Schutzhäuser zog immer mehr Besucher an, erregte allerdings auch den Zorn puritanischer Bergsteiger, obwohl für sie preiswertes Essen zur Verfügung stand. Dafür sorgten die Alpenvereine, die die Hütten gebaut hatten. Daß auf der Rax gleich drei Hütten, das Karl-Ludwig-, das Otto- und das Habsburgerhaus monarchistische Namen bekamen, wurde als selbstverständlicher Tribut an die kaiserlichen Sommerfrischler angesehen.
Camillo Kronich war die zweite große Unternehmerpersönlichkeit der Region, die das Prädikat „Raxkönig" erhielt.
Zum ersten „Raxkönig" wurde Georg Huebmer ernannt.
Der Hüttenwirt Kronich bot seinen Gästen nicht nur in seinen vier

Wänden Schutz und Behagen. Er erschloß auch viele neue Wege und Steige – und sorgte dafür, daß sie schnurstracks zu seinen Betrieben führten, von denen es bald viele gab. Nahe der alten Bergwerkssiedlung, oberhalb von Edlach, baute er den Knappenhof, bis heute eines der reizvollsten und intimsten Hotels der Gegend. Er wurde zum Mitbegründer der 1926 gebauten Raxseilbahn, pachtete die Bergstation und schuf mit dem Kronichhof, einem Fuhrwerksunternehmen mit Tankstelle, auch eine wirtschaftliche Basis im Tal.

Jugendstil in den Bergen:
die Villa Kleinhans am Semmering

Ein leichtes Leben hatten und haben die Hüttenwirte auf Rax und Schneeberg nicht. Immer wieder wurden auch Hüttenwirte Opfer wilder Wetterumschwünge. Einer erfror nur zweihundert Meter neben seiner Hütte, ein anderer wurde von einer Windböe ins Tal geschleudert. Wie gewaltig die Natur hier, allen Domestizierungsversuchen zum Trotz, sein kann, erlebten die Anrainer des Höllentals bei einem Lawinenabgang, dessen Schneemassen einige Sommer überdauerten. Vier Jahre brauchten Forstarbeiter, um das mitgerissene Holz aufzuarbeiten.

Dieser urtümlichen Landschaft mit den porösen Kalkbergen verdankt Wien das beste Trinkwasser der Welt. Der von Kaiser Karl VI. 1732 bei einer Jagd entdeckte Kaiserbrunnen lieferte zunächst das Trinkwasser für den Hof – es wurde mit Wasserreitern gebracht. Seit 1873 speist der Kaiserbrunnen die Erste Wiener Hochquellenleitung. Die stark sprudelnde Quelle im wildromantischen Höllental war bereits im Biedermeier ein beliebtes Ausflugsziel.

Michael Mayr, der Bühnenmaler Ferdinand Raimunds, schrieb 1845 nach einem Ausflug, bei dem ihm 20 Equipagen und 80 Fußgänger begegnet waren: „Über dem Kaiserbrunnen, im Hüttchen, liest man: ‚Champagner und Rheinwein.‘ O weh!“

Je weiter die Touristen ins Schwarzatal vordrangen, desto stärker änderte sich die vorhandene Struktur. Auf dem Gelände des großen Eisenwerks in Edlach, von dem nur noch der Rauchfang erhalten geblieben ist, entstand der heute nicht mehr existierende Edlacher Hof, ein elegantes Kurhotel, das viele prominente Gäste beherbergte. Theodor Herzl verbrachte hier seine letzen Lebenstage. In ihrem Landhaus in Breitenstein hielt Alma Mahler-Werfel hof.

Entlang der Straße nach Prein reihen sich stimmungsvolle Villen aneinander. Der Peterhof, ein schönes Art-déco-Hotel, ist heute eine gute Anlaufadresse für Feinschmecker mit Stilgefühl. In Prein, dem ältesten Ausgangspunkt für Touren auf die Rax, weist ein eigenwilliges Denkmal auf einen berühmten Bewohner hin: Heimito von Doderer. Sein Vater baute den versteckt liegenden Riegelhof; der Dichter schrieb hier viele seiner knappen, kühlen Landschaftsschilderungen. Sein schlichtes Atelier blieb erhalten und kann nach Voranmeldung besichtigt werden.

Kehren wir zurück nach Gloggnitz, zurück ins Jahr 1842. Bis hierher war die Südbahn damals gebaut, von der anderen Seite war Mürzzuschlag erreicht. Was dazwischen lag – der Semmering –, schuf gewaltige technische Probleme. Kutschen sollten die Verbindung zwischen den beiden Endstellen der Bahn herstellen, auch von einer Untertunnelung der Kampalpe war damals interessanterweise schon die Rede.

Schließlich bekam der Plan des gebürtigen Venezianers Carlo (später Karl) Ghega den Zuschlag.

Er wollte die Bahnlinie in Schlangenlinien, durch Tunnels und über Viadukte zur Paßhöhe hinaufführen.

Ghega war ein technisches Wunderkind, das bereits mit 18 Jahren in Padua in Mathematik promoviert hatte und danach im Straßen-, Wasser- und Eisenbahnbau Erfahrungen sammeln konnte.

Seinen Zugang zum Semmering verstand er wörtlich: Ghega durchwanderte und durchkletterte jahrelang das Gebiet, bis er die Ideallinie für die 42 km lange Strecke zwischen Gloggnitz und Mürzzuschlag fand.

1848, nach dem Sturm der Märzrevolution, wurde mit dem Bau begonnen, ganz bewußt als Arbeitsbeschaffungsprogramm für das verzweifelte Proletariat, von dem man eine weitere Rebellion befürchtete.

5.000 Arbeiter meldeten sich zu Beginn, darunter viele Italiener und Slawen. Sie arbeiteten zum Teil wie Hochgebirgskletterer, an Seilen in den Felswänden hängend. Später wuchs ihre Zahl auf 20.000, viele von ihnen starben, die meisten wurden Opfer der Cholera.

Als die Bahn 1854 fertig war, erweckte sie Angst und Begeisterung. Schließlich siegte die Neugier; in Scharen kamen die Passagiere, unter ihnen auch Peter Rosegger, der die naive Bewunderung der bäuerlichen Bahnfahrer schilderte. Alle, die über den Semmering fuhren, waren von dieser neuen Symbiose von Natur und Technik beeindruckt. Der Blick auf die von Rundbögen überspannten Abgründe vor dem Hintergrund schroffer Felswände wurde ein vielfach reproduziertes Motiv von Malern, Zeichnern, Fotografen. Und zum Thema von Schriftstellern, die von der raschen Abfolge wechselnder Ausblicke fasziniert waren.
Anders als in Reichenau, das auf den Bahnbau sehr schnell mit einem Tourismusangebot reagierte, blieb der Semmering noch fünfundzwanzig Jahre lang das, was er immer gewesen war: ein Paß.
Hier bestand nie eine Ortschaft. Im Mittelalter bot ein Hospiz verirrten Wanderern Unterkunft und Sicherheit. Nur ein paar Bauernhäuser und ein Gasthof verloren sich rund um den Scheitelpunkt der Bahnstrecke. Und dann entdeckte ein Maler die abgehobene Schönheit dieses Platzes, baute sich ein Haus und animierte den damaligen Direktor der Südbahn, 1879 ein Hotel zu bauen. Die Lage auf 1.000 Meter Höhe, das anregende Klima und die weite Aussicht waren ideal für einen Erholungsort erschöpfter Großstadtmenschen. Die Luft in den Städten wurde immer schlechter, Tuberkulose war die häufigste Krankheit. Auf dem so angenehm erreichbaren *Zauberberg* sollte das gesunde Leben zum Genuß werden. Das Südbahnhotel wurde in Etappen zum führenden Palasthotel seiner Zeit, ein verschachtelter, türmchengeschmückter Bau mit 350 Zimmern und allen Annehmlichkeiten der Jahrhundertwende.
Hedonismus mit Alpenblick – das war ein verlockendes Angebot, das österreichische und internationale Gäste in Richtung Semmering in Bewegung setzte. Unter Palmen und Makartbouquets setzte sich die Gesellschaft einer Endzeit, als Salonjäger verkleidet, in Szene. Wiener Großbürger und indische Maharadschas, arrivierte Künstler und ungarische Magnaten genossen den Kontrast von ungebändigtem Draußen und plüschigem Drinnen.
Ein Koch, der das Restaurant des Südbahnhotels gepachtet hatte, verdiente dabei soviel, daß er selbst ein Hotel bauen konnte: das Panhans. Es wurde mit vielen Erweiterungen 1912 das nächste Riesenhotel auf dem Semmering. Jedes Haus trumpfte mit seiner Klientel auf: das Südbahnhotel mit gekrönten Häuptern, das Panhans mit reichen Sportlern. Seit 1880 sind am Semmering Skifahrer unterwegs. Bald danach wur-

den internationale Skirennen veranstaltet. Das mondäne Sommerfrischenleben bekam eine neue, sportliche Dimension, die befreiend auf die behüteten Töchter aus reichem Haus wirkte. Sie schnallten Brettln an, mußten allerdings in Röcken über die Hänge sausen. Man wußte sich zu helfen, schuf Hosen-Rock-Kombinationen, die Bewegungsfreiheit gaben. Camillo Kronich, der Skipionier auf der Rax, unter dessen Obhut Skifahrerinnen in Hosen Stemmbogen übten, mußte sich verpflichten, daß sie auf dem Weg ins Tal wieder züchtige Röcke anzogen. Rund um die großen Hotels am Semmering entstanden Villen in einem eigenartigen Stil, mit Anleihen bei Ritterburg, Schweizerhaus, Sarazenenpalast. Viktor Silberer, Sportler, Reporter, Sportmanager und Grundstücksspekulant, baute für sich ein Haus, das uns heute wie eine Disney-Burg anmutet. Der Semmeringstil fand jedoch nicht nur Anhänger. Egon Schiele schrieb an seinen Freund Anton Peschka: „Der Semme-

Behaglichkeit und Feinschmeckerküche im Peterhof in Edlach

ring gefällt mir nicht, es schaut dort kitschig aus ... Außerdem diese vielen romantisch-kitschig-steilen neuen Almhütten und moderne Villen und Hotels. Ganz unorganisch ...“
Auch Adolf Loos, der modernste Architekt seiner Zeit, ärgerte sich über die Versuche, „der Natur mit steilen Dächern, Erkern und anderem rustikalen Gejodel entgegenzukommen.“
Er selbst entwarf für den Semmering ein Hotel von monumentaler

Schlichtheit, das nie ausgeführt wurde. In dem von ihm gebauten Landhaus Khuner auf dem Kreuzberg, das heute ein Hotel mit Restaurant ist, kann man sich aufs angenehmste davon überzeugen, was Loos unter Komfort verstand.
Es ist ein besonderer Genuß, aus dem Speisesaal mit den riesigen Panoramafenstern in die Landschaft zu schauen, sich in der holzgetäfelten Bibliothek mit einem Buch zusammenzuringeln. Erfreulicherweise entspricht auch das kulinarische Angebot dem hohen Qualitätsstandard, den Loos an alle Bereiche des Alltags gestellt hat.
Der Semmering zog um die Jahrhundertwende die Reichen, die Mächtigen, die Klugen und die Wissenden an. Der Aufschwung der Industrie schuf enorme Vermögen. aber auch aus den reichen Gütern der ungarischen Tiefebene kamen viele Besucher in den für sie nächsten und komfortabelsten Teil der Alpen. Arthur Schnitzler, nun ein höchst erfolgreicher Autor, wurde Stammgast des Südbahnhotels und schrieb hier große Teile seines Seelendramas *Das weite Land,* in das er sehr konkrete Personen, darunter auch den Hotelportier verpflanzte.

Peter Altenberg mit der Schulreformerin Genia Schwarzwald am Semmering

Der große Charakterdarsteller Josef Kainz (1858–1910), der den Hofreiter spielen sollte, kam schwerkrank zu Besprechungen auf den Semmering. Verleger, Theaterdirektoren verbanden Kontakte mit den Künstlern mit Erholung und Highlife auf dem Semmering.
Peter Altenberg verpraßte hier, was er in Wien geschnorrt hatte, ließ sich Suppe im Champagnerglas servieren und schrieb die berührendsten Liebeserklärungen an diese Landschaft.
Das große Geld und die starken Gefühle – sie alle fanden im Semmering ihr Ziel.
Aber dann erschütterte das große Gesellschaftsbeben des verlorenen Weltkriegs die fragilen Strukturen dieser künstlichen Landschaft.

Zwar erholte sich der Semmering in den zwanziger Jahren besser als Reichenau vom Zusammenbruch der Monarchie und erlebte eine neue Blüte mit neuen Gästen – als sportlicher Kurort mit Alpenbad, Golfplatz und Autorennen. Aber dann kam der nachhaltige Niedergang, als 1938

Köchegewimmel im Panhans: mediterrane Genüsse haben hier Tradition.

die jüdischen Gäste vertrieben wurden und nach dem verlorenen Krieg sowjetische Besatzungssoldaten in die Hotels einzogen.
Niemand konnte sich mehr einen Neubeginn vorstellen.
Auch als die Zeiten besser wurden, lockten entferntere Urlaubsziele, sofern man überhaupt schon Geld für Reisen hatte. In der Zeit des Wiederaufbaus, da von zerbombten Häusern die verspielten Historismusfassaden abgeschlagen wurden, fand der morbide Zauber verfallender Hotels und Villen aus der Jahrhundertwende wenig Interesse.
Aber die Wanderer blieben Rax und Schneeberg treu, und die Skifahrer steuerten bald mit dem eigenen Auto den Semmering an. Neue Lifte wurden gebaut, und in den Lokalen wurde mit bescheidenen Mitteln auch wieder gut und immer besser gekocht. Jahrelang galt die Talstation des Hirschenkogels, wo tagsüber handfeste Gerichte serviert wurden, abends als Geheimtip der Feinschmecker.
In einem entlegenen Landhaus bei Breitenstein konnten Langläufer und Wanderer nach Anmeldung herrliche Wildgerichte und erstklassige Weine genießen.

Die Wiederentdeckung von Jugendstil und Historismus hat mitgeholfen, daß der Zauberberg Semmering mit anderen Augen betrachtet wird. Viel mißverstandene Moderne hat den kritischen Blick auf den verspielten Heimatstil entschärft.

Die Kombination von sportlicher Herausforderung und genießerischer Entspannung ist auch in unserer Zeit ein Erfolgsrezept.

Das Panhans wurde zum Zentrum der neuen Semmering-Society: jungen, sportlichen Wiener Familien und reichen Osteuropäern. Das Jugendstil-Flair blieb zwar nur teilweise erhalten, aber im noblen Ballsaal kann man sich durchaus noch eine Gesellschaft vorstellen, wie sie Stefan Zweig in seiner Novelle *Brennendes Geheimnis* schildert – sie spielt im Panhans und wurde auch hier mit Klaus Maria Brandauer verfilmt.

Auf der verglasten Terrasse kann man nun das ganze Jahr über gemütlich sitzen und die gute Küche genießen. Mit Glück vielleicht auch Sem-

Von Loireschlössern inspiriert: die Villa Rothschild in Reichenau

meringtrüffel verkosten, die hier spärlich, aber in guter Qualität gedeihen. Von den Bauernhöfen der Umgebung kommen Lamm, Käse, Forellen, die in der Hotelküche veredelt werden. Mit mediterranen Gerichten erinnert das Panhans an die alte Verbindung zu Triest.

In einem neuen Trakt gibt es sehr abwechslungsreich eingerichtete Suiten im französischen, russischen, italienischen Stil, mit Biedermeier-

oder Jugendstil-Interieurs, Hollywood-Schrillheit oder Sterngucker-Besinnlichkeit.
Das Südbahnhotel wird seit Jahren umgebaut und soll als elegantes Rehabilitationszentrum ein Comeback feiern. Gastlichkeit in ganz neuem Stil bietet das Panorama-Hotel Wagner. Es setzt nicht nur auf seine unvergleichlich schöne Lage, sondern auch auf exquisite Vollwertkost und klare, moderne Holzinterieurs.
Auch viele der alten Villenpensionen verbinden modernen Komfort mit traditioneller Atmosphäre. Der Semmering soll wieder Künstler anziehen – Hoteliers laden Schriftsteller ein, über den Semmering zu schreiben.
Einer, der von selbst kam, ist der Maler Christian Ludwig Attersee. Er hat sich in einer der schönsten Villen des Semmerings niedergelassen – eine völlig neue Erfahrung für einen, der immer Wind und Wasser zum Thema seiner Bilder machte.
Auch abseits der alten Zentren entwickelt sich neues Leben. Im Gut Gasteil bei Prigglitz schuf das Künstlerpaar Charlotte und Johannes Seidl sein Atelier mit Kunstgalerie und Kunstschau in der Landschaft.
In der Galerie zeigen Maler wie Attersee und Nitsch ihre Bilder. Der Hof des schönen Steinhauses ist an Wochenenden ein Ort lebendiger Gespräche, Diskussionen, genießerischer Verkostungen. Hier lockt ein rustikales Bufett mit Lammwurst und Bauernbrot, vielerlei Käse, Vollkornhonigkuchen, Most, Beerensäften, Wein oder Apfelschnaps.
Die Landschaft rund um das Haus inspiriert Künstler, Wege und Grundgrenzen, Bäume, Senken, Hügel mit ihren Arbeiten zu akzentuieren. Da schweben fragile Gewebe im Wind, ragen die dunklen Silhouetten archaischer Wächter aus dem Wiesengrund, leuchten in der Dämmerung Neon-Pyramiden gegen die blauen Berge. Das Land um den Semmering hat seinen Magnetismus nicht verloren.

Endlich keucht die Berglokomotive nach Station „Semmering“ ...
Wir steigen aus. Wir atmen rasiermesserscharfe Bergluft ein.
Wir sind geborgen und im Waldesfrieden. Hinter uns der Dunst des Getümmels, Getriebes. Alles kommt uns da unnötig vor, lächerlich.
Wir sind 1.000 Meter über dem Dunkel der Großstadt.
Nahezu siebenmal so hoch als der Stefansturm; 7 Stefanstürme übereinandergestellt. Wirklich einsame Türmer ...

Peter Altenberg: Semmering

ESSEN UND WOHNEN

Mostschank Oismühle
3353 Biberbach 147
(Zufahrt vom Kloster Gleiß), Tel. 07448/2242
In dem schöngelegenen Besitz kann man nicht nur Most verkosten, sondern auch eine uralte Presse, die „Birnreibn", sehen. Professor Adalbert Schlager, der Besitzer, ist Maler – eine Ausstellung zeigt einige seiner Arbeiten.

Schwarze Kuchl
3340 Ertl 116, Tel. 07477/7268
Eine Jausenstation im Hügelland mit urtümlicher Rauchküche, wo die Wirtin ihre Krapfen bäckt und Most und Schnaps ausschenkt.

Mostschank Josef Schrefel
3345 Göstling, Lassing 29, Tel. 07484/7217
Hervorragender Most, der in einem Zubau eines prachtvollen alten Hauses mit schönem Bauerngarten ausgeschenkt wird.

Gasthof Mitter
3350 Stadt Haag, Linzerstraße 11,
Tel. 07434/42426, Do Ruhetag
Erstklassige Mostviertler Küche mit Neigung zur Verfeinerung; Zimmer.

Hotel Kothmühle
3364 Neuhofen/Ybbs, Kothmühle 53,
Tel. 07475/2112-0
Seminarhotel mit hübschem Garten und ambitionierter Küche. Kein Ruhetag.

Kirchenwirt
3361 Krenstetten/Aschbach, Marienplatz 1,
Tel. 07476/77316
Zünftige Mostviertler Kost in erstklassiger Verarbeitung.
Gute Weinkarte, Mostsekt und Most.

MOSTVERKOSTUNG

Mostgalerie
3300 Ardagger Stift 3, Tel. 07479/6400
Verkostung und Verkauf von Most, Mostsekt, Käsespezialitäten, Schnäpsen, Essig, Fruchtsäften, Marmeladen, Dörrobst und Likören.
Geöffnet von Ostern bis 31. Oktober täglich 13–18 Uhr oder gegen Voranmeldung.

Stiftstaverne Ardagger
3300 Ardagger Stift 3, Tel. 07479/65650

Mostbirnladen
3321 Stephanshart, Tel. 07479/6168
Bäuerliche Produkte der Region. Ganzjährig geöffnet, täglich außer Montag (auch Sonntag und Feiertag) 8–12 und 14–18 Uhr.

ERLEBNISFAHRTEN

in der Mostviertler Faßlkutsche, vom Traktor gezogen: Fa. Korn und Redl, 3322 Viehdorf, Tel. 07472/64198

MUSEEN

Mostviertelmuseum mit Freilichtmuseum bei der Festhalle
Tel. 07434/42423-16 oder
Frau Ebert, Tel. 07434/45117
Geöffnet sonn- und feiertags 14–16 Uhr oder nach Voranmeldung.
Eine beachtliche Sammlung bäuerlicher Gebrauchsgegenstände und Trachten.

Carl-Zeller-Museum
3352 St. Peter in der Au,
Auskunft: Gasthaus Wimmer, Marktplatz 10,
Tel. 07477/42327
Das Renaissancehaus mit Biedermeierfassade war das Geburtshaus des Komponisten der Operetten *Der Vogelhändler, Der Obersteiger* etc. Geöffnet von Anfang Mai bis Ende Oktober am ersten Sonntag des Monats von 10–11.30 Uhr oder gegen Voranmeldung.

TIERGARTEN

Tierpark Haag, im Park des Schlosses Salaberg
3350 Stadt Haag, Tel. 07434/45408
In einem 32 Hektar großem Gelände werden rund 200 verschiedene Tierarten gezeigt. Erlebniswelt für Kinder, Buffet. Geöffnet im Sommer
8 30–17.30 Uhr, im Winter 9–16 Uhr.

BÜCHER

Cerny/Brachner: Der Most. Niederösterreichisches Pressehaus.
Hintermayr/Schmutzer: Erlebnis Moststraßen. Niederösterreichisches Bildungs- und Heimatwerk.
Wagner/Lammerhuber: Das Mostviertel, Brandstätter.

INDIVIDUALREISEN IM MOSTVIERTEL

Mostviertel Incoming
3364 Neuhofen an der Ybbs,
Hörlesberg 40, Tel. 07475/6833,
Buchungs-Hotline
Angebot von organisierten Radtouren, Kutschenfahrten, Konzerttouren, Fahrten zu Käsebauern, Schnapsbrennern und zur Mostobsternte.

WURZELN DES EISENS

YBBSITZ

SEHENSWERT

Die alten Bürgerhäuser im Ort und die Hammerwerke entlang des Prollingbachs. Besonders reizvoll ist das Kremayr-Haus, Marktplatz 24, in dem eine Dokumentation der Eisenherstellung und eine volkskundliche Sammlung untergebracht ist. Die Dokumentation ist ständig zu sehen, das Museum ist

Samstag von 16 Uhr bis 17.30 Uhr geöffnet. Entlang des schnellfließenden Prollingbachs erstreckt sich die gutbeschriftete Schmiedemeile mit ihren Hammerwerken, die zum Teil noch arbeiten.
Im Fahrngruberhammer ist ein Schmiedemuseum eingerichtet, wo man nach Voranmeldung noch traditionelle Fertigungsmethoden sehen oder in Kursen selbst erlernen kann. Anmeldung: Gemeindeamt, Tel. 07443/86601. Neben dem Fahrngruberhammer ist ein freizugängliches Köhlereimuseum.
Die lohnende Wanderung entlang des Prollingbachs führt zu der luftigen Erlebnisbrücke, von der man einen wunderbaren Blick auf das gischtende Wasser hat – einst der wichtigste Energiespender der Hammerwerke. Oberhalb liegt die barocke Schönkreuzkapelle an der Nothbergstraße, einem der wichtigen Eisenhandelswege.
Sieben Kilometer von Ybbsitz entfernt ist die Wallfahrtskirche Maria Sesal aus dem Jahr 1904 mit der Ursprungskapelle, die 1872 gebaut wurde.

ESSEN UND WOHNEN
Gasthof an der Eisenstraße
3341 Ybbsitz, Eisenstraße 2, -Tel. 07443/86570
Geschlossen: Samstag und Mittwoch.

Zum Goldenen Hirschen
Markt 9, Tel. 07443/86300.
Geschlossen: Montag, Dienstag.

MOSTHEURIGER
Hönickl
Klein Eibenberg, Tel. 07443/86346

SPORT
Freibad: Geöffnet Juni bis August
Hallenbad: Geöffnet September bis Juni, Mi und Fr 16–21 Uhr, Sa, So 15–19 Uhr. Sauna.
Zwei *Schlepplifte* am Prochenberg. Langlaufloipe (7 km) in der Prolling
Eislaufplatz und *Eisstockbahn* im Dr.-Meyer-Park.

KUNST
Metallbildhauer Josef Eybl,
Brunnengasse 2, Tel. 07443/86459

GRESTEN

SEHENSWERT
Barocke Häuser am Oberen Markt.
Das Rathaus aus dem 16. Jahrhundert.
Die Pfarrkirche mit dem Grabmal des Hans Friedrich Zinzendorf.
Das Heimatmuseum mit Exponaten aus der Eisenkultur der Region.
Geöffnet: Mai, Juni, September, Oktober Sa 15–16 Uhr, So 11–12 Uhr. Juli, August Mi 10–12 Uhr, Sa, So 15–16 Uhr.

ESSEN UND WOHNEN
Gasthof „Zur Post"
3264 Gresten, Unterer Markt 13,
Tel. 07487/4000

Pension Russ
Bahnhofstraße 2, Tel. 07487/2367

Luftwirt
Schadneramt 80, Tel. 07487/2392
Geschlossen: Mittwoch

SPORT
Freizeitzentrum Voralpenbad,
Schulstraße 3, Tel. 07487/2675
Geöffnet: Mai–September 9.30 –19.30 Uhr.

Reitschule Gresten,
Am Annenwald 6, Tel. 07487/2882

Camping: Info Heidemarie Krause,
Unterer Markt 11, Tel. 07487/2290

Der Proviantweg
Rundwanderweg auf den Spuren der Bauern, die Proviant zum Erzberg brachten, mit vielen Einkehrmöglichkeiten und Informationen über den Weg des Rauheisens.

SCHEIBBS

SEHENSWERT
Das alte Zentrum mit der prachtvollen gotischen Hallenkirche, das Schloß, das sich durch einen eindrucksvollen Arkadenhof und schöne Schmiedeeisenarbeiten auszeichnet.
Das Schützenscheibenmuseum mit rund 200 vor allem barocken Schützenscheiben.
3270 Scheibbs, Rathausplatz 10. Geöffnet: Juni und September an Wochenenden, Juli und August täglich 9–12 Uhr, 14–16 Uhr.

ESSEN UND WOHNEN
Hotel Goldenes Kreuz
Hauptstraße 8,
Tel. 07482/42311

SPORT
Freibad, Hallenbad, Sauna, Solarium

Reitclub Scheibbs,
Scheibbsbach 64, Tel. 07482/42962

Fischen in der Großen Erlauf,
Info: Gasthof Gruber, 3251 Purgstall, Kirchenstraße 21, Tel. 07489/2275

ST. ANTON/JESSNITZ

SEHENSWERT
Das Herrenhaus und die Grabkapelle von Andreas Töpper auf dem Gelände der einstigen Papierfabrik Neubruck.
Die Pfarrkirche von St. Anton.
Der Luegeraquädukt der Zweiten Wiener Hochquellenwasserleitung – er ist der längste in ihrem Verlauf.
Die Bruderlade, eine Sozialeinrichtung für die Arbeiter von Andreas Töpper.

ESSEN UND WOHNEN
Hotel Winterbach
3283 St. Anton/Jessnitz, Wohlfahrtsschlag 34,
Tel. 07482/48220

WANDERN
Von St. Anton gehen zahlreiche Wege in den Naturpark Ötscher-Tormäuer aus. Die schönste Aussicht auf den Ötscher hat man von Hochbärneck mit seiner Alm und dem Aussichtsturm.

GAMING

SEHENSWERT
Die Kartause Gaming, 1332 von Albrecht II. gegründet – eine hervorragend restaurierte Klosteranlage, in der heute ein Hotel mit Restaurant und eine Niederlassung der franziskanischen Universität Steubenville untergebracht sind. Mitte August findet hier ein internationales Chopin-Festival statt.
Grabnerhammer
Erlauftalstraße 51, Tel. 07485/97290
3292 Gaming, Schmiedemuseum.
Geöffnet: wochentags 9–18 Uhr.

ESSEN UND WOHNEN
Hotel Kartause Gaming
Tel. 07485/98466-0
Mit Restaurant und Kellerlokal.

Gasthof Berghof
Berggasse 13, Tel. 07485/97450-0

Zur Steinmühle
Im Markt 15, Tel. 07485/97362

WANDERN
Von Gaming aus erreicht man einen der Zugänge zum Naturpark Ötscher-Tormäuer, den Eibenboden; von dort aus kann man unter anderem den Trefflingfall erwandern. Sehr lohnend eine Wanderung zum malerischen Schleierfall oder zur Ötscher-Tropfsteinhöhle.

SPORT
Ötscherlandbad mit *Mini-Golfanlage* und *Tennisplatz.*
Geöffnet: Mai–September. Tel. 07485/97266

LUNZ AM SEE

SEHENSWERT
Das prachtvolle Amonhaus, einst Sitz eines der großen Hammerherren der Region, heute Heimatmuseum. 3293 Lunz am See, Amonstraße 16, Tel. 07486/8310.
Geöffnet: 1. Juni bis 30. September außer Montag täglich von 10–12 Uhr.
Die gotische Pfarrkirche mit der Statue „Maria im goldenen Sessel" aus dem 15. Jahrhundert.
Zwei Kilometer südlich von Lunz, in Kasten, direkt neben der Straße: die Töpperbrücke mit sechs gußeisernen, goldverzierten Heiligenfiguren.
Der Ötscherland-Expreß zwischen Lunz und Kienberg-Gaming, eine Schmalspurbahn, die über sehenswerte alte Eisenbrücken fährt.
Der Lunzer See, einer der saubersten und kühlsten Seen Österreichs, ist besonders reizvoll im Frühling, zur Zeit der Narzissenblüte.

SPORT
Eislaufen und *Eisstockschießen* auf dem winterlichen Lunzer See.
Skigebiet Maiszinken mit Doppelsessellift.
Schlepplift in Kasten.

Fischen im Lunzer See
Forstverwaltung Kupelwieser,
Bootsvermietung Mandl, Tel. 07486/8284

ESSEN UND WOHNEN
Seerestaurant Grubmayr
Seepromenade 11, Tel. 07486/8303

Pension Seebach
Seepromenade 32, Tel. 07486/8307

Jausenstation Rehberg
Maiszinken 4, Tel. 07486/8126

CAMPING
Ötscherland Camping-Caravaning.
Info: Johann Schlögelhofer,
Kleine Seeaustraße 15, Tel. 07486/8413

GÖSTLING

SEHENSWERT
Schöne Bürgerhäuser wie das Hammerherrenhaus Groß Stanglau, das Fürstenhaus.
Die barocke Pfarrkirche mit einem Turm von Josef Munggenast.
Im Steinbachtal: Forsthäuser im Schweizer Stil, die von der Familie Rothschild gebaut wurden. Durch das Steinbachtal führt ein Wander- und Radweg in herrlicher Umgebung, der mit informativen Tafeln über die Wassernutzung unterrichtet.
Holztrift Mendling: Über einen Erlebnisweg, der vom Gasthof Fahrnberger in Lassing ausgeht, ist eine uralte Triftanlage nahe einer romantischen Felsklamm erreichbar.

SPORT
Rafting mit Schlauchbooten auf der Salza oder der Enns und Wasserfallspringen: Gasthof Mandl, 3345 Göstling, Stixenlehen 48, Tel. 07484/2244
Schwimmen: Flußbad an der Ybbs, beim Park.
Hallenfreibad. Geöffnet: im Sommer täglich von 12–21 Uhr, sonst Di–Do 15–21 Uhr, Fr–So 13–21 Uhr. Mo geschlossen.

Flugschule Ybbstal: Drachenflug- und Tandemkurse, Tel. 0663/9198459

Fischen: Verkehrsverein Göstlinger Alpen, Tel. 07484/2204–19

ESSEN UND WOHNEN
Gasthof Fahrnberger
Lassing 19, Tel 07484/7234
Geschlossen: Mittwoch.

Hotel Zum Goldenen Hirschen
Göstling 16, Tel. 07484/2225

Hotel Waldesruh
Steinbachmauer 5, Tel. 07484/2275-0

HOLLENSTEIN

SEHENSWERT
Der Ortskern mit Barock- und Biedermeierhäusern und Hammerherrenhäusern im Hammerbachtal.
Die gotische, barockisierte Pfarrkirche mit dem überdeckten Aufgang.
Der Kreuzweg aus dem 18. Jahrhundert.
Die alte Esse beim Treffengut Hammer.

ESSEN UND WOHNEN
Gasthof Staudach
3343 Hollenstein/Walcherbauer 5,
Tel. 07445/262
Geschlossen: Dienstag. Eigenes Alpenbad.

Gasthof Jagersberger
Sattel 4, Tel. 07445/374

Konditorei Schwarzlmüller
Dorf 42, Tel. 07445/282-0

SPORT
Nostalgisches *Flußbad* an der Ybbs mit Grillmöglichkeit.

Skigebiet Königsberg mit fünf Schleppliften und Langlaufloipe.

OPPONITZ

SEHENSWERT
Das *Sichelmuseum* im Hammer am Bach, 3342 Opponitz, Voranmeldung: 07444/280 oder 07444/252. Ein aus dem 13. Jahrhundert stammendes Sichelwerk, das bei Besichtigungen aktiviert wird.
Die Pfarrkirche Zur Heiligen Kunigunde.
Das Hammerherrenhaus Erla, Hauslehen 26
Das Ybbskraftwerk Opponitz, das das Wiener Stromnetz beliefert.

Die Ybbs hat hier einige gut zugängliche Kiesufer, die gerne als Badeplätze oder als Standplatz für Fischer genutzt werden.
Einer der schönsten Aussichtsplätze über der Ybbs ist die Kanzel, die von der Ybbsbrücke über den Josef-Pum-Steig erreichbar ist.

WAIDHOFEN AN DER YBBS

SEHENSWERT
Die Altstadt mit ihren harmonischen Bürgerhäusern, Arkaden und Durchgängen.
Die Stadtpfarrkirche Zur Heiligen Maria Magdalena und Zum Heiligen Lambert aus dem 15. Jahrhundert mit einem prachtvollen gotischen Flügelaltar.
Die spätgotische Spitalskirche.
Der 50 Meter hohe Stadtturm mit seinen Erinnerungen an die Türkenvertreibung.
Die Burg, die ab 1885 von Friedrich Schmidt, dem Erbauer des Wiener Rathauses, umgebaut wurde.

Das *Heimatmuseum*, 3340 Waidhofen an der Ybbs, Oberer Stadtplatz 32.
Geöffnet: Ostermontag bis 15. Oktober, Di–Sa 9.30–12 Uhr, 14–17 Uhr,
So und Feiertage 9–12 Uhr.
Exponate aus der Vergangenheit der traditionsreichen Eisenhändlerstadt Waidhofen, bäuerliches Kunsthandwerk, Spielzeug.

Volkskundliche Sammlung Karl Piaty, Konditorei Piaty, Unterer Stadtplatz 39, nach Voranmeldung, Tel. 07442/53110.
Eine reichhaltige Sammlung kostbaren bäuerlichen Mobiliars im Haus einer bekannten Konditorei.

ESSEN UND WOHNEN
Pension Hoher Markt
Hoher Markt 18, Tel. 07442/52112–13

Gasthof Zum Halbmond
Wiener Straße 1, Tel. 07442/52179
Einer der ältesten Gasthöfe der Region mit traditionsreicher Mostviertler Küche und einer Sammlung von Zunftschildern.

SPORT
Erlebnisbad Urltalstraße, Tel. 07442/52567.
Geöffnet: Mai–September 9–20 Uhr.

Fischen: Magistrat Waidhofen, Oberer Stadtplatz 28, Tel. 07442/511–172 (linkes Ybbsufer)
VÖAFV 1080 Wien, Lenaugasse 14,
Tel. 01/4032176 (rechtes Ybbsufer)

Wandern: Naturpark Buchenberg mit Wildpark, Waldlehrpfad, Feuchtbiotop.

Markt: Am Oberen Marktplatz, Dienstag, Freitag und Samstag.

Schloßhofspiele: Juli und August in der alten Burg.

BÜCHER
Die Niederösterreichische Eisenstraße.
Verein NÖ Eisenstraße. Steyr: 1997
Der übersichtlichste und informativste Freizeitführer über dieses Gebiet.
Sperl/Stögmüller/Tippelt: Österreichische Eisenstraße. Steyr: 1992
Ein Überblick über die Eisenstraßen in Oberösterreich, der Steiermark und Niederösterreich.

KREUZ UND KRONE

STIFT KLOSTERNEUBURG
Von Leopold III. 1113 gegründet und den Augustiner Chorherren übergeben.
Zu den Kostbarkeiten des Stifts gehören der 1181 geschaffene Verduner Altar, der Albrechtsaltar, der siebenarmige Leuchter im Brunnenhaus, kostbare Handschriften und Plastiken und der österreichische Herzogs-

hut. Leopold III. ist hier begraben. Das Langhaus der romanischen Kirche wurde zwischen 1634 und 1645 barock gestaltet.
Der barocke Kaisertrakt, Klosterresidenz für Kaiser Karl VI., wurde nach Plänen von Donato Felice d'Allio 1730 begonnen.
Die Prunkräume und das Stiftsmuseum mit den ältesten Tafelbildern, die nördlich der Alpen entstanden, sind zugänglich.
Führungen im Kloster: 9, 10, 11, 13.30, 14.30, 15.30, 16.30 Uhr Sonn- und Feiertags: 11, 13.30, 14.30, 15.30, 16.30 Uhr.
Das Stiftsmuseum ist Sa., So. von 10–17 Uhr, Fr. von 14–17 Uhr geöffnet.
Im Bereich der Klosteranlage liegt der Stiftskeller mit seinem Restaurant, in dem die renommierten Weine von Stift Klosterneuburg zu verkosten sind. In einer Vinothek am Rathausplatz 22 kann man sie auch kaufen.

STIFT HEILIGENKREUZ

Von Leopold III. 1133 begründet und in Etappen ausgebaut. Heiligenkreuz ist das älteste Zisterzienserstift Niederösterreichs und wurde wahrscheinlich von französischen Klosterbaumeistern errichtet. Das romanische Langhaus blieb erhalten, das reichgeschnitzte Chorgestühl stammt aus dem Barock.
Nach den Bauregeln aller Zisterzienserklöster wurde der Kreuzgang geschaffen. Sehenswert das Brunnenhaus mit gotischen Glasgemälden, der Kapitelsaal mit dem Grabmal Friedrichs II., die Totenkapelle mit dem barocken tanzenden Tödlein, die Kreuzreliquie Leopolds V. Stimmungsvoll der Hof mit seiner Dreifaltigkeitssäule und dem Josefsbrunnen von Giovanni Giuliani. Das Stiftsmuseum präsentiert reiche Kunstschätze aus Gotik und Barock. Nördlich des Klosters ein barocker Kreuzweg mit Kalvarienkapelle.
Im Stiftsrestaurant bekommt man die Weine, die Heiligenkreuz in seinem Stiftsweingut Thallern keltert. Führungen 10, 11, 14, 15, 16 Uhr unter der Woche. Sonntag: auch 17 Uhr. Keine Führung: Karfreitag und am Heiligen Abend.

STIFT LILIENFELD

1202 von Leopold VI. gegründet. Auch hier zogen Zisterziensermönche ein. Gotik und Barock verschmolzen zu einem ungewöhnlichen Gesamtkunstwerk. Der Haupteingang ist ein frühgotisches Trichterportal, das von 32 Marmorsäulen mit Lilienkapitellen umgeben ist. Die dreischiffige Pfeilerbasilika wurde 1716–1746 barock in majestätischem Schwarz-Gold ausgestaltet. Auch das Grabmal für den Klostergründer Leopold V. wurde barockisiert. Neben ihm wurde seine Tochter Margareta begraben. Der quadratische Kreuzgang aus der Mitte des 13. Jahrhunderts zeigt wunderbare Glasmalereien und ein 1810 neu errichtetes Brunnenhaus. Der Kapitelsaal und der Laienbrüderschlafsaal gibt einen Begriff von der Strenge und Konzentration des mittelalterlichen Klosterlebens. Aus der Barockzeit stammt die repräsentative Bibliothek mit vielen Handschriften und Inkunabeln. Durch die vorübergehende Aufhebung des Stifts ging die alte Gemäldesammlung verloren, zu Beginn des 19. Jahrhunderts wurde eine neue Sammlung angelegt.
Eine Kuriosität: Im Biedermeier wurde die Parkmauer mit einem Spalier ausrangierter Gewehrläufe einer nahen Waffenfabrik umzäunt.
Führungen: Täglich von 8–11 und 14–16.30 Uhr, sonn- und feiertags nur 14–16.30 Uhr.

STIFT MELK

Melk war die erste Residenz der Babenberger, ehe sie dann nach Klosterneuburg weiterzogen. Acht vollständige Skelette der ersten Babenberger wurden in unserem Jahrhundert untersucht und zugeordnet. 1014 ließ Heinrich I. den unverwesten Leichnam des heiligen Koloman in der Burgkirche bestatten. Koloman war vor dem heiligen Leopold der Schutzpatron der Region. Sein Grab wurde beim barocken Bau des Stifts zerstört; seine Gebeine ruhen unter dem Hochaltar.
Ab 1700 erfolgt die völlige Umgestaltung durch Jakob Prandtauer und – nach dessen Tod – durch Josef Munggenast. Die berühmtesten Künstler dieser Zeit schmückten die Kirche und das Stift samt seinem Kaisertrakt: unter anderem Paul Troger, J. M. Rottmayr, Johann Bergl und der Theateringenieur Antonio Beduzzi, von dem die Altäre stammen.
In den Kaiserzimmern ist ein Museum eingerichtet, das Tafelbilder über die Geschichte der Babenberger, einen Flügelaltar von Jörg Breu und sakrale Kostbarkeiten zeigt. Marmorsaal und Bibliothek sind mit Deckenfresken von Paul Troger überhöht. Von der Altane hat man einen wunderbaren Blick über die Donaulandschaft.
Öffnungszeiten: Samstag vor dem Palmsonntag bis Sonntag nach Allerheiligen 9–17 Uhr (Einlaß bis 16 Uhr),
Mai bis September 9–18 Uhr (Einlaß bis 17 Uhr),
Montag nach Allerheiligen bis Freitag vor dem Palmsamstag täglich um 11 und um 14 Uhr oder gegen Voranmeldung, Tel. 02752/2312–0
Vor dem barocken Gartenpavillon wird im Sommer Theater gespielt.

STIFT GÖTTWEIG

Von Bischof Altmann aus Passau 1081 gegründet, seit 1094 Benediktinerstift. Göttweig steht auf uraltem sakralen Boden – wie die Reste eines römischen Heiligtums verrieten.
Göttweig war im Mittelalter eines der reichsten Klöster des Landes, acht Kirchen und Kapellen scharten sich schon 1140 um den Berg. Ein Brand vernichtete 1718 die gesamte Anlage mit Ausnahme der Ehrentrudiskirche, des Archivs und der Bibliothek. Der rührige Abt und Gelehrte Gottfried Bessel ließ sich von Lukas von Hildebrandt Pläne für eine Klosteranlage mit fünf Höfen und sieben Türmen zeichnen.
Nur ein Teil davon wurde ausgeführt – er dominiert das Hügelland an der Donau.
Die Kaiserstiege, die sich in majestätischem Schwung entfaltet, wird von einem Fresko Paul Trogers überstrahlt, das Kaiser Karl VI. als Apollo im Sonnenwagen huldigt. Auch hier gibt es einen prächtigen Kaisertrakt, eine reiche Bibliothek und die größte private Graphiksammlung Österreichs.

Die Stiftskirche Maria Himmelfahrt hat eine klassizistische Fassade aus den Jahren 1750/1765.Geöffnet täglich von 10–17 Uhr. Von der Terrasse des Stiftsrestaurants sieht man weit über die Donau zu den Hügeln des Waldviertels. Stift Göttweig hat ein Weingut mit hervorragenden Weinen.

STIFT SEITENSTETTEN

Schon 1109 bestand in Seitenstetten ein kleines Chorherrenstift. 1112 wurde noch ein Mönchskloster gegründet, in das 1114 Benediktiner aus Göttweig einzogen. Ein Abt aus Seitenstetten ließ 1440 auf dem Sonntagberg eine Kapelle bauen und regte damit die Wallfahrt unter der Obhut des Stifts an. Nach dem Bau der barocken Wallfahrtskirche durch Jakob Prandtauer wurde 1718 der heutige Stiftsbau von Seitenstetten, vom selben Baumeister, begonnen. In den Neubau wurde die heute noch existierende romanische Ritterkapelle integriert.
Die frühgotische Kirche wurde barock ausgestattet. Das Stiftsgebäude ist ein riesengroßer Vierkanter, der außer dem Kloster und den Repräsentationsräumen eine der größten Gemäldesammlungen Österreichs beherbergt. Von spätgotischen Tafelaltären der Donauschule über kostbare italienische und flämische Renaissancebilder enthält die Sammlung Werke aller großen Barockmaler, die in Niederösterreich arbeiteten, darunter von Paul Troger, Daniel Gran, Bartolomeo Altomonte, Franz Anton Maulbertsch. Eine Raritätenkammer ist mit wunderschönen Rokokoschränken ausgestattet. Zum Stift gehört seit dem frühen 19. Jahrhundert ein Gymnasium. Stilvoll restauriert, zeigt der Hofgarten alte Obstbäume, Rosensorten und heilsame Kräuter.
Stiftsführungen: 10 und 15 Uhr. Die Galerie ist Sa, So und feiertags 14–17 Uhr geöffnet, der Hofgarten von Ostern bis Allerheiligen.

NEUHOFEN AN DER YBBS: OSTARRICHI KULTURHOF

In einem modernen Glasbau wird das Werden Österreichs in seiner Frühzeit dokumentiert. Hier ist die Kopie jener Urkunde zu sehen, die Kaiser Otto III. am 1. November 996 ausstellte und die dem Bistum Freising einen „neuen Hof" und 30 Königshufen Land in einem Gebiet schenkte, das „in der Volkssprache Ostarrichi" heißt. Zusätzlich sind Dokumentationen über das uralte Bistum Freising ausgestellt, das lange vor München und Landshut Bedeutung hatte. Die Bischöfe von Freising standen in enger Verbindung mit Kaisern und Königen.
Geöffnet: von 1. Mai bis 2. November jeweils Di–Fr von 10–12 Uhr, Sa, So, Fei von 9–12 und von 13–16 Uhr.
Gegen Voranmeldung auch in der übrigen Zeit: Tel. Gemeindeamt Neuhofen an der Ybbs: 07475/2700.

WOHNEN IM SCHLOSS

Schloßhotel Ernegg
3261 Steinakirchen am Forst, Tel. 07488/214.
Stilvoll eingerichtetes Schloß mit Golfplatz, unweit von Wieselburg.

Schloß Plankenstein
3242 Plankenstein bei Texing, Tel. 02755/7254.
Romantisches frühgotisches Schloß mit Taverne und Zimmern.

RUND UM DEN VATERBERG

NATURPARK ÖTSCHER–TORMÄUER

Eine an Naturschönheiten reiche Wanderregion von 90 km² Größe mit vielen Freizeitmöglichkeiten.
Es gibt vier Zugänge:
Aus Richtung Gaming – Eingang Eibenboden
Aus Richtung St. Anton – Eingang Hochbärneck
Aus Richtung Puchenstuben – Eingang Treffling
Aus Richtung Annaberg-Reith – Eingang Trübenbach.
Sehenswürdigkeiten: Tropfsteinhöhle (Führungen Mai bis September Sa, So, Fei) Trefflingfall. Toreck-Klamm. Holzknechtmuseum Trübenbach (in der ehemaligen Volksschule). Voralpengarten Hochbärneck, Naturlehrpfad entlang der Erlauf. Gesteinslehrpfad bei Puchenstuben.
Das Wildwasser der Erlauf ist ein ideales Terrain für geübte Paddler (Schwierigkeit III–IV).

WANDERFÜHRER

Werner Tippelt: Ybbstal und Ötscherland, Verein NÖ. Eisenstraße. Steyr: 1995
Bernhard Baumgartner/Werner Tippelt: Ötscherführer. St. Pölten: o. J.
Ötscher/Erlauftal Eisenwurzen.
KOMPASS Wanderkarte mit Lexikon.

TOURISMUSVERBAND ÖTSCHERLAND

17Fremdenverkehrsgemeinden der Region um den Ötscher, das Hochkar und den Dürrenstein haben sich zusammengeschlossen. Informationen über ihre Quartiere und Freizeitangebote: Tourismusverband Ötscherland, 3250 Wieselburg an der Erlauf, Volksfestplatz 3, Telefon 07416/52692

WOHNEN UND ESSEN

Alpenkurhotel Gösing
3221 Gösing, Tel. 02728/217
Das eleganteste Haus der Region, mit wunderschöner Terrasse mit Ötscherblick. Sehr gute Küche, alle Kureinrichtungen.

Pension Alpenhof
3214 Puchenstuben 50, Tel. 02726/216
Mit Sauna, Fitneßraum, Gesundheitsprogrammen.

Wastl am Wald
3214 Puchenstuben/Waldgegend 5,
Tel. 02726/210
Ausflugsgasthaus.
Biohotel Jagdhof

3295 Weitental 95, Tel. 07480/300–0
Ein sehr komfortables Haus mit vielen Freizeiteinrichtungen

Sporthotel Lackenhof
3295 Lackenhof 112, Tel. 07480/331
Erstklassiges Hotel für sportliche Gäste.

Gasthof Ötscherblick
3295 Lackenhof 41, Tel. 07480/250
Sehr kinderfreundlicher Betrieb.

HOCHKAR
Gasthof Hochkarhof
8903 Lassing 50, Tel 07484/7236

Sporthaus Hochkar
8903 Lassing 51, Tel 07484/7213

Weitere Tips für Quartier und Essen in der Ötscherregion finden Sie bei den Infos zum Kapitel „Wurzeln des Eisens“, das sich auch mit der Ötscherregion befaßt (S. 21).

BALLONFAHREN
Ballonclub Ötscherland,
Bodensdorf 5, 3250 Wieselburg an der Erlauf
Tel. 07416/52764

CAMPING
*Voralpencamping Gresten (*Arthur Krause)
3264 Gresten, Unterer Markt 11,
Tel. 07487/2290
Betriebszeiten: Jänner–Dezember

Campingplatz Ötscherwiese
Information: Gasthof Digruber
3295 Lackenhof 24, Tel. 07480/276
Betriebszeiten: Jänner–Dezember

Ötscherland-Camping-Caravaning
Information: Johann Schlögelhofer
3293 Lunz am See, Kl. Seeaustraße 15
Tel. 07486/8413
Betriebszeiten: Jänner–Dezember

Campingplatz Erlaufsee
Information: Gemeindeamt
3224 Mitterbach a. Erlaufsee, Tel. 03882/2126,
Betriebszeiten: Mai –September

DAMPFLOKFAHRTEN
Auf der wildromantischen Bergstrecke der Ybbstalbahn von Kienberg–Gaming nach Lunz am See finden in der Hauptsaison alle 14 Tage jeweils Samstag und Sonntag Sonderfahrten statt. Information und Bestellungen von Sonderzügen: Herr Puchinger, Tel. 01/564 08 52 von 18–20 Uhr.

DRACHENFLIEGEN UND PARAGLEITEN
AIR-Flugschule Ötscherland
Information: Tel 07485/973171
Kursbetrieb: Mai bis Oktober.

FISCHEN
F = Ausgabestelle der Fischereilizenzen
A = Auskunftsstelle
T = Tageskarten
Lunzer See
A + F: Forstverwaltung Kupelwieser
3293 Lunz am See, Tel. 07486/300
T: Bootsvermietung Mandl, Tel 07486/8300

Erlaufsee – Mitterbach
A + F: Österr. Sportfischereiverein
1082 Wien, Laudongasse 16
F: Gasthof Grabner
3224 Mitterbach am Erlaufsee, Seestraße,
Tel. 03882/2693

Erlaufklausen-Stausee, Mitterbach
A: Forstdirektion Stift Lilienfeld
3180 Lilienfeld, Tel. 02762/52218
F: Gasthof Demelmeier
3224 Mitterbach am Erlaufsee, Bergstraße 10,
Tel. 03882/2388

Stausee Wienerbruck
Annaberg: A: Forstdirektion Stift Lilienfeld
3180 Lilienfeld, Tel. 02762/52118
F: Hotel Petermann
3222 Annaberg, Annarotte 21, Tel. 02728/8243

Große Erlauf – Purgstall an der Erlauf
A + F: Österr. Fischereigesellschaft
1010 Wien, Elisabethstraße 22,
Tel. 0222/565248
F: Gasthof J. Gruber, 3251 Purgstall,
Kirchenstraße 21, Tel. 07489/2275

Gaming
Große Erlauf von Tormäuerstraße bis Trübenbach im Naturpark.
A + F: Maria Gabriel, 3292 Gaming,
Tormäuerstraße 64, Tel. 07485/68430, 83633

Puchenstuben
A +F: Josef Teuretzbacher, 3223 Wienerbruck,
Trübenbach 11,
Tel. 02728/345

Erlaufboden (Gem. Mitterbach)
Erlauf von E-Werk Erlaufboden bis E-Werk Stierwaschboden.
A + F: Gasthof Theodor Buder
3223 Wienerbruck, Erlaufboden 7,
Tel. 02728/220

Mitterbach am Erlaufsee
Vom Erlaufsee bis zur Einmündung in den Stausee Mitterbach.
A + F: Österr. Sportfischereiverband,
1082 Wien, Laudongasse 16
F: Gasthof Grabner, 3224 Mitterbach am Erlaufsee, Seestraße, Tel. 03882/2693

Kleine Erlauf – Steinakirchen am Forst
A + F: Maria Ebner, 3261 Steinakirchen am Forst. Oberstampfing 2, Tel. 07488/329

FISCHTEICHE
Kartäuser Fischteiche
Besitzer Dir. Konrad Wieser, 3264 Gresten,
Bahnhofstr. 7, Tel 07487/2371
F: Gasthof Krammer, 3292 Naschenberg 10,
Tel. 07485/97405
oder direkt am Fischwasser Purgstall:
F: Gasthof Distelberger, 3251 Purgstall,
Hochrieß 5, Tel 07416/52870

Wieselburg – Breiteneicher Teich
A + F: Verband der Österr. Arbeiter-Fischerei-Vereine, 1080 Wien, Lenaugasse 14, Tel. 01/4032176

GESTEINSLEHRPFAD
im Naturpark Ötscher-Tormäuer, nächst Puchenstuben.

GOLF
Information: Schloßhotel Ernegg, 3261 Steinakirchen am Forst, Tel. 07488/214

HÖHLEN
Ötschertropfsteinhöhle
Zufahrt über Kienberg oder Gaming, Eingang Eibenboden, bis Gasthaus Schindelhütte. Führungen zwischen 1. Mai und 30. September an Sa, So und Fei von 9 bis 18 Uhr.
Gruppenführungen jederzeit gegen rechtzeitige Voranmeldung möglich: Engelbert Oberegger, 3292 Gaming, Erlauftalstraße 35, Tel. 07485/97577

Kollerhöhle
Zufahrt von Erlaufboden, Führungen gegen Voranmeldung bei Rosa Wutzl, Tel. 02728/365

Hochkarhöhle
Vom Schutzhüttenboden des Hochkars auf kurzem Gehweg erreichbar. Führungen für Gruppen ab 15 Personen von 1. Mai bis 30. September gegen Voranmeldung bei: Hochkar Betriebsleitung (07484/7214) oder Fa. Geischläger (07484/2213).

RAFTING
in der Salza und Enns: Ignaz Lackmaier, 8923 Palfau 35, Tel. 03638/240

REITEN
Reithallen und Reitschulen
Ländl. Reit- u. Fahrverein,
Obmann W. Kirchberger, 3251 Purgstall,
Bahnhofstraße 2, Telefon 07489/2587

Schloß Ernegg,
3261 Steinakirchen am Forst, Tel. 07488/214

Reitverein Erlauftal, Obmann W. Mayer,
3250 Wieselburg an der Erlauf,
Breiteneicher Straße 5, Tel. 07416/54500
Reitercamps für Kinder – Mitterbach
Reitkurse in den Ferien – Wieselburg
Wanderreiten – Purgstall (Ländl. Reit- und Fahrverein)
Reitmöglichkeit besteht auch in Annaberg, Mitterbach und Randegg.

SCHLEPP- UND SESSELLIFTE
Schlepplifte
Annaberg: 10 (Schischaukel)
Lackenhof: 7
Göstling an der Ybbs: 9
Gresten-Land: 1
Lunz am See: 4
Mitterbach am Erlaufsee: 9
Puchenstuben: 6
St. Anton an der Jeßnitz: 2
Purgstall: 1

Sessellifte
Doppelsesselbahn HÄSING auf dem Hochkar – Winterbetrieb
Doppelsessellift TRAXLERLOCH auf dem Hochkar – Winterbetrieb
Vierersesselbahn LECKERPLAN auf dem Hochkar – Winterbetrieb
Dreiersesselbahn EIBENKOGEL in Lackenhof – Winterbetrieb
Doppelsessellift von Lackenhof (810 m) zum Ötscherschutzhaus (1420 m) – Sommer- und Winterbetrieb
Einfachsessellift von Hochkarboden (1440 m) zum Vorgipfel des Hochkars (1770 m) – Sommer- und Winterbetrieb

SCHUTZHÄUSER
Ötscherschutzhaus (1420 m Seehöhe)
ganzjährig geöffnet, Tel. 07480/249
22 Zimmer (1 Drei-, 20 Zwei- u. 1 Einbett),
32 Lagerbetten.

Hochkarschutzhaus (1450 m)
ganzjährig geöffnet, Tel. 07484/7203
40 Lagerbetten.

Tirolerkogelhaus-Annaberg (1377 m)
ganzjährig geöffnet, kein Telefon
Zimmer auf Anfrage, 30 Lagerbetten.

Ybbstalerhütte
Alpenvereinshaus am Dürrenstein (1400 m)
Juni bis Ende Oktober geöffnet, 07484/2325
40 Lagerbetten.

Terzerhaus (1626 m)
geöffnet Mai bis Oktober, Tel. 03882/4639
14 Betten: 3 Dreibettzimmer,
2 Zweibettzimmer, 1 Einbettzimmer,
20 Lager mit Kabinen für 3 Erwachsene,
Lager für 25 Personen.
Dusch- und Bademöglichkeit.

SCHWIMMEN
Sommerbäder
Annaberg: vorgewärmtes Wasser, 162 m² Wasserfläche
Gaming: Ötscherlandbad mit solargeheiztem Wasser, 24° C
Göstling: Hallenfreibad, gewärmt
Gresten: vorgewärmtes Wasser
Mitterbach: vorgewärmtes Wasser, 480 m² Wasserfläche
Puchenstuben: solargeheiztes Freibad, 240 m² Wasserfläche
Purgstall: Erlauftalbad, 830 m² Wasserfläche, vorgewärmtes Wasser, 24° C
Randegg: 500 m² Wasserfläche
Reinsberg – St. Anton an der Jeßnitz: Jeßnitztalbad, 230 m² Wasserfläche
Scheibbs: Hallenbad mit 2 Freischwimmbecken, insgesamt 710 m² Wasserfläche
Steinakirchen am Forst: 650 m² Wasserfläche, gewärmt
Wieselburg: vorgewärmtes Wasser

Seebäder
Lunz: Badebetrieb am Lunzer See
Mitterbach: Seebad am Erlaufsee (57 ha Wasserfläche), Sämtliche Bäder verfügen über ausgedehnte Liegewiesen.

TIERE BEOBACHTEN
Bärengehege – Mitterbach
Wildpark Purgstall – Hochrieß

VERANSTALTUNGEN
Der Fremdenverkehrsverband Ötscherland legt jährlich den aktuellen Veranstaltungskalender *Was ist los im Ötscherland?* für den Zeitraum Juni bis Oktober auf.

WANDERN
Das Ötscherland mit seinem 90 km² großen Naturpark Ötscher-Tormäuer ist ein herrliches Wandergebiet mit vielen hunderten Kilometern markierter Wanderwege. Wandervorschläge mit genauem Routenverlauf. Wegmarkierungen und Zeitangaben entnehmen Sie bitte den Wanderkarten der Gemeinden:
-- Annaberg
-- Gaming-Lackenhof
-- Göstling
-- Gresten
-- Lunz am See
-- Mitterbach am Erlaufsee
-- Puchenstuben
-- Purgstall – Oberndorf an der Melk
--Scheibbs
oder der Wanderkarte Freytag & Berndt „Ötscherland"; WK 031, 1: 50.000.
Ötscherlandrundwanderweg (160 km)

MUSEUM
Matthias-Zdarsky-Museum Lilienfeld
im Bezirks-Heimatmuseum an der Traisenbrücke: Geöffnet Do 17–19 Uhr, Sa 15–17 Uhr, So 9.30 –11.30.
Wo Matthias Zdarsky seinen ersten Torlauf aussteckte, auf dem 1.246 m hohen Muckenkogel, erschließen heute ein Sessellift und 2 Schlepplifte 15 km Pisten aller Schwierigkeitsgrade.

Am Wasser zu Haus

Schiffahrtsmuseum Spitz an der Donau
3620 Spitz, Auf der Wehr 21, Tel. 02713/2246
1. April bis 1. November
Geöffnet: Mo–Sa 10–12 Uhr, 14–16 Uhr, So, Fei 10–12, 13–17 Uhr.

Schiffahrtsmuseum Grein,
4360 Grein, Greinburg, Tel. 07268/326-0
Geöffnet: Di–So 9–12, 13–17 Uhr

SCHIFFAHRT
Die *Königin der Wachau, MS Austria*:
Das Schiff der traditionsreichen Schiffsmeisterfamilie Brandner, mit Barbara und Birgit Brandner als Kapitänen, verkehrt zwischen Melk und Krems.

Brandner Schiffahrt GmbH.
3313 Wallsee, Ufer 50, Tel. 07433/2590–0
Tonbandinformation 07433/259090
Neben den regulären Fahrten gibt es auch Themenfahrten mit Live-Musik, Barbecue-Party, Entertainern, Wein-Gourmet-Partys, Riverboat-Shuffle; Floßfahrten gibt es während des Donaufestivals.
Info: Niederösterr. Donaufestival G.m.b.H., 1190 Wien, Billrothstraße 58/2, Tel. (01) 368 23 56-0

Donauschiffahrt Ardagger,
3321 Ardagger 155, Tel. 07479/6464–0
MS Ostarrichi, Linienverkehr zwischen Linz und Krems
MS Maria, Ausflugsfahrten
MS Donaunixe, Strudengau-Rundfahrten von Mai bis September an Sonn- und Feiertagen. Jeden ersten Freitag im Monat von August bis Oktober Abendfahrten

DDSG Blue Danube Schiffahrt GmbH.
Verkehrsbüro 1010 Wien, Friedrich-strasse 7, Tel. 01/588 80–0
Linienenverkehr zwischen Wien und Dürnstein mit den Schiffen *Prinz Eugen* und *Wachau.* Außerdem tägliche Fahrten zwischen Krems und Melk. Kombifahrten Schiff-Bahn. Themen und Sonderfahrten mit Musik, Gourmetangebot, Tanz. Kinderprogramm im Club der Donaupiraten. Charterfahrten. Schnellbootfahrten nach Budapest bzw. Bratislava.
Touren im Wiener Donau- bzw. Donaukanalbereich.

BUCH
Otto Meißinger:
Die historische Donauschiffahrt. Wien 1990

Von Guten Leben auf dem Land

Niederösterreichischer Schaf- und Ziegenzuchtverband
1014 Wien, Löwelstraße 16,
Tel. 01/534 41/357–359

Gerberei und Fellstube Karl Holubovsky,
3341 Ybbsitz, Alte Poststraße 22,
Tel. 07443/86384-0

Villgrater Natur-Dämmstoffe
9932 Innervillgraten 116, Tel. 04843/5520

SCHAF- UND ZIEGENBAUERN IM MOSTVIERTEL
Rudolf Enner,
3281 Oberndorf an der Melk, Grub 6,
Tel. 07483/410. Schafkäse, Wolldecken

Ilse Neu
3321 Stephanshart 34, Tel. 07479/7440
Eine große Auswahl von Ziegenkäsespezialitäten, die in Naturkostläden in Wien, St. Pölten und Umgebung und am Wiener Bauernmarkt auf der Freyung verkauft werden.

Ziegenmolke wird über *Cosmetiques de Provence,* Elisabeth Jalits, 1040 Wien, Operngasse 34, vertrieben. Tel. Fax 01/586 42 70

SCHAFKÄSE UND LAMMFLEISCH
Alois Flazelsteiner,
3263 Randegg, Perwarth 38, Tel. 07488/71633
Herdebuchzüchter, Lammfleisch, Wollverarbeitung, Kräuterzucht.

Johann Leichtfried, 3263 Randegg, Hochkogelberg 27, Tel. 07487/8325
Schwarzkopfschafe, Lammfleisch, das auf Märkten, bei Stadtfesten gegrillt und als Kebab zubereitet wird, Wollvlies-Puppen.

Heinrich Eglseer,
4441 Behamberg, Penz 21, Tel. 07252/30792
Zucht von Texel-Schafen, Erzeugung von Wolldecken und -polstern.

BIO-LADEN
Bio-Laden 3340 Waidhofen an der Ybbs, Hoher Markt 12, Tel. 07442/54894
Bioprodukte wie Käse, Milch, Getreide, Brot, Mehlspeisen, aber auch Oliven, Öl, Naturkosmetik. Geöffnet: Mo, Di, Fr 8–12.30, 15–18 Uhr, Mi, Sa 8–12 Uhr.

ELSBEEREN-SCHNAPS
Gasthof Schwarzwallner, 3074 Michelbach, NÖ Untergoing 6, Tel. 02744/8241, Dienstag, Mittwoch Ruhetag.
In diesem hübschen Landgasthof kann man nicht nur gute Regionalküche, sondern auch erstklassige Weine und den für die Gegend typischen Elsbeeren-Schnaps verkosten.

BAUERNHOFQUARTIERE
Bäuerlicher Gästering,
3300 Ardagger Stift 3,
Tel. 07479/6540 oder 6400

Lambert und Veronika Kaltenbrunner
3341 Ybbsitz, Hubberg 20, Tel. 07443/86348

MUSEEN
Mostviertler Bauernmuseum
Familie Anton Distelberger, 3300 Amstetten, Ödhof, Gigerreith 39,
Tel. 07479/7334
Die größte volkskundliche Privatsammlung Österreichs mit über 15.000 Exponaten aus allen Bereichen bäuerlichen Lebens. Voranmeldung nötig.

Wieselburger-Brauerei-Museum
3250 Wieselburg an der Erlauf, Josef-Riedmüller-Straße 2, Tel. 07416/501/101 oder 102 DW
Führungen gegen Voranmeldung und Freitag ab 13 Uhr (mit Ausnahme der Sommermonate). Exponate des Brauereiwesens und der Bierkultur ab der Renaissance.

St. Pölten – eine Stadt bricht auf

WOHNEN UND ESSEN
Hotel Metropol
3100 St. Pölten, Schillerplatz 1,
Tel. 02742/70700-0
Das komfortabelste Hotel der Stadt, mit Restaurant. Nichtraucherzimmer.

Stadthotel Hausereck
Schulgasse 2, Tel. 02742/73336
Jugendstil-Hotel am Rande der Fußgängerzone. Café-Restaurant Tiroler Stüberl.

Pension Elisabeth
Mariazeller Straße 164, Tel. 02742/72714

Restaurant Galerie
Fuhrmanngasse 1, Tel. 02742/35 13 05
So, Mo geschlossen.
Das ambitionierteste Restaurant der Stadt, zentral gelegen. Stimmungsvoll eingerichtet.

Gaststätte Figl
3100 St. Pölten-Ratzersdorf, Hauptplatz 4, Tel. 02742/257402, Mo geschlossen.
Sympathischer Gasthof mit guter Regionalküche und schönem Weinangebot. Kulturelle Veranstaltungen.

Gasthaus Zur Mühle
Purkersdorfer Straße 6, Tel. 02742/25 28 30
Kein Ruhetag. Hausmannskost und leichte, auch fleischlose Küche, Flaschenweine glasweise. Nichtraucherzone.

Palais-Restaurant Parzer und Reibenwein
Riemerplatz 1, Tel. 02742/35 30 17–31
Im ersten Stock eines bezaubernden Barockpalais gelegenes Restaurant. Wild- und Fischspezialitäten, Hausmannskost. Nichtraucherzimmer. Partyservice.

Domicil
Landhausboulevard, Tel. 02742/258067
Kein Ruhetag. Im Landhausviertel gelegenes Café-Restaurant.

Cafékonditorei Wolf
Kremsergasse 23, Tel. 02742/35 31 50,
So geschlossen.
Opulentes Mehlspeisangebot. Schanigarten.

Cafékonditorei Punschkrapferl
Wiener Straße 193, Tel. 02742/254920 und Domgasse 8, Tel. 02742/356383

SZENE
Fliegerbräu
Ferstlergasse 9, Tel. 02742/252852
Täglich ab 17 Uhr.

Colosseum
Renkgasse, Tel. 02742/79770
Do, Fr, Sa 12–5 Uhr.

Till Eulenspiegel
Kelsengasse 5, Tel. 02742/74 575
Mi–Sa ab 20 Uhr, Frühstück ab 4.30 Uhr.

Drunter & Drüber
Kugelgasse 6, Tel. 02742/35 57 55
So geschlossen.

INFO
Tourismusinformation St. Pölten
Rathausplatz 1, Tel. 02742/333–2810
Anmeldung für Stadtführungen und Rundfahrten (kostenlos): Tel. 02742/35 33 54
Anmeldung eine Woche vor dem Termin.
Schubert-Landpartie: 02742/333-2810

MUSEEN
Diözesanmuseum
Domplatz 1, Tel. 02742/324–331 DW
Geöffnet: April bis Oktober, Di bis Fr 10–12 Uhr, 14–17 Uhr, Sa 10–13 Uhr, 1. Sonntag im Monat 10–12 Uhr.

Stadtmuseum St. Pölten
Prandtauerstraße 2, Tel 02742/333/2643 oder 2601 DW, Di–Sa 10–17 Uhr.

Museum im Hof
(Geschichte der Arbeiterbewegung St. Pöltens)
Heßstraße 4, Tel. 02742/35 34 77
Geöffnet: Mi, Fr, Sa 9–12 Uhr oder gegen Voranmeldung. Tel. 02742/34 78 13

Ehemalige Synagoge
Dr.-Karl-Renner-Promenade 22,
Tel. 02742/77171-0
Bibliothek der jüdischen Geschichte:
Mo–Fr 9–16 Uhr.

NÖ Dokumentationszentrum für Moderne Kunst
Prandtauerstraße 2, Tel. 02742/333/2650 DW
Ausstellungen: Di–Sa 9–17 Uhr, So 9–12 Uhr.

Shedhalle St. Pölten (NÖ. Landesmuseum)
Franz-Schubert-Platz 5, Tel. 02742/25 80 00
Di–Fr 13–19 Uhr, Sa, So, Fei 10–16 Uhr.

Klangturm (Landhausviertel)
Mo–Fr 9–18 Uhr, Sa, So, Fei 14–18 Uhr;
Schulklassen Di 9–13 Uhr; Kinderführungen Sa 14–18 Uhr.

THEATER
Festspielhaus
Franz-Schubert-Platz 2, Tel. 02742/201–0
Abendkasse 201–7299, bis 90 Minuten vor der Vorstellung.

Bühne im Hof
Linzer Straße 18, Tel. 02742/35 22 91
Kartenvorverkauf Mo–Fr 10–18 Uhr.
Programmbeginn 20 Uhr.

Theater der Landeshauptstadt St. Pölten
Rathausplatz 11, Tel. 02742/352026 oder 35 41 83 (Kasse DW 19)
Vorverkauf Mo–Sa 11–14, 15.30–18.30 Uhr, und jeweils eine Stunde vor Vorstellungsbeginn.

BÄDER
Städtisches Sommerbad
Handel-Mazzetti-Straße, Tel. 02742/72 991
Anfang Mai bis Mitte September 9–19.30 Uhr.

Hallenbad
Schießstattring 15, Tel. 02742/35 26 61
Di–So vom 1. Jänner bis Anfang Juni und von Ende August bis Ende Dezember.

CAMPING
Freizeitpark Megafun
Am Ratzersdorfer See, Tel. 02742/2515 10
Neben modernen Campingeinrichtungen auch: Tennis, Squash, Kegeln, Billard, Sauna.
Der Ratzersdorfer See ist ein beliebtes Sommerbad.

GOLF
Golfclub im Schloß Goldegg
Goldegg, Tel. 02741/7360
18-Loch-Platz.

REITEN
Reitklub St. Pölten-Wagram
Im Dörfl 3, Tel. 02742/25 13 02

MUSEEN IN DER UMGEBUNG ST. PÖLTENS
Stift Herzogenburg
3130 Herzogenburg, Tel. 02782/3113
Vom 1. April–31. Oktober täglich 9–11 Uhr und 13–17 Uhr nur mit Führung, jeweils zur vollen Stunde zu besichtigen.

Barockmuseum
Schloß Heiligenkreuz-Gutenbrunn
3454 Heiligenkreuz-Gutenbrunn,
Tel. 02782/4097
Vom 1. April bis 31. Oktober Di – So 9–17 Uhr.

Schloß Atzenbrugg (Schubert-Gedenkstätte)
3452 Atzenbrugg, Tel. 02275/5234–0
Ostern bis 26. Oktober Sa, So 14–17 Uhr.

VERKEHR
St. Pölten ist ein wichtiger Verkehrsknotenpunkt. Mit Intercity-Zügen ist Wien in 40 Minuten, Linz in 65 Minuten erreichbar.
Die Züge haben Taktfahrplan:
Regionalzüge nach Wien: Minute 04
Nach Salzburg: Minute 17
Eilzüge Richtung Wien: Minute 32
Salzburg: Minute 30
EuroCity und Intercity nach Wien:
Minute 32, 50 und 00
Richtung Salzburg: Minute 32, 02 und 13.
Der City-Bus verkehrt auf neun Linien im Viertelstundentakt.
Ergänzt wird sein Service durch Anruf-Sammeltaxis, die Sonntag bis Donnerstag zwischen 20.40 und 00.40 Uhr auf fünf Routen verkehren. Tel. 02742/208-0

TAXIS
Tel. 208, 7200 oder 35 26 10
(Bahnhofsplatz)

WIESELBUSSE
Ein völlig neues Zubringersystem nach St. Pölten wurde durch die Wiesel-Busse geschaffen, die auf elf Routen Passagiere aus allen Teilen Niederösterreichs und aus Wien in die Landeshauptstadt bringen. Die Busse sind komfortabel mit Bar, WC, Zeitungsverkauf und Boutique ausgestattet.

CITY-EXPRESS
Gratistransport durch die Fußgängerzone im Halbstundentakt, von Juni bis Oktober.

MÄRKTE
Gemüse, Obst, Bauernprodukte werden jeden Donnerstag und Samstag vormittags auf dem Domplatz verkauft.
Kräuter, Blumen, Gestecke, Gemüse bietet der Kleine Markt am Herrenplatz täglich außer an Sonn- und Feiertagen.
Bauernmarkt wird jeden Freitag, Gemüse-, Obst- und Blumenmarkt jeden Samstag vor der Josefskirche abgehalten.

FLOHMÄRKTE
Antik-Treff
St. Pölten-Unterradlberg, Sa und So 8–15 Uhr
Einkaufszentrum Traisenpark, 3100 St. Pölten, Adolf-Schärf-Straße 3–9: Jeden Sonntag von 8–14 Uhr.

Emmaus Altwaren
3100 St. Pölten-Viehofen, Ecke Ortwein- und Austinstraße, jeden ersten Samstag im Monat, Jänner bis Mai, September bis Dezember 9–16 Uhr, Juni–August 9–13 Uhr.

BÜCHER
Otto Kapfinger/Michaela Steiner: St. Pölten neu. Wien: Springer-Verlag
Stadtführer St. Pölten. Magistrat St. Pölten.
Oswald/ Ströbitzer: Unsere Landeshauptstadt St. Pölten. St. Pölten, Niederösterreichisches Pressehaus
Kulturrundgang. Zwischen Weinland und Barockstraße. Herausgegeben vom Tourismusverband Niederösterreich Zentral. St. Pölten

Mimi Wunderer: Feuerlauf durch St. Pölten

Bühne im Hof
Linzer Straße 18, Tel. 02742/352291
Programmbeginn: 20 Uhr
Kartenvorverkauf: Mo–Fr 10–18 Uhr.

Land am Strom

ST. PANTALEON

SEHENSWERT
Pfarrkirche mit Netzrippengewölbe und einer der ältesten erhaltenen Unterkirchen aus dem 12. Jahrhundert. Im Nachbarort Erla die spätgotische ehemalige Stiftskirche mit einem Stammbaum Christi, der aus dem Körper Abrahams wächst.

WALLSEE

SEHENSWERT
Schloß Wallsee auf den Grundmauern einer alten Burg hoch über der Donau (kann nur von außen besichtigt werden).
Im Nachbarort Sindelburg: spätgotische Pfarrkirche mit barocken Altarbildern des Kremser Schmidt.

GREIN

SEHENSWERT
Die spätgotische Greinburg mit ungewöhnlichen Zellengewölben, Arkadenhof und Rittersaal. Hier ist das Oberösterreichische Schiffahrtsmuseum untergebracht. Geöffnet:
1. Mai bis 31. Oktober, täglich außer Mo 9–12 und 13–17 Uhr.
Im August finden in der Greinburg Opernaufführungen statt. Aus dem Jahr 1791 stammt das kleine, bis heute bespielte Theater.

YBBS AN DER DONAU

SEHENSWERT
Die gotische Pfarrkirche mit einer Ölbergdarstellung und zahlreichen Grabsteinen aus vier Jahrhunderten.
Der Rolandsbrunnen am Stadtplatz. Weinmaut, Passauer Hof und Schiffsmeisterhaus an der Donaulände.

ESSEN UND WOHNEN
Landgasthof Bärenwirt
3252 Petzenkirchen,. Ybbserstraße 3, Tel. 07416/52153

PÖCHLARN

SEHENSWERT
Pfarrkirche Maria Himmelfahrt aus der Gotik, Römersteine an den Außenwänden.
Welserturm, 1484 erbaut, Sitz des Heimatmuseums. Besichtigung gegen Voranmeldung. Tel 02757/2310-0
Oskar-Kokoschka-Dokumentation, Regensburgerstraße 29
Geöffnet: Mi–So 10–12 und 14–17 Uhr.
Gezeigt werden wechselnde graphische Arbeiten, Fotos und Dokumente.
Sitz einer Studienbibliothek.
In Pöchlarn besteht eine Donaufähre für Autos und Personen. Mit ihr erreicht man das Pöchlarn gegenüberliegende Maria Taferl und Schloß Artstetten. Das Schloßmuseum mit Erinnerungsstücken an den Thronfolger Franz Ferdinand ist täglich von 1. April bis 2. November von 9–17.30 Uhr geöffnet.
Nicht weit davon, ebenfalls am nördlichen Donauufer, Schloß Luberegg, für das es Kombinationskarten mit Schloß Artstetten gibt. In Luberegg sind ein kleines Museum und ein Restaurant zu finden.

MARIA TAFERL

ESSEN

Restaurant Krone
Tel. 07413/6355
Gleich neben der barocken Wallfahrtskirche ein empfehlenswertes Restaurant mit traumhaftem Blick ins Donautal. Hotel.

Nur sechs Kilometer von Pöchlarn entfernt liegt Marbach an der Donau und auf Nummer 48 das Restaurant Zur schönen Wienerin. Tel. 07413/359. Ruhetag: April bis November Di, im übrigen Jahr Di u. Mi.

MELK

SEHENSWERT

Das barocke Stift und die Stiftskirche Jakob Prandtauers. Öffnungszeiten siehe S.
Die Stadt mit schönen Häusern aus Renaissance und Barock, dem Marktbrunnen vor dem Rathaus.
In der Nähe von Melk: der Schnitzaltar von Mauer bei Melk. Und die Schallaburg.

ESSEN

Stadt Melk
Hauptplatz 1, Tel. 02752/2475
Das hübsche Restaurant hat auch Zimmer.

SCHÖHBÜHEL AN DER DONAU

SEHENSWERT

Schloß Schönbühel auf einem Felsen über der Donau (Privatbesitz, innen nicht zu besichtigen).
Die Pfarrkirche mit dem Servitenkloster mit einer Nachbildung der Geburtsgrotte von Bethlehem.

AGGSBACH DORF

SEHENSWERT

Das aufgelassene Kartäuserkloster mit der Klosterkirche und der alten Hammerschmiede.
Vier Kilometer nördlich davon liegt die barocke Wallfahrtskirche Maria Langegg, zu der ein kleines Museum gehört.
Hoch über der Donau: Burgruine Aggstein aus dem 12. Jahrhundert.

Die Arnsdörfer (Ober-, Hof-, Mitter- und Bacharnsdorf); sehr typische Wachauer Winzerdörfer mit einer romanisch-gotischen Pfarrkirche, St. Rupert, in Hofarnsdorf.
Winzer: Rudolf Hick, 3602 Oberarnsdorf 58, Tel. 02714/8214
Ein traditionsreicher Winzerhof mit Heurigenbetrieb (von April bis Oktober) und Komfortzimmern.
Spezialitäten: Riesling, Veltliner und Edelbrände.

ROSSATZ

Ein uralter Winzer- und Schiffsmeisterort mit einem schönem Marktplatz, einer spätgotischen Pfarrkirche und einem Renaissanceschloß. In Rossatz kann man einige der für die Wachau typischen Mantelkamine sehen. An der Straße liegen hübsche alte Weinkeller. Eine Personenfähre verkehrt zum gegenüberliegenden Dürnstein.

MAUTERN

Das römische *Favianis* war der Sitz des heiligen Severin. Die Stadtmauer besteht zum Teil noch aus Römersteinen. Die sind auch in vielen Bürgerhäusern und Weinkellern zu finden. Bis in die Gegenwart war ein römisches Kanalgitter in Gebrauch. Auch für die einstige Margaretenkapelle, die heute ein Römermuseum ist, wurden Römersteine verwendet.

ESSEN UND WOHNEN

Nikolaihof
Tel. 02732/82901. Geschlossen: So, Mo, Di, Dezember, Jänner, Februar, Juli, August.
Ein wunderbares Ensemble mit gotischer Kirche rund um einen Hof mit uralter Linde. Zu den 18 Spitzenweinen des Guts, die man in Kostgläsern probieren kann, gibt es ein liebe- und phantasievoll zubereitetes Bufett aus den Produkten des Landes und der Saison.

Landhaus Bacher
Tel. 02732/82937. Geschlossen Mo, Di, Mitte Jänner bis Mitte Februar.
Ein komfortables, gemütliches Restaurant mit der inspirierten Küche von Liesl Wagner-Bacher, einer der besten Köchinnen des Landes, und einer umfassenden Auswahl regionaler und internationaler Weine. Zum Restaurant gehört ein kleines Hotel mit hübschen Zimmern.

GÖTTWEIG

SEHENSWERT

Stift Göttweig mit seinen Fürstenzimmern, der Bibliothek und den reichen Kunstsammlungen. (Siehe Info S. 5f.)
Die barocke Stiftskirche ruht auf romanischen und gotischen Fundamenten und ist mit acht Rokokoaltären ausgestattet. Der prunkvolle Hochaltar stammt aus dem Jahre 1639. Zum Klosterensemble gehört die romanische Ehrentrudiskirche aus dem 13. Jahrhundert. Vom Stiftsrestaurant hat man einen herrlichen Blick ins Land.

WEIN

Zu Füßen von Göttweig liegt der weitgestreute Winzerort Furth, in dem viele Spitzenproduzenten arbeiten.

Kelleramt Stift Göttweig
Kirchengasse 14, Tel. 02732/85895
Möglichkeit von Weinverkostung und Weinverkauf im Gut. Spezialitäten: Roter Veltliner, Chardonnay, Edelbrände.

Grossmann
3511 Furth, Lindengasse 25, Tel. 02732/831 46
Malat Bründlmayer
Lindengasse 27, Tel. 02732/82934
Neben den erstklassigen Weißweinen, darunter Pinot blanc, Chardonnay, Veltliner, Welschriesling gibt es hervorragende Rote, die häufig im Barriquefaß ausgebaut werden. *Der Brut de Brut absolute* wird nach der Champagnermethode handgerüttelt.
Ein idyllisch gelegenes Winzerhaus steht Feriengästen zur Verfügung.

Geyerhof, Familie Maier
Oberfucha 3, Tel. 02739/2259
Ein organisch-biologisch betriebenes Weingut, dessen Produkte sehr schonend ausgebaut werden. Neben Rot- und Weißweinen gibt es auch Edelbrände. Es gibt eine Buschenschank. Und einige Komfortzimmer.

Josef Ramoser
Steinaweg 4, Tel. 02732/85820
Ein sehr persönlich geführter Weinbetrieb mit Heurigen und einem Weinkeller, von dessen Terrasse man auf Stift Göttweig sieht, was Verkostungen der edlen Veltliner und Rieslinge zu einem besonderen Erlebnis macht.

ESSEN UND WOHNEN

Schickh
Klein-Wien 2, Tel. 02736/7218.
Geschlossen: Mittwoch, Donnerstag.
Ein liebevoll eingerichteter Landgasthof mit Garten und Terrasse, auf leichte österreichische Gerichte und internationale Schmankerln spezialisiert. Gute Weinauswahl. Dazu gehört ein hübsches kleines Hotel.

TRAISMAUER

SEHENSWERT

Das Museum für Frühgeschichte mit Funden aus der bewegten Zeit der Völkerwanderung im Schloß Traismauer. Geöffnet vom 23. März bis 1. November von 9–18 Uhr, Tel. 02783/8555.
Das Römertor, ein Rest der mittelalterlichen Stadtbefestigung.
Die Pfarrkirche, die auf den Fundamenten einer spätromanischen Kirche ruht bzw. auf einer Grabanlage aus karolingischer Zeit.
Der Österreichische Saurierpark mit Nachbildungen der Urzeittiere. Tel. 02783/6170
Schloßvinothek Traismauer
Hauptplatz 1. Geöffnet April bis Ende Oktober täglich außer Montag 9–17 Uhr. Verkauf und Verkostung von Weinen der Traisentaler Winzer.
Am Rande von Traismauer, Richtung Tulln, liegt die Kellergasse Eichberg, wo immer jemand ausgesteckt hat.

ESSEN UND WOHNEN

Gasthof Zur Weintraube mit dem Abendrestaurant Nibelungenhof
Wiener Straße 23, Tel. 02783/6349
Zwei Möglichkeiten des Genießens: kräftige Regionalküche im Gasthof und perfekte Feinschmeckergerichte im Nibelungenhof, wo Rainer Melichar sein Reich hat. Er verarbeitet die köstlichsten Produkte, die er von engagierten Bauern und von gutsortierten Märkten holt. Bemerkenswert das Preis-Leistungs-Verhältnis, auch bei den exquisiten Weinen. Freundliche Zimmer.

In der Nähe von Traismauer liegt das Urzeitmuseum von Schloß Nußdorf ob der Traisen. Geöffnet April bis Ende Oktober täglich außer Montag von 9–17 Uhr. Modern gestaltete Schau, die die Lebensbedingungen der Urzeit plastisch macht.

TULLN

SEHENSWERT

Museum im Minoritenkloster mit Exponaten der Stadtarchäologie, vor allem zur Urgeschichte und zur Römerzeit sowie Sonderausstellungen.
Minoritenplatz 1, Tel. 02272/61915
Geöffnet: Mi–Fr 15–18 Uhr, Sa 14–18 Uhr, So und Fei 10–18 Uhr. Minoritenkirche: spätbarocker Bau mit Meditationszellen einer Einsiedelei.
Stadtpfarrkirche St. Stephan: eine der ältesten romanischen Kirchen der Babenbergerzeit mit einem eindrucksvollen Westportal mit Apostelplastiken.
Daneben der spätromanische Karner mit dem bemerkenswerten Trichterportal – er ist das größte und schönste Beinhaus Mitteleuropas.
Schiele-Museum, Donaulände 28, Tel. 02272/64570
Geöffnet täglich außer Montag 9–12 Uhr, 14–18 Uhr. Im ehemaligen Bezirksgefängnis werden in den Zellen und Verwaltungsräumen Werk und Leben des Künstlers dokumentiert. Gezeigt werden 90 Originalwerke, darunter seine berühmte *Zerfallende Mühle* und der *Blick über verschneite Weingärten auf Klosterneuburg*. Schieles Gefängniszelle in Neulengbach wurde hier rekonstruiert.
Römischer Turm (Salzturm) an der Donaulände aus dem 3. bis 4. Jahrhundert, er sicherte die Lagermauer des römischen Reiterlagers Comagena und ist der älteste intakte Hochbau Österreichs.

ESSEN UND WOHNEN

Zur Sonne
Bahnhofstraße 48, Tel. 02272/64616
Geschlossen: So, Mo.
Gasthof der Sonderklasse mit perfekter österreichischer Küche.
Die Familie Sodoma liebt das Friaul und holt von dort Spitzenweine für ihren reichbestückten Weinkeller.

Hotel Zur Roßmühle
Hauptplatz 12, Tel. 02272/62411–0
Zentral gelegenes komfortables Hotel mit Restaurant.

Nostalgieschiff Stadt Wien
Donaulände, Tel. 02272/68386/2
Ein Schaufelradschiff mit 15 Kabinen, Fischrestaurant, Bar und Heurigen und Sonnendeck.

CAMPING
Donaupark, Hafenstraße , Tel. 02272/65 200
In der Au gelegener komfortabler Platz mit Sandtennisplätzen, Tischtennis, Boccia und Aubad.

Tullner Messe, Reitherstraße, Messegelände, Tel. 02272/62403
Neben der populären Gartenbaumesse Ende August finden hier auch Boots-, Camping-, Antiquitäten-, Hunde-, Agrar- und Umwelttechnik-Messen statt.
Sehenswert in der Umgebung Tullns:
Burg Greifenstein
(Führungen Sa. So. Fei. 12–19 Uhr).
Die Konrad-Lorenz-Villa in Altenberg bei Greifenstein. Auskünfte: Institut Konrad Lorenz, Altenberg, Adolf-Lorenz-Gasse 2, Tel. 02242/32390–0

Schloß Atzenbrugg: Hier hat Schubert zwischen 1820 und 1828 mit Freunden im Sommer gelebt und komponiert, u. a. die Atzenbrugger Tänze. Im Mai, Juni und September finden hier Schubertiaden mit bekannten Interpreten statt. Besichtigungen: Sa. So. Fei. 14–17 Uhr.

Kellergasse am Absberg mit Weinausschank.

ESSEN IN DER UMGEBUNG VON TULLN
Zum Roten Wolf
3430 Langenlebarn, Bahnstraße 58, Tel. 02272/625 67, Geschlossen: Mo, Di.
Eines der herausragenden Gourmetrestaurants Niederösterreichs. Susanne Böck ist eine Köchin, die ihre Gäste mit Phantasie und Können verwöhnt. Erstklassige Weinberatung.

Hütt
Mitterndorf 9, Tel. 02275/5254
Geschlossen: Di, Mi.
Ein urgemütliches Lokal mit einfallsreicher Küche und besonders delikaten Desserts.

Zum Weißen Adler
3433 Königstetten, Tel. 02273/2246
Wunderschönes altes Dorfwirtshaus in einem ehemaligen Leshof mit altösterreichischer Küche und reichem Weinangebot.

Zum Lustigen Bauern
Zeiselmauer, Kirchenplatz 1, Tel. 02242/70424
Ein Wirtshaus, wie es sein soll, ohne optischen Schnickschnack und mit geradliniger, klassischer Küche und guten Weinen.

KLOSTERNEUBURG

SEHENSWERT
Der Stiftsbereich mit der Kirche, dem Kaisertrakt mit Museum, der Sebastianikirche mit dem Albrechtsaltar. In der ehemaligen Residenz Leopolds III. befindet sich heute das Stiftsarchiv, das viele alte Wiener Dokumente besitzt. Die gotische Trutzsäule auf dem Stiftsplatz stammt wahrscheinlich von Michael Knab, der eine vergleichbare Säule in Wiener Neustadt schuf. Öffnungszeiten siehe S. 221. Der Rathausplatz der Oberen Stadt ist von sehenswerten Bürgerhäusern aus Gotik, Renaissance und Barock gesäumt.
In der Unteren Stadt ist die aus der Romantik stammende, in Gotik und Barock ausgebaute Kirche St. Martin zu finden (Martinstraße 38), in der sich noch karolingische Gräber befinden. Führungen So 10–12 Uhr.

Kafka-Gedenkraum:
Kierling, Hauptstraße 187.
Voranmeldung: Tel. 02243/21896

ESSEN UND TRINKEN
Stiftskeller Klosterneuburg
Albrechtsbergergasse 1, Tel. 02243/32070.
Kein Ruhetag, durchgehend warme Küche von 11.30 –22.30.
Ein Großrestaurant mit Gastgarten, wo man die Stiftsweine verkosten kann.

Caférestaurant Veit
Niedermarkt 13–15, Tel 02243/32072
Geschlossen: Mittwoch und im November.
Wiener Küche, eigene Konditorei. Zimmer.

HEURIGE
Aignerhof, Agnesstraße 12,
Tel. 02243/25528
Hengl-Weinmayer, Leopoldstraße 42,
Tel. 02243/31621
Liegler, Ortnergasse 9, Tel 02243/355/86
Nierscher, Weidling, Hauptstraße 190, Tel. 02243/33933
Stiegenhengl, Agnesgasse 28, Tel. 36395

BÄDER
Bundessportbad, Haas-Siedlung
Freizeitzentrum in der Au
Strandbad Klosterneuburg

CAMPING
Donaupark-Camping Klosterneuburg.
In der Au, Tel. 02243/25877 oder via Camping-Club Wien, Tel. 0222/71199–0

Ausstellungen der Sammlung Essl im Schömer-Haus, Aufeldstraße 42,
Auskünfte: Tel. 02243/440–0

Das Haus der Künstler der psychiatrischen Krankenanstalt Maria Gugging mit seinen aufsehenerregenden Bildern von Patienten kann nach Voranmeldung besichtigt werden, Tel. 02243/4012 51

DONAUAUEN
Die beste und behutsamste Annäherung an eine unvergleichlich schöne und gefährdete Landschaft erfolgt über geführte Wanderungen, Boots- oder Kutschenfahrten bzw. Radtouren.

Bundesforstverwaltung Eckartsau,
Schloß Eckartsau,
Tel. 02214/2240, Mo–Fr 8–15 Uhr.
Forsthaus Stopfenreuth
Stopfenreuth 12 (Wegweiser), Tel. 02214/2232.
Gasthaus Zur alten Fähre
Schönau/Donau 1., Tel. 02215/2131

Nationalpark Institut Donau-Auen,
1070 Wien, Messepalast Stiege 14,
Tel. 01/5236478-21

KUTSCHENFAHRTEN
Helmut Kubo, Wagram 17, Tel. 02212/2115

AUSKÜNFTE
über Arrangements mit Übernachtungen:
Büro der Tourismusregion March-Donauland,
2404 Petronell-Carnuntum, Hauptstraße 296,
Tel. 02163/3555

Das Forsthaus Stopfenreuth ist das Informationszentrum der Donau-Auen. Es liegt direkt am Donauradweg Passau-Wien–Budapest. Hier kann man umfassende Auskünfte über geführte Radtouren, Wanderungen, Kanufahrten, Pferdekutschenfahrten und Tagestouren per Schiff Wien-Stopfenreuth-Wien bekommen.
An jedem Wochenende werden hier Vorträge über den Auwald gehalten. Im angeschlossenen Heurigen gibt es ganztägig warme Küche, Spanferkelessen, Weinverkostungen.
Das Forsthaus ist von April bis November geöffnet.

DONAUFÄHREN
Haslau an der Donau–Orth an der Donau
Bad Deutsch-Altenburg–Stopfenreuth

ESSEN UND WOHNEN
Hotel Am Sachsengang
2301 Groß Enzersdorf, Schloßhoferstraße 60,
Tel. 02249/2901–0
Ein hervorragend ausgestattetes Hotel mit Gourmetrestaurant am Rand der linken Donauufer-Au. Spezialitäten: Spargel, Hummer, Wild. Erlebnisarrangements mit Picknick, Fotosafari, Überraschungsdinner etc.

Hotel-Restaurant Zur Goldenen Krone
2410 Hainburg, Hauptplatz 23,
Tel. 02165/62115
Arrangements mit Führungen, Bootsfahrt, Weinverkostung.

Kurzentrum Ludwigstorff
2405 Bad Deutsch-Altenburg,
Badgasse 21–24, Tel. 02165/62617–0
Die Jod-Schwefelquellen von Bad Deutsch-Altenburg nutzten bereits die Römer. Heute sind sie Basis eines weitgefächerten Kurangebots bei Rheuma, Durchblutungsstörungen, Neurodermitis, Streß, etc

Hotel Marc Aurel
2404 Petronell-Carnuntum, Hauptstraße 173,
Tel. 02163/2285–0
Modernes Haus, familiär geführt, nahe am Archäologiepark.

Gasthaus Zur alten Fähre
2301 Schönau an der Donau (linkes Ufer),
Tel. 02215/2131
Mitten im Spargelgebiet des Marchfelds: Exkursionen zu Spargel- und Erdbeerbauern. Spargelspezialitäten, Wildgerichte. Aufführungen mit Förster.

Gasthof Zu den drei Raben
2410 Hainburg/Donau Ungarstraße 6,
Tel. 02165/62407
Für Gruppen ab sechs Personen wird ein römisches Menü nach Rezepten von Apicius serviert.

Weinerlebnis im Seidl Keller
2460 Bruck an der Leitha,
Fischamenderstraße 53, Tel. 02162/62349
In dem historischen Gewölbekeller können die Weine der Region verkostet werden. Im Herbst gibt es Martinigansln.

Höfleiner Zechkrug
2465 Höflein bei Bruck an der Leitha 44,
Tel. 02162/62977. Weinverkostungen zu Spargel- oder Wildgerichten, Spanferkelplatte.

Das Weinbaugebiet Carnuntum hat erstklassige Weine zu bieten, die bei Heurigen und in Kellergassen ausgeschenkt werden. Hauptorte sind Höflein, Göttlesbrunn und Prellenkirchen, wo es hübsche Kellergassen gibt. In Prellenkirchen besteht auch ein kleines Weinbaumuseum.
Weingut Zwickelsdorfer, Höflein 94,
Tel. 02162/62 552
Weingut Artner, Höflein 58,
Tel. 02162/ 63142
Weingut Robert Payer, Höflein 91,
Tel. 02162/62356
Weingut Pitnauer, Göttlesbrunn 10,
Tel. 02162/8249

MUSEEN
Archäologie-Park Carnuntum:
Informationen: 2404 Petronell-Carnuntum,
Hauptstraße 296, Tel 02163/3377
Alle Ausgrabungen sind ganzjährig zugänglich.

Archäologisches Museum Carnuntinum
Bad Deutsch-Altenburg, Badgasse 40–46,
Di–So 10–17 Uhr, Montag geschlossen.

Harrachsche Familiensammlung
Schloß Rohrau, 2471 Rohrau 1
Ein prachtvoller Landsitz mit der berühmtesten Privatsammlung Österreichs, darunter Werke großer spanischer, flämischer und neapolitanischer Maler.
Anfang April bis Ende Oktober täglich außer Mo 10–17 Uhr.

Haydn-Geburtshaus
2471 Rohrau, Hauptstraße
Ein schönes strohgedecktes Bauernhaus, wo am 31. März 1732 Josef Haydn und fünf Jahre später sein Bruder Michael zur Welt kamen. Ganzjährig täglich außer Mo 10–17 Uhr.

BÜCHER
Franz Eppel: Die Wachau. Nibelungen und Strudengau. Verlag St. Peter 1975
Hans Lajta: Land an der Donau. Wien: ÖBV 1986
Floridus Röhrig: Klosterneuburg: 1994
Werner Jobst: Provinzhauptstadt Carnuntum. Wien: 1983
Paul Pollack: Donauradweg Alternativ. St. Pölten: 1992

SPRINGLEBENDIG, FRECH UND WILD: ART CARNUNTUM

Karten für die Aufführungen von Art Carnuntum bekommt man im Niederösterreichischen Landesreisebüro, 1010 Wien, Heidenschuß 2, Tel. (01) 53402-0 oder 5332953 und in der Informationsstelle der Ausgrabungen in Petronell-Carnuntum, Tel. 02163/3377-0.

WALD, WEIN UND HEILSAME WÄSSER

BADEN

Kurdirektion 2500 Baden, Brusattiplatz 3, Tel. 02252/445 31–59
Geöffnet: Ostern bis Ende Oktober Mo–Sa 9–12.30,14–18, Sa, So, Fei. 19–12 Uhr, November bis Ostern Mo–Fr 9–12.30, 14–17 Uhr.
Kurmittelhaus Baden, Brusattiplatz 4, Tel. 02252/44531

SEHENSWERT
Die klassizistische Fußgängerzone mit Rathaus, dem Kaiserhaus, das Kaiser Franz I. als Sommersitz benützte, und der Stadtpfarrkirche St. Stephan (romanisch-gotisch).
Der Töpferaltar in der Kirche St. Helena im Helenental, ein Sandsteinrelief, das Wiens Töpfer um 1500 ursprünglich dem Wiener Stephansdom schenkten. Er zeigt den Heiligen Geist in Menschengestalt – eine Darstellung, die 1745 durch Papst Benedikt XIV. verboten wurde. Fünf Jahre später kam der Altar nach Baden.
Der Kurpark hinter dem Casino und der Sommerarena – einem Operettentheater – steigt in Terrassen an und geht in die schöne Landschaft des südlichen Wienerwaldes über.

MUSEEN
Rollettmuseum
Weikersdorfer Platz 1, Tel. 02252/48255
Täglich außer Dienstag 15–18 Uhr.
Neben prähistorischen Funden und Sammlungen aus der Stadtgeschichte Badens ist hier auch die Schädelsammlung des Arztes Dr. Franz Joseph Gall (1758–1828) zu sehen, die Basis seiner umstrittenen Schädellehre war.

Kaiser-Franz-Joseph-Museum
Hochstraße 51, Tel. 02252/41100
April–Oktober Di–So 13–19 Uhr.
Eine Sammlung handwerklicher Geräte und von Volkskunst.

THERMALSTRANDBAD
Helenenstraße 15–21,
geöffnet Ende April bis Anfang Oktober.

MINERALSCHWIMMSCHULE
Marchetstraße 13
Geöffnet: Ende April bis Anfang Oktober.

THEATER
Jubiläums-Stadttheater Baden,
Theaterplatz 7, Tel 02252/48547
Geöffnet: Oktober bis März.

Sommerarena,
Arenastraße 1, Tel. 02252/48547
Geöffnet: Ende Juni bis Mitte September, Hier werden Operetten in guten Besetzungen gespielt.

TRABRENNEN
Wiener Straße 84, Tel. 02252/88773
Betrieb von Anfang Juni bis Ende August.

CASINO
Kaiser-Franz-Ring 1 (beim Kurpark), Tel. 02252/44496
Geöffnet: täglich ab 15 Uhr. Amerikanisches und Französisches Roulette, Black Jack, Baccara, Poker, Spielautomaten. Es gibt einen eigenen Bereich mit Automaten: Casino leger.

BADENER BAHN
Eine Direktverbindung zwischen dem Badener Josephsplatz und der Wiener Staatsoper im Viertelstundentakt.

GRÜNER MARKT
am Brusattiplatz: Gemüse, Obst, Lebensmittel, Blumen. Und Saisonmärkte zu Weihnachten, mit Antiquitäten, Trödel etc.

GEDENKSTÄTTEN
Haus der Neunten Symphonie, Rathausgasse 10: Hier schrieb Beethoven seine *Missa solemnis* und vollendete die Neunte Symphonie.
Mozarthof, Renngasse 4: Mozart komponierte im Gartenpavillon sein Ave verum.
Sauerhof, Weilburgstraße 11: Ein von Josef Kornhäusel errichteter Bau, in dem Beethoven und Grillparzer wohnten.
Schwarzer Adler, Rathausgasse 11: Einst ein Gasthof, in dem Schubert wohnte und Johann Strauß konzertierte.

Schratt-Haus
Theresiengasse 1. Geburtshaus der Schauspielerin und langjährigen Freundin von Kaiser Franz Joseph I., Katharina Schratt.

Antons-Palais
Antonsgasse 8–10. Wohnsitz von Erzherzog Anton, Bruder von Kaiser Franz I., der tatkräftig bei der Bekämpfung des großen Brandes und beim Wiederaufbau mithalf.

Israelitischer Tempel
Grabengasse 14. Die 1878 erbaute, 1939 schwer beschädigte Synagoge von Baden.

ALTE BADEHÄUSER
Josefsbad, Josefplatz 2. Wurde rund um Badens wärmste Quelle in Form eines Tempels gebaut. Heute ein Gastronomiebetrieb.
Franzensbad, Pergerstraße 17.

Engelsbad, Weilburgstraße 7–9.
Ein Bau von Josef Kornhäusel.
Leopoldsbad, Brusattiplatz 3. Nach dem heiligen Leopold benannt. Heute sind hier die Touristeninformation und die Kur- und Bäderdirektion untergebracht.
Frauenbad. Josefsplatz 7. Eine anregende Möglichkeit, die Architektur eines Biedermeierbades mit dem Genuß moderner Kunst zu verbinden. Nicht nur die ehemaligen Bäder, auch Kabinen, Ruheräume werden als Ausstellungsfläche genutzt.

WOHNEN UND ESSEN

Grand Hotel Sauerhof
Weilburgstraße 11–13, Tel. 02252/41251–0
Ein stilvoll restauriertes Biedermeierpalais mit eigener Schwefelquelle, Kurabteilung, Beauty-Farm. Gutes Restaurant.

Schloß Weikersdorf
Schloßgasse 9–11, Tel. 02252/48301
Ein Renaissanceschloß im stimmungsvollen Badener Rosarium mit Arkadenhof, Sporteinrichtungen und Restaurant.

Hotel Gutenbrunn
Pelzgasse 22, Tel. 02252/48171
Einstiger Herrensitz, zentral gelegen mit direktem Zugang zum Kurmittelhaus.

Parkhotel Baden
Kaiser-Franz-Ring 5, Tel. 02252/44386
Mitten im Kurpark gelegenes modernes Haus mit eigenem Bad.

Hotel Krainerhütte
Am kleinen Wegerl im Helenental
Tel. 02252/44511
Mitten in der romantischen Landschaft des Helenentals gelegenes, modern ausgebautes Hotel mit schönem Terrassenrestaurant.

Strandbad Pension Eden
Schloßgasse 42, Tel.02252/43392
Familiär geführte, stille kleine Pension in Strandbadnähe.

Hotel Almschlössel
Alm 1, Tel. 02252/48 240
Idyllisch gelegenes Haus am Waldrand mit Blick auf Baden (20 Minuten Fußmarsch ins Zentrum). Schöner Garten, Ausflugsmöglichkeiten ins nahe Helenental.

RESTAURANTS

Primavera
Weilburgstraße 3, Tel. 02252/85551
Geschlossen: sonn- und feiertags.
Ein kleines, feines Restaurant mit leichter, mediterran inspirierter Küche.

Caruso (im Seminarhotel Baden)
Trostgasse 23, Tel. 02252/88662-0
Kein Ruhetag.
Ambitionierte Küche mit guten Weinen in gepflegter Atmosphäre. Wunderschöne Terrasse.

Café-Restaurant Rudolfshof (im Kurpark)
Gaminger Berg 5, Tel. 02252/88566
Kein Ruhetag.
Ein gepflegtes, traditionelles Ausflugslokal mit Wiener Küche und traumhafter Aussicht.

WEINVERKOSTUNG

Baden ist von Weinbergen umgeben, viele Winzer stecken in ihren Häusern mitten in der Stadt, andere an der Peripherie aus. Eine Möglichkeit, sich einen Überblick über das Angebot zu verschaffen, ist die Badener Hauervinothek am Grünen Markt, in einem alten Wirtschaftshof des Stifts Heiligenkreuz. Außer Weinen gibt es auch Schnäpse und Weinaccessoires. Geöffnet: täglich 10–12.30, 15.30 –18.30

HEURIGE

Ing. E. und C. Ceidl
Vöslauer Straße 15, Tel. 02252/44493

Friedrich Gleichweit
Mühlgasse 2, Tel. 02252/80619

Familie Märzweiler-Streiterhof
Leesdorfer Hauptstraße 64, Tel. 02252/80253

Franz Schwabl,
Kaiser-Franz-Ring 32, Tel. 02252/88950

Familie Wolkersdorfer
Habsburgerstraße 62, Tel. 02252/43192

TRAUBENKURWOCHEN

Von Anfang September bis Anfang Oktober finden in Baden Traubenkuren mit einem kulturellen Begleitprogramm statt.

Souvenir: Badener Kaffeebonbons, die es in Konditoreien, Kaffeehäusern und in der Hauervinothek gibt.

GOLF

Golf & Country Club Brunn
2345 Brunn am Gebirge, Rennweg 50,
Tel. 02236/33711 (18-Loch-Anlage)

Golfclub Schloß Ebreichsdorf
2483 Ebreichsdorf, Schloßallee 1,
Tel. 02254/73888-0 (18-Loch-Anlage)

Golfclub Enzesfeld, 2551 Enzesfeld,
Tel. 02256/81272 (18-Loch-Anlage)

Golf- und Sportclub Fontana
2522 Oberwaltersdorf, Fontana-Allee 1,
Tel. 02253/606-412 (18-Loch-Anlage mit 13 Fairways an Wasserflächen)

BAD FISCHAU

SEHENSWERT

Das bezaubernd nostalgische Bad mit seinen Holzkabinen und dem kristallklaren Wasser. Die mit Führung zugängliche Eisensteinhöhle.

ESSEN UND WOHNEN

Restaurant Schmutzer
2722 Winzendorf, Hauptstraße 12,
Tel. 02638/22237, Geöffnet: Di–So.
Phantasievolle und anspruchsvolle Küche mit erstklassigem Weinangebot. Weinkulinarien.

Puchegger-Wirt
2722 Winzendorf, Bahnhofsplatz 86,
Tel. 02638/22224, Geöffnet: Mi–So.
Regionalküche mit Finessen. Große Auswahl österreichischer Weine. Zimmer.

BAD VÖSLAU

Kurverwaltung, 2540 Bad Vöslau,
Schloßplatz 1, Tel. 02252/70743

SEHENSWERT
Hübscher Kurort mit einem großen schönen Thermalbad und einem Kurpark, der in den Wienerwald übergeht. Im Kalkgraben ein ca. 4.000 Jahre alter Opferstein aus der Zeit der Illyrer. Das Schloß aus dem 12. Jahrhundert wurde von Ferdinand von Hohenberg, dem Erbauer der Gloriette, frühklassizistisch ausgebaut.

MUSEUM
Im alten Rathaus, Kirchenplatz 8.
Geöffnet: 1. Mai–26 Oktober Do 16–19 Uhr, So und Fei 9–12 Uhr.
Urgeschichtliche Funde und Exponate aus dem Weinbau, die Geschichte der Vöslauer Kammgarnfabrik und die Pecherei in den Föhrenwäldern.

WOHNEN
Hotel Stefanie
Badplatz 1, Tel. 02252/76236
Ferienwohnung: Altes Hauerhaus,
Hauptstraße 38–40, Tel. 02252/71192

FLIEGEN
Flugplatz Bad Vöslau u. Kottingbrunn
Tel. 02252/75371 (Rundflüge, Motorsegelflug, Fallschirmspringen, Ballonfahrten)

BREITENFURT

ESSEN UND WOHNEN
Hotelrestaurant Ulm
Hauptstraße 25, Tel. 02239/2249
Spezialität: Milchrahmstrudel.

GUMPOLDSKIRCHEN

SEHENSWERT
Pfarrkirche St. Michael, vor dem Jahr 1000 gegründet, Hallenkirche mit Kreuzrippen, spätgotischer Madonna und Rokokoaltären. Deutscher Ritterorden.
Rathaus aus der Mitte des 16. Jahrhunderts mit Arkaden und viergeschoßigem Eckturm. Davor ein Pranger, der nicht, wie lange kolportiert wurde, aus einem Römerstein besteht.
Wunderschöne Winzerhäuser, meist aus der Renaissance, z. B. das Alte Zechenhaus, Kirchenplatz 1, der Turmhof, Kirchengasse 12, der Renaissancehof, Kirchengasse 7, der Florianihof, Schrannenplatz 7.
Das Weingut Rotes Mäuerl oberhalb der Mödlinger Straße wurde von Adolf Loos in die Landschaft integriert.

WOHNEN UND ESSEN
Richardhof
2352 Gumpoldskirchen (außerhalb des Orts, Richtung Mödling), Tel. 02236/46890
Am Fuß des Anningers gelegenes Hotel mit stark frequentiertem Ausflugslokal.

Freigut Thallern
2352 Thallern, Tel. 02236/53326
Geöffnet: täglich außer Dienstag von 11–23 Uhr.
Hendl in allen Fassonen, dazu die Weine des Stiftguts Heiligenkreuz. Großer Garten.

HEURIGE
(Siehe auch: S. 22)
Gerhard Grill
Wiener Straße 22, Tel. 02252/62187
Walter Grill
Wiener Straße 81, Tel. 02252/62164
Franz Hasenöhrl
Wiener Straße 24, Tel. 02252/62457
Rotes Mäuerl, Tel. 02252/62109
Christine Kamper
Neustiftgasse 12, Tel. 02252/62228
Waltraud Pinter
Neustiftgasse 47, Tel. 02252/62270
Hermann Schnitzer
Wiener Straße 25, Tel. 02252/62300

HAFNERBERG

SEHENSWERT
Die barocke Wallfahrtskirche mit der ovalen Kuppel. Fresken von Ignaz Mildorfer und dem Hochaltar von Balthasar Moll.

HEILIGENKREUZ

SEHENSWERT
Das älteste Zisterzienserkloster Niederösterreichs, gegründet 1133 durch Markgraf Leopold III. mit den Grabstätten von 12 Babenbergern und zwei Habsburgern.
In der romanisch-gotischen Stiftskirche sind Bilder von Rottmayr und Altomonte, barockes Chorgestühl mit Plastiken von Giovianni Giuliani und die zweitgrößte mechanische Orgel Österreichs zu sehen.
Im Ortsfriedhof wurde Mary Vetsera begraben, die 1889 gemeinsam mit dem Kronprinzen Rudolf in Mayerling starb.
(Siehe auch S. 221)

Meierei Füllenberg
Heiligenkreuz, Füllenberg 5,
Tel. 02258/8244
Stimmungsvoll altmodische Meierei mit Milch- und Kaffeespezialitäten und vielen guten Mehlspeisen.

HINTERBRÜHL

SEHENSWERT
Die Seegrotte mit dem größten unterirdischen See Europas. Ursprünglich ein Gipsbergwerk, in dem in der Kriegszeit eine Flugzeugfabrik installiert wurde.

WOHNEN UND ESSEN
Höldrichsmühle
2371 Hinterbrühl, Gaadener Straße 34, Tel. 02236/26 274. Kein Ruhetag. Traditionsreicher Gasthof, den die Legende mit Schuberts Lied *Am Brunnen vor dem Tore* in Zusammenhang bringt.

Hexensitz
Johannesstraße 35, Tel. 02236/22937
Geschlossen: Sonntag abend und Montag. Hübsches Lokal mit kleinem Garten und feiner Küche.

KLEINMARIAZELL

Die ehemalige Benediktinerabtei Mariazell in Österreich ist durchaus kein Ableger des viel bekannteren Mariazell in der Steiermark. Kleinmariazell, das diesen Namen erst seit dem 19. Jahrhundert hat, wurde bereits 1139 von den Brüdern Heinrich und Rapoto von Schwarzenburg gegründet, also rund 20 Jahre vor Mariazell. Mißwirtschaft, Kriegsverwüstungen und die Klosterreform Josephs II. ließen das Kloster verfallen. Immer noch sehenswert ist die romanische Pfeilerbasilika aus dem 12. Jahrhundert mit zwei spätromanischen Portalen und der schönen Rokoko-Einrichtung.

MARIA ENZERSDORF

SEHENSWERT
Die barocke Wallfahrtskirche, der Romantikerfriedhof, auf dem der Wiener Stadtheilige Clemens Maria Hofbauer und der Schriftsteller Zacharias Werner begraben sind.
Das Maria-Theresien- und das Hunyadi-Schlößl.
Das Urlauberkreuz in der Mariazeller Gasse, eine große Kreuzwegstation, wo sich die Wallfahrer verabschiedeten.
Burg Liechtenstein am Kalenderberg, um 1165 erbaut, um 1280 im Besitz von Otto von Liechtenstein, einem Sohn des Minnesängers Ulrich von Liechtenstein. Ab 1808 von Johann I. Fürst Liechtenstein wiederaufgebaut.
Im Juli und August finden hier Nestroy-Festspiele statt.

ESSEN
Tommaso Arbace
2344 Maria Enzersdorf am Gebirge, Franz-Josef-Straße 49, Tel. 02236/210 10.
Geöffnet: täglich außer Sonn- und Feiertagen. Kleines, feines italienisches Lokal mit Garten. Unbedingt reservieren

MAUERBACH

SEHENSWERT
Kartäuserkloster, 1313 von Friedrich dem Schönen gestiftet, mit prachtvollem barockem Portal mit dem österreichischen Wappen und isolierten Zellen, in denen die Mönche völlig allein lebten. Daneben die einschiffige, hohe Klosterkirche auf gotischen Grundmauern und barockem Ausbau.

ESSEN
Waldschenke
3001 Mauerbach, Hainbuch 1, Tel 02273/7388-0
Geöffnet: Do 18–24 Uhr, Fr–So 11–24 Uhr. Hübsches Ausflugslokal in einem großen Garten. SPEZIALITÄT: Grillhendln.

MAYERLING

Das Kloster Mayerling wurde dort errichtet, wo Kronprinz Rudolf 1889 seine achtzehnjährige Geliebte Mary Vetsera und sich selbst erschoß. Sein Jagdschloß wurde teilweise abgerissen, die Klosterkapelle dort errichtet, wo das Paar starb. Kaiser Franz Joseph berief Karmeliterinnen zur Sühne nach Mayerling. Geöffnet: ganzjährig außer 5. und 6. April, 9–12.30, 13.30–18 Uhr. Im Winter nachmittags nur bis 17 Uhr.

WOHNEN UND ESSEN
Hotel Marienhof mit Restaurant Kronprinz
2534 Mayerling, Tel. 02258/2378
Restaurant Kronprinz geöffnet:
Mi–Sa 12– 13.30, 18–21.30 Uhr, So 12–21 Uhr. Ein ganz im Grünen gelegener Landgasthof mit hübschen Zimmern und einem anspruchsvollen Restaurant, dem der phantasievolle Küchenchef Heinz Hanner Renommée verschuf.

MÖDLING

Uralte Stadt, die bereits 903 als *medilihha* erwähnt wurde, Babenbergerresidenz, beliebte Sommerfrische des Biedermeier. Heute eine der wohlhabendsten Städte Niederösterreichs.

SEHENSWERT
Die Pfarrkirche St. Othmar, einstige Wehrkirche, eine der schönsten spätgotischen Kirchen des Landes. Daneben ein Karner aus dem 12./13. Jahrhundert mit einem barocken Glockenturm. Spitalskirche St. Ägydius, spätgotische Saalkirche. Das Rathaus stammt aus der Renaissance, wurde 1747 barockisiert. Das älteste Haus Mödlings soll der Herzogshof in der Herzogstraße 4 sein. Wunderschöne Bürgerhäuser aus Gotik, Renaissance und Biedermeier geben dem Ort seine Atmosphäre.

GEDENKSTÄTTEN
Wildgansvilla in der Andergasse 3 bei St. Othmar. Hier lebte der Schriftsteller und Burgtheaterdirektor Anton Wildgans (1881–1932).
Beethovenhäuser: Hauptstraße 79 und Achsenaugasse 2–6 (Hier entstand die *Missa solemnis.)*

MUSEEN
Stadtmuseum
Josef-Deutsch-Platz 2,
geöffnet: Sa, So, Fei 10–12 und 14–18 Uhr.
Volkskundemuseum, Klostergasse 16,
geöffnet: Sa, So, Fei 10–12, 14–18 Uhr.
Rund um Mödling erstreckt sich eine ideale Wanderlandschaft, viele Wege gehen von der Goldenen Stiege aus.

WOHNEN UND ESSEN

Babenbergerhof
2340 Mödling, Babenbergergasse 6,
Tel. 02236/22246
Geöffnet: Dienstag bis Sonntag.
Traditionelles Restaurant und Hotel.

Restaurant Föhrenhof
Meiereigasse 12, Tel. 02236/233 06-0
Kein Ruhetag.
Wunderschön gelegener Landgasthof am Fuß des Anningers mit großem Garten.
Wiener Küche.

NEULENGBACH

SEHENSWERT

Pfarrkirche Zur Heiligen Dreifaltigkeit.
Das Renaissance-Rathaus.
Die um 1197 erbaute Burg der Lengbacher, die damals eines der mächtigsten Adelsgeschlechter Österreichs waren, mit einem heimatkundlichem Museum.
Geöffnet Sonntag 10–12 Uhr.
Im Kotter des Gerichtsgebäudes war Egon Schiele 1911 wegen Anklage der Pornographie gefangen. Geöffnet Mai–Oktober, So und Fei. 10–1130 Uhr.

WOHNEN UND ESSEN

Hotel Steinberger
3033 Altengbach, Hauptstraße 52,
Tel. 02774/2289

Landgasthof Zur Linde
3053 Laaben, Hauptplatz 28,
Tel. 02774/8378

Hotel Zur Post
3053 Laaben, Tel. 02774/8363

Hotel Laabnerhof
3053 Laaben 32, Tel. 02774/8355

PERCHTOLDSDORF

SEHENSWERT

Pfarrkirche St. Augustin, einstige Wehrkirche mit spätgotischem Karner und freistehendem gotischen Wachtturm. Dahinter die ehemalige Herzogsburg aus dem 11. Jahrhundert, die heute Kulturzentrum und Ort sommerlicher Theaterfestspiele ist.
Die 1400 erbaute spätgotische Spitalskirche.
Das stilvoll renovierte Rathaus aus dem 15. Jahrhundert und viele schöne Winzerhäuser aus Gotik, Renaissance und Barock.
Museum im Alten Rathaus.
Geöffnet Sa, So, Fei. 10–16 Uhr.

GEDENKSTÄTTE

Hugo-Wolf-Haus, Brunnergasse 28.
Hier entstanden seine Mörike-Lieder und die Oper *Der Corregidor.*

WOHNEN UND ESSEN

Hotel Central
2380 Perchtoldsdorf, Marktplatz 17,
Tel. 01/8651340

Restaurant Vier Jahreszeiten
Hochstraße 17, Tel. 01/8653129-0
Kein Ruhetag.
Ein angenehmes Restaurant im Landhausstil mit gehobener Küche und großer Auswahl österreichischer Weine.

HEURIGE

Barbach
Rudolfgasse 8, Tel. 01/8698318
Franz Nigl
Elisabethstraße 10, Tel. 01/869 83 76
Spiegelhofer
Brunnergasse 30, Tel. 01/869 39 19
Karl Zechmeister
Hochstraße 64, Tel. 01/865 91 57
Karl und Eva Zechmeister
Hochstraße 129, Tel. 01/865 68 38
Erwin Sommerbauer
Hochstraße 67, Tel. 01/865 94 74

PURKERSDORF

SEHENSWERT

Die 1796 erbaute frühklassizistische Poststation mit sechs Reliefs, die die Aufgaben der Post darstellen.
Das Schloß, 1158 gebaut, das jahrhundertelang Verwaltungszentrum des Wienerwaldes war.
Das Sanatorium Purkersdorf, 1904–1906 von Josef Hoffmann erbaut und gemeinsam mit Kolo Moser eingerichtet. Es wurde im Krieg und in der Nachkriegszeit devastiert und vor kurzem wiederhergestellt. Es war Kulisse bemerkenswerter Festspielaufführungen rund um die Person Alma Mahler-Werfels, die auch in einem Film festgehalten wurden.
Von Purkersdorf aus ist der Naturpark Sandstein-Wienerwald zu erreichen: Naturlehrpfad, Aussichtswarte, Gedenkstein und Dokumentation für Josef Schöffel, den Retter des Wienerwaldes.

ESSEN

Nikodemus
Hauptplatz 10, Tel. 02231/65454.
Geöffnet: Di–Sa ab 18 Uhr.
Phantasievolle Beislküche, Jugendevents.

SPARBACH

SEHENSWERT

Naturpark Sparbach, ein idyllisches Terrain von 412 Hektar, mit echten und künstlichen Ruinen, Dianatempel, Dam- und Mufflonwild.

ESSEN UND WOHNEN

Postschänke
2392 Sulz im Wienerwald, Hauptstraße 51,
Tel. 02238/8135. Geöffnet: Mi–So.
Angenehmer Landgasthof mit guter Küche.

Stockerwirt
2392 Sulz im Wienerwald, Hauptstraße 36,
Tel. 02238/8259. Geöffnet: Di–So. Traditionelle Küche mit regionalen Spezialitäten. Garten.

Hotel Schusternazl
2392 Gruberau 12, Tel. 02238/8226

TULBING

SEHENSWERT
Tulbinger Kogel mit der Leopold-Figl-Aussichtswarte.

ESSEN UND WOHNEN
Berghotel Tulbingerkogel
3001 Tulbing, Tel. 02273/7391
Mitten im Grünen gelegenes Hotel mit Blick über den Wienerwald bis ins Voralpengebiet. Das Restaurant bietet neben gehobener Wiener und internationaler Küche Spezialitätenwochen und kulinarische Events. 880 Weine stehen zur Auswahl.

BÜCHER
Wolfgang Weisgram, Vera Sebauer: Der Wienerwald. Wien: 1996
Karl Lukan: Das Wienerwaldbuch. Wien: Fritz Peterka: Rund um Wien.
Die schönsten Tal- und Höhenwanderungen. 1996
Peter Hiess, Helmuth A. W. Singer: Wienerwald. 1995
Alfred Komarek: Rings um Wien. Wien: 1996

Die Glorreichen Acht

Dipl. Ing. Karl Alphart
2514 Traiskirchen, Wiener Straße 46–48, Tel. 02252/52328. Heurigenbetrieb.

Manfred und Othmar Biegler
2352 Gumpoldskirchen, Wiener Straße 16–18, Tel. 02252/62 1 96. Heurigenbetrieb.

Johanneshof, Familie Reinisch
2523 Tattendorf, Im Weingarten, Tel. 02253/81 4 23. Heurigenbetrieb.

Andreas Schafler
2514 Traiskirche, Wiener Straße 9–11, Tel. 02252/52 378–0. Heurigenbetrieb.

Gottfried Schellmann
2352 Gumpoldskirchen, Wiener Straße 41, Tel. 02252/62218. Kein regelmäßiger Heurigenbetrieb, aber Matineen und Weintage im Wein-Stadl.

Johann Stadlmann
2514 Traiskirchen, Wiener Straße 41, Tel. 02252/ 52 3 43. Heurigenbetrieb.

Richard und Hannes Thiel
2352 Gumpoldskirchen, Badener Straße 11, Tel. 02252/62 3 72. Heurigenbetrieb.

Jagdhof
2353 Guntramsdorf, Hauptstraße 41, Tel. 02236/52 2 25. Geschlossen: Sonntag. Gourmetrestaurant mit großem Weinangebot, darunter die Spitzenweine der Thermenwinzer. Hotel.

Schöne alte Welt: Laxenburg

SEHENSWERT
Der 20 Hektar große, ganzjährig geöffnete Schloßpark mit dem großen Teich und dem alten Schloß, dem Blauen Hof und der Franzensburg. Der Park mit Tempel, Pavillons, historisierenden Brücken, dem Theater, dem Turnierplatz und den romantischen Rittergebäuden bildet ein einmaliges Ensemble. Auf dem Teich kann man rudern und im Winter eislaufen. Auf der Insel, auf der sich die Franzensburg befindet, liegt, direkt am Wasser, eine hübsche Kaffee-Meierei.
Im Ort Laxenburg ist der älteste erhaltene Bahnhof Österreichs aus dem Jahr 1860 zu sehen. Sehr reizvoll die Pfarrkirche sowie das Palais Lacy, das ein Feldmarschall Maria Theresias bewohnte, das Grünne-Haus, ursprünglich Palais Dietrichstein, der Aphrodite-Brunnen aus dem einstigen Palais Rothschild in Wien-Wieden.
Das Feuerwehrmuseum an der Wiener Straße.
Führungen in der Franzensburg finden bei schönem Wetter zwischen Ostern und Oktober täglich um 11, 14 und 15 Uhr statt.

FREIZEITZENTRUM
Am Rande des Schloßparks, in einem Areal von 2,4 Hektar befinden sich ein Freibad, ein Campingplatz mit 320 Stellplätzen, das Restaurant Gutshof und ein Supermarkt.
Schloß Camping Laxenburg, 2361 Laxenburg, Münchendorfer Straße, Tel. 02236/713 33.

WOHNEN UND ESSEN
Domino Suites
2483 Ebreichdorf, Dominostraße 1, Tel. 02254/74614
Ein anspruchsvolles Hotel in der Nähe des Golfplatzes Schloß Ebreichsdorf mit Restaurant, Schwimmteich und Sauna.

Restaurant Laxenburgerhof
2361 Laxenburg, Schloßplatz 17, Tel. 02236/723 76

REITEN
Union Reitclub,
2361 Laxenburg, Münchendorfer Straße 5, Tel. 02236/71408

Kunst – zum Greifen nah

artfoulard
2824 Seebenstein, Tel. 02627/47001

31 Künstler der Gegenwart und der klassischen Moderne schufen die 40 Motive, die für Tücher und Schals auf Seide gedruckt wurden. Man bekommt sie direkt bei *artfoulard* oder in Museen und Kunstvereinen.

Unter der selben Adresse sind auch numerierte Kleinplastiken des *Collector Clubs,* u. a. von Alfred Hrdlicka und Arik Brauer erhältlich.
artfoulards reinigt man am besten in Handwäsche mit alkalifreiem Shampoo. Noch feucht, nicht heiß bügeln. Die Tücher kosten zwischen 1.400 und 3.400 Schilling.

Landschaft mit vielen Vergangenheiten: Das Industrieviertel

Wiener Neustadt

Sehenswert

Der aus der Spätromanik stammende Dom mit dem bemerkenswerten Brauttor, dem Grabstein der 1671 hingerichteten Magnaten Zriny und Frangepany, der frühbarocken Kanzel, dem Epitaph für Kardinal Klesl und dessen, Bernini zugeschriebener, Büste. Die beiden Türme wurden 1866 abgetragen und neu erbaut.
Der Reckturm im Nordwesten der einstigen Stadtbefestigung beherbergt eine kleine Waffensammlung.
St. Peter an der Sperr; in Kirche und Kloster der Dominikanerinnen aus dem 13. Jahrhundert ist heute Raum für Kunstausstellungen.
Das Rathaus mit der klassizistischen Fassade zeigt Wappen der alten Stadttore.
Der Kreis auf dem Hauptplatz mit der Zahl 1522 bezeichnet die Richtstätte, auf der unter anderem der Wiener Bürgermeister Dr. Martin Siebenbürger enthauptet wurde.
Die „Spinnerin am Kreuz" beim Friedhof wird als schönste gotische Wegsäule Mitteleuropas bezeichnet.
Im Neukloster wurde Eleonore von Portugal, Gemahlin Kaiser Friedrichs III., begraben.
In der einstigen Burg aus dem 13. und 15. Jahrhundert, in deren St.-Georgs-Kapelle Kaiser Maximilien I. begraben ist, installierte Kaiserin Maria Theresia die bis heute bestehende Militärakademie.

Museen

Stadtmuseum. 2700 Wiener Neustadt, Petersgasse 2 A. Geöffnet: Di, Mi 10–17 Uhr, Do 10–20 Uhr, Fr 10–12 Uhr, So, Fei 10–16 Uhr.
Hier befindet sich der berühmte Corvinusbecher, den der ungarische König Matthias Corvinus der Stadt am Ende seiner zweijährigen Belagerung schenkte. Außerdem: Dokumente über das Werden und die Geschichte der Stadt.

Industrieviertelmuseum
Anna-Rieger-Gasse 4, Tel. 02622/26015
Geöffnet Mo–Fr 9–16 Uhr.
Exponate aus der Geschichte der industriellen Entwicklung im Wiener Becken.

Privatmuseum Reckturm
Schreyergasse/Petersg., Tel. 02622/23531-468
Geöffnet: Mai-Oktober, Di, Mi, Do 10–12, 14–16 Uhr, Sa, So 10–12 Uhr.

Wohnen und Essen

Hotel Corvinus
Bahngasse 29–33, Tel. 02622/24134

Gelbes Haus
Kaiserbrunngasse 11, Tel. 02622/26400
Sonntag geschlossen.
Kultiviertes Lokal mit anspruchsvoller Küche und erstklassigen Weinen.

Stachls Gaststube
Langegasse 20, Tel. 02622/25221,
Sonntag geschlossen.
Traditionelle Gasthausküche und große Weinauswahl.

Café Bernhart
Hauptplatz 20, Tel. 02622/22749-0

Stadtinformation

Hauptplatz 3, Tel. 02622/23531-468
Von hier aus werden Stadtführungen zu Fuß oder mit dem Rad veranstaltet.

Stadtarchiv
Wiener Straße 63, Tel. 02622/235 31/340
Geöffnet: Mo–Fr 8–18 Uhr.
Eines der ältesten und reichsten Archive Niederösterreichs.

Industriestrasse

Die Gesellschaft Niederösterreichische Industriestraße, 2553 Guntramsdorf, Steinfeldgasse 4, hat eine aufschlußreiche Karte und einen Rundführer durch die historischen Industrieviertel herausgegeben. Erhältlich in der Stadtinformation Wiener Neustadt, Rathausplatz 3). Es werden Routen zu Industriebetrieben aus Barock, Biedermeier und Gründerzeit vorgeschlagen, auf romantische Erzeugungsbetriebe wie die Holzkohlenbrennerei in Rohr im Gebirge, die Holzfällerkolonie in Naßwald, das Bergbaumuseum in Enzenreith, etc. vorgeschlagen. Und Routen durch historische Industriebetriebe in Wiener Neustadt. Man kann die Arbeiterwohnsiedlung in Marienthal besuchen, die Thema der berühmten Arbeitslosenstudie von Marie Hahoda, Paul Lazarsfeld und Heinrich Zeisel aus dem Jahre 1933 war. Und die eindrucksvolle Baumwollspinnerei in Teesdorf sehen, die der Familie des Dichters Hermann Broch *(Tod des Vergil)* gehörte und die er 1925 verkaufte.

BERNDORF

SEHENSWERT
Das Ensemble einer patriarchalischen Stadt der Jahrhundertwende mit dem im Sommer bespielten Stadttheater von Helmer und Fellner, den Wohnhäusern für Arbeiter und Angestellte, der Margarethenkirche, die bei näherer Betrachtung nicht so barock ist, wie sie aussieht: Sie wurde 1917 (!) nach dem Vorbild der Wiener Peterskirche errichtet. Und die beiden Schulen mit ihren Klassen, ägyptisch bis klassizistisch eingerichtet.

ESSEN
Waldgasthof Schimanszky
2560 Berndorf, Rosenstraße 18,
Tel. 02672/82320. Geschlossen: Mo, Di.

BAD FISCHAU

(Siehe S. 234 f.)

HOHE WAND
Sehenswert: Das Naturpark-Museum im Wiener-Neustädter-Haus, das alte bäuerliche Gewerbe wie die Köhlerei, Pecherei, Kalkbrennerei dokumentiert sowie Informationen über die Tier- und Pflanzenwelt und die Anfänge der Kletterei im Gebiet der Hohen Wand gibt.
Auskünfte: 2724 Hohe Wand, Gemeindeamt, Maiersdorf 33, Tel. 02638/88348

SPORT
Flugschule Wolfgang Zach
(Drachenfliegen, Paragleiten)
Alpengasthof Postl
Hohe Wand, Tel. 02638/88212

Tandemfliegen Wolfgang Imre
2831 Scheiblingkirchen, Promenadenweg 32,
Tel. 02629/3473

KLETTERKURSE
Rudolf Weber, Stollhof, Tel. 02638/88805
Auch Kurse für Kinder. Geführte Touren, Höhlenbefahrungen, Paragleiten, Managertraining.

WOHNEN UND ESSEN
Alpengasthof Postl
2724 Hohe Wand, Tel. 02638/88212

Gasthof Loderhof
Stollhof 70, Tel. 02638/88 231-0

Kohlröserlhaus
Stollhof 80, Tel. 02638/88225

Kellerschank zum Hedonisten
2724 Gaaden/Hohe Wand, Tel. 02638/8914

Scherrerwirt
2753 Markt Piesting. Dreistetten 46,
Tel. 02633/425 90
Ein angenehmer Gasthof mit Zimmern und einer bemerkenswerten Sammlung alter bäuerlicher Geräte.

MIESENBACH-SCHEUCHENSTEIN

Gauermann-Museum im kleinen Ort Scheuchenstein bei Miesenbach. Geöffnet: Ostern bis 26. Oktober Sa, So, Fei 10–17 Uhr.

WOHNEN UND ESSEN
Hotel Börsenhof
2761 Miesenbach, Hauptstraße 16,
Tel. 02632/8206-82
Seminarhotel Eder
Frohnberg 154, Tel. 02632/8230

GUTENSTEIN

SEHENSWERT
Schloß Hoyos, in dessen Garten im August Stücke von Ferdinand Raimund aufgeführt werden. Kartenbestellung: Tel. 02634/7222
Der Friedhof mit dem Grab Ferdinand Raimunds und einer Kapelle mit Fresken des zeitgenössischen Malers Hubert Aratym.
Das Waldbauernmuseum. Geöffnet: Vom 1. Mai bis Mitte Oktober Sa 14–17 Uhr, So und Fei 10–12 und 14–17 Uhr, im Juli und August täglich 14–17 Uhr.
Die Raimund-Gedenkstätte. Geöffnet Mai-Oktober Sa und So 10–12 und 14–17 Uhr.
Die Wallfahrtskirche auf dem Mariahilfberg, ein prachtvoll ausgestatteter Barockbau.
Im Kloster findet im Juli die *Internationale Sommerakademie Cartusiana* mit hochkarätig betreuten Kursen und Konzerten statt. Information: 01/ 403 55 32.

WOHNEN UND ESSEN
Gasthof Zum Handschuhmacher
2770 Gutenstein, Mariahilfberg 15,
Tel 02634/7264

Brandstätterhof
Längapiesting 7, Tel. 02634/7341
Ein wunderschön gelegener Gasthof mit guter Küche. Hier gibt es – nicht immer – Alpenlachse aus der Zucht von Peter Brauchl.

Waldwirt
2770 Gutenstein, Steinapiesting 13,
Tel.02634/7245
Bauernhof mit Komfortzimmern außerhalb des Ortes.

Berghaus Mamauwiese
2770 Gutenstein, Klosterthal 65,
Tel. 02634/7455.
Ruhig gelegener Ausflugsgasthof in Berglage.

PUCHBERG

Der am Fuß des Schneebergs gelegene Kurort hat sich das Sommerfrischenflair der Jahrhundertwende bewahrt. Er bietet aber auch sportliche Events, wie den Mountainbike-Marathon über 62 Kilometer und fünf Berge, bei dem 2.300 Höhenmeter überwunden werden müssen. Für alle, die es gemütlicher lieben: Vom stimmungsvollen Kurpark zum Kurhaus verläuft ein Kneipp-Gesundheitspfad mit 20 Stationen.

SEHENSWERT
Der Schneeberg, der durch unzählige Wanderwege verschiedene Schwierigkeitsgrade erschlossen ist.
Die Schneebergbahn, ein kurioses und effizientes Beförderungsmittel (An Wochenenden Karten über die Österreichischen Bundesbahnen vorbestellen!)
Das Schneebergmuseum am Kirchenplatz. Geöffnet: 25. Mai bis 26. Oktober Do-Sa 15– 17 Uhr, So und Fei 9–11.30, 15–17 Uhr.
Die Konditor-Ausstellung von Karl Szabo, 2734 Puchberg am Schneeberg, Wiener-Neustädter-Straße 22, Tel. 02636/ 2090. Geöffnet: Di–So 9–18 Uhr.
November und Jänner geschlossen.
150 teils lebensgroße Figuren aus Schokolade und Marzipan.

WOHNEN UND ESSEN
Kurhotel Wanzenböck
Paradiesweg 4,
Tel. 02636/2310-0

Schneeberghof
Wiener-Neustädter-Str. 24, Tel. 02636/3500

Forellenhof
Losenheim 132, Tel. 02636/3611

WOHNEN UND ESSEN AUF DEM SCHNEEBERG
Berghaus Hochschneeberg, Tel. 02636/2257
Damböckhaus, Tel. 02636/2259
Fischerhütte, Tel. 02636/2313
Edelweißhütte, Tel. 02636/3616

SPORT
Flugclub Ikarus
Start in Losenheim. Tel. 02636/3206

MOUNTAINBIKEN
Hawi's Rad Treff
Wiener-Neustädter-Str. 10, Tel. 02636/3206
Verleih von Moutainbikes, Radkarten, Touren.

KLETTERN
Bergsteigerschule Groß
Wasserfallweg 6, Tel. 02636/3460
Kletterkurse, auch für Kinder ab neun Jahren, Training, Seminare, Verleih.

PFERDESPORT
Reiten Zwinz
Schneebergstraße 120, Tel. 02636/2467

INFORMATION Fremdenverkehrsamt
Wiener-Neustädter-Straße 17,
Tel. 02636/2201-11.

THEATERMAGIE FÜR EUROPA

Studio Brighella
2700 Wiener Neustadt, Pottendorfer Str. 162, Tel. 02622/29412.

BODENWELLENREITEN IN DER BUCKLIGEN WELT

WOHNEN UND ESSEN

BAD SCHÖNAU

Kurhotel
2852 Bad Schönau, Am Kurpark,
Tel. 02646/8251-0
Ein hervorragend ausgestattetes Kurhotel, inmitten sanfter Hügel, mit einem erstklassigen Restaurant. Therapien mit kohlesaurem Heilwasser und Kohlendioxid-Trockengas bei Herz-, Kreislauf- und Durchblutungsbeschwerden.
Das Restaurant ist auch für Gäste von außerhalb zugänglich.

Kurzentrum Landsknechte
Kurhausstraße 11, Tel. 02646/8232
Modern ausgestattetes Kurhotel mit allen Therapiemöglichkeiten in schöner Lage

KRUMBACH

Schloß Krumbach
2851 Krumbach, NÖ. Tel. 02647/42209
Das traditionsreiche, hoch über dem Ort Krumbach gelegene Schloß bietet den Komfort eines Luxushotels mit Beauty-Farm und die Annehmlichkeiten eines Gourmetrestaurants.

KIRCHSCHLAG

Hotel Post-Hönig
2860 Kirchschlag i. d. Buckligen Welt, Günserstraße 2, Tel. 02646/2216.Gestandener Landgasthof mit hervorragender Küche. Zimmer.

BROMBERG

Gasthof Pension Jeitler
2833 Bromberg, NÖ, Schlatten 46,
Tel. 02629/8267. Ruhig gelegener Landgasthof in einem waldigen Tal. Neben handfester Hausmannskost gibt es hier auch eine kreative Regionalküche. Zimmer.

SCHWARZENBACH

Matschagerhof
2803 Schwarzenbach bei Wiener Neustadt, Markt 12, 02645/5250. Ein am Waldrand gelegenes Privathaus mit drei hübschen Zimmern, ganz in der Nähe der Keltenausgrabungen. Kinderfreundlich. Frühstücksbuffet.

ZÖBERN

Hotel Czerwenka
2871 Zöbern, Kampichl 60, Tel. 02642/8701
Ein nostalgisches Haus mit modernen

Zubauten. Eigene Rinderzucht. Ponyreiten für Kinder.

WOHNEN UND ESSEN AM RANDE DER BUCKLIGEN WELT

MÖNICHKIRCHEN

Hotel Thier
2872 Mönichkirchen 243, Tel.02649/281

Hotel Pension Reidinger
2872 Mönichkirchen 189, Tel. 02649/242-0

Alpengasthof Enzian
2872 Schwaig 148, Tel. 02649/253

NEUNKIRCHEN

Brunnenstöckl
2620 Hauptplatz 12, Tel. 02635/61844
Geschlossen: So, Mo. Ein ambitioniertes Restaurant mit erstklassiger Weinauswahl.

GLOGGNITZ

Schloßtaverne
2640 Gloggnitz, Kirchensteig 3, Tel. 02662/43004. Geschlosssen: Mo, Di.
Gute, leichte Küche in sympathischer Atmosphäre. Gute Fische. Große Weinauswahl.

ST. CORONA am WECHSEL

Gasthof Waldhof
2880 St. Corona am Wechsel, 28, Tel. 02641/2270.

TIEFENBACH bei KRUMBACH

Gasthaus Buchegger
2851 Tiefenbach 1, Tel. 02647/42263
In einem idyllischen Tal gelegenes Wirtshaus mit eigener kohlensäurehaltiger Quelle. Forellen aus eigener Zucht. Dam- und Rothirschgehege. Zimmer im Gästehaus.

MOSTSCHENKEN IN DER BUCKLIGEN WELT

Eine Broschüre mit Angebot und Öffnungszeiten verschickt das Regionalmanagement NÖ-Süd.
2831 Warth-Aichhof, Tel. 02629/3156
Mostheurigen Tonbanddienst: 02646/3470.

Johann Kerschbaumer
2851 Krumbach, Reingrub 15, Tel. 02647/42152
Maria Konlechner
2860 Kirchschlag, Sechterleiten, Lehen 3, Tel. 02646/2535

MOSTSCHENKEN BEI GLOGGNITZ UND NEUNKIRCHEN

Johann Prober,
2640 Gloggnitz, Greuth 16, Zufahrt durchs Syhrntal, Tel. 02662/8297
Franz Rath
2620 Oberdanegg 3, Tel. 02630/34403
Robert Stranz
2640 Raach am Hochgebirge, Sonnleiten 6, Tel. 02662/43900

INFO

Bäuerlicher Gästering NÖ Südschneebergland
A 2831 Warth- Aichhof, Tel. 02629/3156
Urlaub am Bauernhof

SCHAFKÄSE

Franz Heissenberger
2853 Bad Schönau, Schützenkasten 5, Tel. 02648/4800

OBSTSCHNÄPSE, FRUCHTSÄFTE, HONIGLIKÖR

Josef und Maria Winker
Kirchschlag, Ungerbach 30, Tel. 02646/2549

BIO-PRODUKTE

Öbiogen
2871 Zöbern, Schlag 14, Tel. 02642/8651/0
Schloß Ziegersberg
Geöffnet: Mo–Do 8–16 Uhr, Fr 8–13 Uhr

SEHENSWERT

Wehrkirchenstraße: Sie beginnt in Edlitz mit einer Dokumentation neben der St.-Veit-Kirche und führt über Krumbach, Hochneukirchen, Bad Schönau, Kirchschlag, Lichtenegg, Hollenthon, Wiesmath, Hochwolkersdorf, Bromberg, Pitten, Ofenbach, Katzelsdorf zu den interessantesten alten Kirchen und durch den schönsten Teil der Buckligen Welt. Die Kirchen sind ganztägig bis zum Einbruch der Dunkelheit geöffnet. Ein Straßenführer zu den Wehrkirchen ist im Tourismusverband Bucklige Welt, Altes Hofhaus, 2860 Kirchschlag, Tel. 02646/2213-10 erhältlich.

Urgeschichts- und Naturlehrpfad in Schwarzenbach
Inmitten reizvoller Landschaft erstreckt sich ein Rundwanderweg entlang keltischer Ausgrabungen bzw. Rekonstruktionen.
Auskünfte: 02645/5201

Bauernmuseum Lanzenkirchen
2881 Lanzenkirchen, Hauptstraße 5, Tel. 02627/45417
Eine Sammlung von Gebrauchsgegenständen aus dem bürgerlichen und bäuerlichen Lebensbereich. Geöffnet: Fei 14– 18 Uhr, Sa, So 8–18 Uhr.

Gedenkraum 1945
2802 Hochwolkersdorf
Dokumentation der Verhandlungen zwischen der Roten Armee und Dr. Karl Renner, die 1945 zur Gründung der Zweiten Republik führten.
Geöffnet: Mo–Fr 9–12 Uhr, 14–16 Uhr.

Ludwig-Wittgenstein-Dokumentation
2880 Kirchberg am Wechsel, Markt 2, Tel. 02641/2557

Ludwig-Wittgenstein-Museum
2881 Trattenbach. Anmeldung in der Gemeinde, Trattenbach 10, Tel. 02641/8220

Automobilmuseum Aspang
2870 Aspang, Tel. 012642/52329
Fahrzeuge aus der Zeit der Jahrhundert-

wende bis in die sechziger Jahre.
Geöffnet: Mai, Juni, September, Oktober Sa 14–17 Uhr, So 10–17 Uhr.

Minimundus Mönichkirchen
Modellbauten im Maßstab 1:12, die Habsburgerschlösser, Bauern- und Künstlerhäuser zeigen. Direkt an der Wechselbundesstraße.

Forellenzentrum Trattenbach
2881 Trattenbach 183, Tel.02641/8219
Forellenteiche, an denen man seine Mahlzeit auch selbst angeln kann. Geöffnet Ende März bis Mitte November. Ruhetag: Di.
Fischverkauf ganzjährig.

GLOGGNITZ

Dr.-Karl-Renner-Museum
2640 Gloggnitz, Renner-Villa, Tel. 02662/42498
Die Geschichte Österreichs vom Ende der Monarchie bis zum Neubeginn 1945.
Geöffnet: 1. April–31. Oktober Fr, Sa, So, Feiertags 9–17 Uhr.

Spiel und Erlebniswelt Schloß Gloggnitz
Kirchensteig 3, Tel. 02662/43000
Guckkastenszenen von der Entwicklung der Erde, Modelleisenbahnen und ein Überblick über die Architekturgeschichte. Eisenbahnfans können die Modelleisenbahnen selbst in Bewegung setzen.
Geöffnet: 1. Mai–1. Oktober 10-17 Uhr.
Vom 3. bis 18. Juli geschlossen.

SPORT UND WANDERN

Naturpark Türkensturz
2831 Scheiblingkirchen-Thernberg.
Reizvolle Landschaft mit sanften Wanderwegen und anspruchvolleren Klettersteigen rund um die künstliche Ruine des Fürsten Liechtenstein, Türkensturz. Grillstation.

FREIBÄDER

Alpenbad Gloggnitz
Semmeringstraße, Tel. 02662/42206
Mitte Mai bis Anfang September 9–19 Uhr, Juli, August 9–20 Uhr
Erlebnisparkbad Ternitz
Brückengasse 2, Tel. 02630/38400
Mitte Mai bis Mitte September 9–19 Uhr.
Freibad Aspang, Johanna-Pergen-Straße, Tel. 02642/2838. Mai–September 9–19 Uhr
Solar-Freibad Kirchberg am Wechsel
Tel. 02641/ 2547. Mai–September 9–19 Uhr
Freibad Feistritz am Wechsel
Tel. 02641/2259
Ende Juni–Ende August 9–19 Uhr
Freibad Edlitz
Tel. 02644/2160 Mai–September 9–19 Uhr.
Parkbad Seebenstein
Tel. 02627/47204. Mai–September 9–19 Uhr.

REITSPORT

Gloggnitzer Reitverein am Schrammelteich
2640 Enzenreith, Kranichberger Straße 39, Tel. 02662/45206

Reitsport und Pferdetherapiezentrum
Kirchschlag/Lembach, Tel. 02646/2216

GOLF

Golfclub Lechner
2871 Pichl 1, Zöbern, Tel. 02642/8451
Eine 9-Loch-Anlage in anspruchsvollem Gelände.

SESSELLIFTE

St. Corona
Mönichkirchen

SOMMERRODELBAHN

St. Corona

NATURROLLERBAHN

Mönichkirchen

ERLEBNISMÜHLE

Molzbachhof, 2880 Kirchberg am Wechsel, Tel. 02641/2203
Führungen durch eine alte Mühle. Gemeinsames Brotbacken. Gegen Voranmeldung.

PASSIONSSPIELE

In Kirchlag werden seit 1932 Passionsspiele mit Laiendarstellern in einem eigenen Passionsspielhaus veranstaltet. Die nächsten finden im Jahr 2000 statt.
Info: Tourismusverband Bucklige Welt, 2860 Kirchschlag, Tel. 02646/2213-10.

RADWEGE

Radkarte: Tourismusverband Bucklige Welt, 2680 Kirchschlag, Hauptplatz 1,
Tel. 02646/2213 (auch in den Gasthöfen der Region erhältlich).

WANDERWEGE

Wanderkarte: Kurverwaltung Bad Schönau, Tel. 02646/8284
Eine große Auswahl lohnender Touren beschreibt der oben genannte Führer *Wandererlebnis Bucklige Welt* von Johannes Gans.

BÜCHER

Bruno Schimetschek: Vergangene Zeiten. St. Pölten: o. J.
Johannes Gans: Wandererlebnis Bucklige Welt. St. Pölten: o. J.

THEATERWUNDER IM GRÜNEN

Theater Reichenau
2651 Reichenau an der Rax. Hauptstraße 28, Tel. 02666/536 54-0, Direktion 02666/319-0
Der offizielle Kartenverkauf beginnt am 1. April. Vorbestellungen haben größere Chancen, wenn mehrere Aufführungen gebucht werden. Lustspiele sind immer die größten Renner.

Tourismusregion Niederösterreich alpin
2680 Semmering, Tel. 02664/2539

SCHWARZATAL

SEHENSWERT

Museumseisenbahn Reichenau-Hirschwang.
Information: Bahnhof Reichenau,
Tel. 02666/52204 oder
Tourismusbüro Reichenau 02666/52865
Eine Museumseisenbahn aus der Jahrhundertwende, die vom Bahnhof Reichenau nach Hirschwang fährt: im Juni und September an jedem zweiten Wochende, im Juli und August an jedem Wochenende.
Eine reizvolle Annäherung an eine herrliche Landschaft.

Das Höllental und das Wasserleitungsmuseum Kaiserbrunn. Das wildromantische Flußtal der Schwarza zwischen Rax und Schneeberg ist eine Herausforderung für Wildwasserpaddler; die steilen Felswände locken Kletterer und Bergsteiger. Neben dem Kaiserbrunn, einer der Quellen der Wiener Wasserversorgung, dokumentiert ein kleines Museum die Geschichte der Erschließung und Verteilung dieses Wassers.
Geöffnet: 1. Mai bis 26. Oktober
So, Fei 10–12 Uhr.
2651 Reichenau, Betriebsleitung Hirschwang 67,
Tel. 02666/52548-0

Huebmer-Gedächtnisstätte Naßwald
Information: Frau Tiefenbacher,
Tel. 02667/7242 abends.
Die protestantische Siedlung des genialen Holzunternehmers Georg Huebmer mit museal eingerichteter Holzknechthütte. Möglichkeit zum Sterzessen.
Geöffnet: Mai bis Oktober Sa 13–17 Uhr,
So, Fei 9–17 Uhr.

Die *Kuranstalt Thalhof* bezaubert durch ihre wunderschöne Lage und die vielen kulturhistorischen Bezüge. Hier werden heute Mayr-Kuren angeboten. Neben dem Thalhof befindet sich die Rudolfsvilla.

Der *Riegelhof Heimito von Doderers* in Prein an der Rax ist nur nach telefonischer Voranmeldung (bei Wolfgang Stummer) zu besichtigen. Tel. 02665/244.
Am hübschesten zu Fuß zu erreichen, und zwar über den Doderer-Steig, der vor dem Denkmal des Dichters der *Strudelhofstiege* von der Hauptstraße abzweigt.

Die bereits 1379 urkundlich erwähnte Pfarrkirche von Payerbach, eine Wehrkirche, heute noch zum Teil von einer alten Mauer umgeben.

Der *Schwarzaviadukt*, das bedeutendste Hochbauwerk der Semmeringbahn, 1850 fertiggestellt.

Das Theater von Reichenau (siehe auch S. 243)

Die von Heinrich Ferstl erbaute Habsburgervilla Wartholz, Sommerresidenz des letzten österreichischen Kaisers, Karl I. Sie kann nicht besichtigt werden. Am besten sieht man sie – ebenso wie die unzugängliche Rothschildvilla – von der Panoramakurve der Straße zum Semmering.

Der alte, gut erhaltene Hochofen der einstigen Eisenwerke Edlach, vor der Straßengabelung nach Reichenau.

Die Kurparks von Reichenau und Payerbach mit ihren geschnitzten Musikpavillons

ESSEN UND WOHNEN

Alpen-Kurhotel Knappenhof
2651 Reichenau an der Rax, Kleinau 34, bei Edlach, Tel. 02666/53633. Idyllisch gelegenes Haus am Fuße der Rax, in dem noch viel von der Sommerfrischenatmosphäre der Jahrhundertwende erhalten geblieben ist. Herrliche Terrasse, gute Küche, Kurangebote.

Hotel Peterhof
Edlach 57, Tel. 02666/53612-0
Kultiviertes Landhaus mit komfortablen Zimmern und Suiten, erstklassige Küche und erfreuliches Weinangebot.

Alpenhof Kreuzberg
2650 Payerbach, Kreuzberg 60,
Tel. 02666/52911

Landhaus Khuner
Das von Adolf Loos erbaute Landhaus Khuner, wunderschön gelegen; unterspielte Ausstattung, mit viel Holz. Gute Küche.

Seminar und Parkhotel Hirschwang
Hirschwang 11, Tel. 02666/52855-0

Ferienhotel Flackl
Hinterleiten 12, Tel. 02666/52291-0

Gasthof Oberer Eggl
2654 Prein a. d. Rax, Griesleiten 6,
Tel. 02665/206

Raxalpenhof
(früher Unterer Eggl, geöffnet ab Sommer 1998)
2651 Reichenau, Preinrotte 9, Tel. 02665/387

Café am Kurtheater
Haupstraße 43, Tel. 02666/521 29
Caférestaurant direkt gegenüber dem Theater. Täglich bis 24 Uhr geöffnet.

AUF DER RAX

Ottohaus
Tel. 02666/52402, Geöffnet von Mai bis Oktober täglich, sonst Sa So, Fei
Habsburghaus
Tel. 02665/219. Ganzjährig geöffnet.
Waxriegelhaus
Tel. 02665/237. Ganzjährig geöffnet.

Karl-Ludwig-Haus
Tel. 02665/380. Ganzjährig geöffnet.
Seehütte (Holzknechthütte)
Tel. 02665/268 Mitte Mai bis Ende Oktober geöffnet, im Winter, je nach Wetter, an den Wochenenden.

RAXSEILBAHN
Reichenau-Hirschwang, Tel. 02666/52497
Ganzjährig geöffnet. Nach acht Minuten Fahrt ist man auf 1540 m Seehöhe und hat zahlreiche Wandermöglichkeiten vor sich. Es gibt auch Mondscheinfahrten mit rustikalem Buffet ab 20 Personen. Ab 8 bzw. 8.30 Uhr verkehren die Gondeln alle halben Stunden mit mindestens fünf Fahrgästen.

KLETTERN
Bergsteigerschule Schwarzatal
Ignaz Gruber, Reichenau, Tel. 02666/52345

WANDER, KLETTER- UND BERGRETTUNGSKURSE
Schischule Prof. Benedikt Fassl
Reichenau, Edlach 72, Tel. 02666/52621

SEMMERING

SEHENSWERT
Die Bahntrasse der Semmeringbahn.
Am genußvollsten erlebt man diese romantische Strecke mit einer Kombination von Bahnfahrt und Fußwanderung. Hinauf per Bahn. Bergab entlang des Ghega-Bahnwanderwegs, der einen genauen Blick auf die sonst filmhaft vorbeiflitzende Szenerie dieser Strecke ermöglicht. Der Weg beginnt beim Bahnhof Semmering und führt über die Station Wolfsbergkogel, wo man von der Aussichtswarte am Doppelreiterkogel den besten Blick auf die schönsten Teile der Strecke hat. Dann geht es weiter bis zu jener Stelle, wo die Aufnahme für den alten Zwanzigschillingschein entstand, und über Breitenstein zum Bahnhof Klamm. Dort kann man sich entscheiden, ob man weiter zum Bahnhof Gloggnitz oder zum Bahnhof Payerbach-Reichenau wandern will. Natürlich kann man von jeder einzelnen der vielen Stationen schon den Heimweg antreten. Wer bis zum Bahnhof Payerbach-Reichenau wandert, findet dort ein kleines Freilichtmuseum und eine Dokumentation über die Semmeringbahn (Eine Broschüre über den Wanderweg bekommt man in einem Informationswagen im Bahnhof Semmering).

Wallfahrtskirche Maria Schutz, ein Bau aus dem Hochbarock, unterhalb des Semmerings.

Die Villenbauten des Semmerings und die beiden aus der Hochblüte erhaltenen Hotels Panhans und Südbahnhotel. Einige typische Bauten wie die Villa Wallner über dem Südbahnhotel, das Silberer-Schlößl, das Haus *Unsere Hütte* mit floralen Jugendstildekorationen, aber auch die reizvolle, als Pension geführte Villa *Daheim* geben einen Begriff vom Lebensgefühl der Jahrhundertwende.

Brettners Bräuerl
2641 Schottwien, Aue 96, Tel. 02663/8300
Die kleinste Privatbrauerei Österreichs in einem schönen alten Haus.
Geöffnet: Di–Sa ab 17 Uhr. Bierseminare.

WOHNEN UND ESSEN
Panhans
2680 Semmering, Hochstraße 32,
Tel. 02664/8181-0
Modernisiertes Jugendstilhotel mit erstklassiger Küche.

Panoramahotel Wagner
Hochstraße 267, Tel. 02664/2512-0
Sympathisches modernes Hotel, in dem ebenso gut wie gesund gekocht wird, in herrlicher Aussichtslage.

Palace Hotel
Tel. 02664/8641

Pension Daheim
Gläsererstraße 136, Tel. 02664/2381-0
Stimmungsvolle Villenpension.

Pollereshütte, Bergstation Sessellift
2642 Maria Schutz, Tel. 02664/2282
Auf dem Sonnwendstein gelegene Berghütte mit deftiger Küche. Sonnenterrasse mit Liegestühlen.

Schwarzenberghütte
2642 Maria Schutz, Tel. 02663/8386
Von der Bergstation Sonnwendstein leicht erreichbare Jausenstation in herrlicher Landschaft.
Geöffnet: Mitte Mai bis Ende Oktober Sa, So, Fei. Im Juli und August die ganze Woche.

Pinkenkogelhaus
Semmering 146, Tel. 02664/8528
Über einen angenehmen Waldweg von der Hochstraße oder der Paßhöhe leicht erreichbar. Ruhetag: Dienstag.

Enzianhütte
Sonnwendsteinstraße 2, Tel. 02664/2383
Nur eine Viertelstunde von der Paßhöhe entferntes Ausflugslokal mit rustikalen Gerichten.

Liechtensteinhaus
Hirschenkogel, Tel. 02664/2343
Schön gelegenes Selbstbedienungsrestaurant mit Terrasse, nach einstündiger Wanderung oder mit dem Sessellift erreichbar. Ganzjährig geöffnet, April und November auf Anfrage.

Speckbacherhütte
2673 Breitenstein 77, Tel. 02664/2426
Ruhig gelegenes Haus mit großer Wiese und ebenen Wanderwegen. Ganzjährig von 9–22 Uhr geöffnet.

LIFTE UND BERGBAHNEN
Bergbahnen Hirschenkogel
Tel. 02664/8038. Schneetelefon 2575
Sessellift Sonnwendstein
2642 Maria Schutz, Tel. 02663/8525
Betriebszeiten 9–16 Uhr,
Mittagspause 12.15 –13.15 Uhr.

Half Pipe am Semmering
(Schneetelefon 02664/8038)
Durch Ratrack-Technik präparierte Riesenanlage (118 x 20 m).

Langlauf-Panorama-Loipe 9,5 km
Johannespromenade mit Umkehrpunkt Alpkogel 16 km.

SCHISCHULEN
Sport Puschi
2680 Semmering, Paßhöhe, Tel. 02664/2471

Semmering aktiv
Talstation Sessellift, Tel. 02664/28538

PRIGGLITZ

Heubad auf der Wiese
Auf der Wiese 53, Tel. 02662/43524-0
Eine Gesundheitspension in schönster Lage, in der Heubäder nach altem Bauernrezept zur Entschlackung angeboten werden. Außerdem ein Heilprogramm mit gesunder Ernährung, Bewegung, Massage, Fastenkuren und Heilbädern. Kein Einbettzimmerzuschlag.

Gut Gasteil. Kunst in der Landschaft
2640 Prigglitz, Tel. 02662/45633
Rund um das schöne Atelierhaus der beiden Keramiker Johannes und Charlotte Seidl gibt es vielfältige Möglichkeiten, sich mit Kunst und Landschaft auseinanderzusetzen. Am ungewöhnlichsten auf den Wiesen des Hochplateaus von Prigglitz, in die im Sommer Kunstwerke der verschiedensten Art integriert sind. Im Haus befindet sich zudem eine Galerie mit wechselnden Ausstellungen. Und im Hof warten einladende Sitzplätze auf diskussions- und eßlustige Besucher, die sich am Bio-Buffet bedienen können. Geöffnet: Mai bis Oktober Sa, So, fei 10–18 Uhr. Eintritt frei.

KLAMM am SEMMERING

Althammerhof
2641 Klamm am Semmering,
Tel. 02666/54277
Ein alter Bauernhof in 840 m Höhe mit modernen, gemütlichen Ferienwohnungen. Zum Haus gehören ein Mostheuriger und eine Schafzucht. Es gibt Lammspezialitäten, verschiedene Käsesorten, hausgemachte Edelbrände und Liköre und edle Fruchtsäfte. (Erreichbar mit dem Auto von Schottwien, Richtung Adlitzgräben, Klamm am Semmering, oder mit der Bahn bis Klamm-Schottwien.)

BÜCHER
Wolfgang Kos: Über den Semmering. Wien: Edition Tusch 1984.
Eroberung der Landschaft. Katalog der Niederösterreichischen Landesausstellung 1992 in Schloß Gloggnitz. Wien: Falter Verlag 1992
Arthur Schnitzler: Jugend in Wien. Wien: Molden 1968
Liebe, die starb vor der Zeit. Arthur Schnitzler und Olga Waissnix. Ein Briefwechsel. Wien: Molden 1970
Otto Braun: Ihre Welt, die Berge. Hüttenwirte auf Rax und Schneeberg. St. Pölten: 1992
Karl Kolar: Schneeberg-Rax-Schneealpe. Edition Sonnenuhrhaus. 1997

BILD- UND QUELLENNACHWEIS

Herbert Lehmann: Umschlagbild hinten, 3, 8, 9, 14, 17, 43, 51, 52, 57, 78, 79, 82, 85, 86, 87, 116, 121, 123, 124, 148, 149, 150, 187, 193, 194, 203, 211, 213
Lois Lammerhuber: Umschlagbilder vorne
Gerhard Trumler: 21, 23, 24, 37, 64, 83
Kurt-Michael Westermann, Hamburg: 44, 46, 68, 81, 141, 145, 146, 147, 153, 160, 161, 170, 174, 186, 202, 204, 214
János Kalmár: 190, 208
Gabriela Brandenstein: 196, 197, 199
Foto Palffy, Wien: 198
Eva Bakos: 10 (rechts), 11, 13, 22, 32, 39, 80, 88, 154, 173
Robert Bouchal: 60, 142
Josef Eybl, Ybbsitz: 20, 25, 26, 27
Barbara Krobarth, Wien: 54, 55, 70, 113, 151
Anton Bayr: 18, 59, 95, 119, 126
Agentur Maria Anzenberger, Wien: 110 (Foto: Wilfried Gredler), 136 (Foto: Toni Anzenberger)
WWF Photothek, Wien: 66 (Foto: A. Zedrosser), 111 (Foto: R. Holzl), 127 (Foto: O. Kretschmer)
Heiner Brachner, Amstetten: 10 (links)
Atelier Fuchsluger, Amstetten: 71
Brigitte Schwarz, Scheibbs: 31, 62
Paul Plutsch, Melk: 73
CONTRAST/Miletich: 180
Pressefoto Lackinger, Melk: 90, 96, 97, 99
Otto Braun, Wien: 207
Foto Brunner, Krems: 120
Bildstelle der Niederösterreichischen Landesregierung: 178 (Foto: Nechuta), 189 (Foto: Nechuta)
Manfred Korbaj, Teisendorf: 58
Csaba Szépfalusi, Wien: 137, 138, 139
Heinz Gerstinger: 177
Sammlung Johannes Sachslehner, Wien: 205
Sammlung Bernhard Rukschcio, Wien: 212
Kellner Verlagsges.m.b.H. Maria Anzbach: 35
Magherita Spiluttini, Wien: 100
Gesellschaft der Freunde Carnuntums: 129, 130
Franz-Karl Nebuda, Laxenburg: 156, 157
Georg Mikes, Wien: 159
Foto Hutterer: 164, 168
Art Carnuntum: 132, 133
Inge Kitlitschka, Klosterneuburg: 48
Kunstverlag Hofstetter, Ried im Innkreis: 102
Collection artfoulard: 165, 167
Bischöfliches Ordinariat, St. Pölten: 91
Stadtmuseum St. Pölten: 93, 94
Die Bühne im Hof, St. Pölten: 105, 107 (Foto: Christoph Breneis), 108 (Foto: Lesley Leslie-Spinks)
Jean Gros-Abadie, Boissy-St-Leger: 104
Studio Brighella, Wr. Neustadt: 182, 183, 184
Stift Klosterneuburg: 42
Stift Lilienfeld: 47
Historisches Museum der Stadt Wien: 176, 179
Stadtarchiv Wiener Neustadt: 171
Josef Löschnig, Die Mostbirnen. Wien 1913: 12
Verein NÖ. Eisenstraße (Hrsg.), Treffpunkt Eisenstraße: 63
Führer durch die Sammlung Otto Meißinger Schiffahrtsmuseum Spitz a. d. Donau: 74 (Foto: Brunner, Krems)